LINDA LAEL MILLER
Sombras del pasado

Editado por Harlequin Ibérica.
Una división de HarperCollins Ibérica, S.A.
Núñez de Balboa, 56
28001 Madrid

© 2007 Linda Lael Miller. Todos los derechos reservados.
SOMBRAS DEL PASADO, N° 105 - 1.10.10
Título original: McKettrick's Heart
Publicada originalmente por HQN™ Books
Traducido por Ana Peralta de Andrés

Todos los derechos están reservados incluidos los de reproducción, total o parcial. Esta edición ha sido publicada con permiso de Harlequin Enterprises II BV.
Todos los personajes de este libro son ficticios. Cualquier parecido con alguna persona, viva o muerta, es pura coincidencia.
™ TOP NOVEL es marca registrada por Harlequin Enterprises Ltd.
® y ™ son marcas registradas por Harlequin Enterprises Limited y sus filiales, utilizadas con licencia. Las marcas que lleven ® están registradas en la Oficina Española de Patentes y Marcas y en otros países.

I.S.B.N.: 978-84-671-9171-4
Depósito legal: B-35117-2010

CAPÍTULO 1

Molly Shields se obligó a detenerse en la acera, delante de una enorme mansión. Tomó aire y lo soltó lentamente. Si no lo hubiera hecho, habría terminado saltando la verja del jardín y cruzando el camino que la separaba de la casa a toda la velocidad que le permitieran sus piernas.

Lucas.

Lucas estaba en algún rincón de aquella impresionante casa.

Pero también Psyche. Y a los ojos del mundo, Psyche Ryan era la madre de Lucas.

En el interior de Psyche todo se rebelaba contra aquella realidad, pero intentó situar las cosas en perspectiva al tiempo que se recolocaba la mochila con la que cargaba desde que se había bajado del autobús procedente de Phoenix en la gasolinera situada a la salida de Indian Rock, Arizona. Lucas no era su hijo, se recordó, era el hijo de Psyche.

El pequeño tenía ya dieciocho meses, dos semanas y cinco días. La última vez que le había visto, que le había sostenido en sus brazos antes de renunciar a él, era un sonrosado recién nacido que no paraba de llorar. Psyche le había enviado algunas fotografías desde entonces y Molly sabía que su hijo se había convertido en un niño guapo y robusto, tenía el pelo rubio y unos chispeantes ojos verdes.

El color de los ojos y el pelo lo había heredado de ella, aunque a Molly se le hubiera oscurecido el pelo con los años. Sin embargo, se parecía más a su padre.

Y en cuestión de minutos, de segundos quizá, Molly volvería a ver a aquel bebé al que continuaba considerando hijo suyo en sus pensamientos, sobre todo en momentos de debilidad.

A lo mejor le dejaban abrazar a Lucas. Se moría de ganas de hacerlo. Quería respirar el olor de su pelo, de su piel...

«Cuidado», le advirtió la parte más pragmática de su personalidad.

Ya era un milagro que Psyche, prácticamente una desconocida y, no convenía olvidarlo, una esposa traicionada, le hubiera pedido que fuera a su casa después de todo lo que había pasado. De modo que haría bien en vigilar sus movimientos y no dar ningún paso en falso. Los milagros eran algo tan frágil como excepcional, había que tratarlos con infinita delicadeza.

Molly abrió el último cerrojo de la reluciente puerta de hierro. El metal estaba caliente y su tacto era suave. Una discreta placa proclamaba que aquél era un edificio histórico.

En uno de sus correos electrónicos, Psyche le había explicado que aquella mansión, situada en la esquina de Mapel con la avenida Red River, había sido el hogar de su infancia y llevaba casi diez años vacía.

Pero el jardín tenía un aspecto cuidado: los rosales y los lilos florecían sobre lechos de mantillo fresco y había luz en casi todas las ventanas de la casa. La madera parecía recién pintada de blanco y el ladrillo, aunque desgastado por el paso del tiempo, conservaba la humedad de un lavado reciente.

Molly se obligó a caminar lentamente hasta llegar al porche, parte del cual estaba cerrado, formando una galería. Imaginó que allí tendrían sillas, una mesa y quizá hasta un columpio de madera.

Se imaginó a sí misma sentada en el columpio, meciéndose con Lucas en el regazo durante las tardes de verano; inevitablemente, se le aceleró el corazón.

«Es el hijo de Psyche», se repitió en un silencioso mantra, «es el hijo de Psyche».

No tenía la menor idea de por qué la había llamado Psyche, ni sabía el tiempo que se quedaría allí. Aquella mujer había tenido la generosidad de ofrecerle un billete en primera clase desde Los Ángeles, además de la posibilidad de que fuera a buscarla un chófer al aeropuerto de Phoenix, pero Molly, quizá como una forma de penitencia, había optado por el autobús.

Por supuesto, lo más sensato habría sido rechazar la invitación, pero no había sido capaz de renunciar a la oportunidad de ver a Lucas.

La puerta de la casa se abrió justo en el momento en el que Molly llegaba al primer escalón de la entrada. Aquello la sacó inmediatamente de sus especulaciones. Tras la puerta apareció una mujer negra, casi una anciana, alta y delgada. Iba vestida con un uniforme de un blanco inmaculado y unos cómodos zapatos con suela de goma.

—¿Es usted...? —preguntó bruscamente.

Sí, era ella, la madre biológica de Lucas, la mujer que se había acostado con el marido de Psyche. Por supuesto, lo de menos era que Molly no se hubiera enterado de que era un hombre casado hasta que ya era demasiado tarde. Siempre había una excusa, ¿no? Ella era una mujer inteligente, con estudios universitarios y un negocio propio. Thayer había sido un gran mentiroso, sí, pero debería haber reconocido las señales.

Porque siempre había señales.

Tragó saliva y asintió en un mudo reconocimiento.

—En ese caso, pase —la invitó el ama de llaves, al tiempo que se abanicaba con una mano—. No puedo tener la puerta abierta durante todo el día. El aire acondicionado cuesta dinero.

Molly disimuló una sonrisa. Psyche le había hablado de su ama de llaves durante las semanas anteriores. Le había contado que era una mujer de mal genio, pero también de gran corazón.

—Usted debe de ser Florence —dijo Molly en tono conciliador, haciendo un enorme esfuerzo para dominar las ganas de decirle que ella no pretendía destrozar ninguna familia.

Florence frunció el ceño y asintió con un gesto muy poco amistoso.

—¿Esa mochila es todo el equipaje que trae?

Molly negó con la cabeza.

—He dejado parte del equipaje en la gasolinera —respondió—. Pesaba demasiado.

Pesaba tanto como su arrepentimiento; el problema era que continuaba arrastrando sus remordimientos porque no sabía qué otra cosa hacer con ellos.

Florence aspiró con gesto altivo y se ajustó las gafas, haciendo patente su desaprobación. No era extraño aquel recibimiento, teniendo en cuenta las cosas que Psyche debía de haberle contado de ella. Desgraciadamente, era muy probable que la mayor parte fueran ciertas.

Después de un carraspeo con el que expresó abiertamente su disgusto, Florence se hizo a un lado para dejarla pasar.

—Enviaremos a alguien a la gasolinera para traer el equipaje —dijo—. En este momento, la señorita Psyche está descansando en el piso de arriba, pero subiré a avisarla de todas formas.

La observó con atención, elevando la mirada por encima del grueso cristal de sus gafas y suspiró con tristeza.

—Pobrecita mía —musitó, prácticamente para sí—. Ha sido un esfuerzo agotador para ella abrir de nuevo esta casa para que viniéramos a vivir aquí. Si hubiera sido por mí, nos habríamos quedado en Flagstaff, que es donde deberíamos estar, pero cuando a esa mujer se le mete algo en la cabeza, es imposible hacerla entrar en razón.

Molly se moría de ganas de preguntar por Lucas, pero era consciente de que debía andarse con cuidado, sobre todo estando ante una persona que llevaba tantos años trabajando para aquella familia. Florence Washington había sido la niñera de Psyche hasta que ésta había tenido edad para ir al colegio; entonces se había convertido en el ama de llaves de la familia. Cuando Psyche se había casado con Thayer Ryan, Florence Washington se había hecho cargo de aquel nuevo hogar.

Molly sintió un ligero revoloteo en el estómago.

Thayer estaba muerto; había sufrido un infarto a los treinta y siete años, un año atrás. Aunque Molly jamás le habría deseado una muerte temprana, pese a que aquel hombre le había arruinado la vida, tampoco había llorado su desaparición.

No había ido al entierro.

No había mandado flores, ni siquiera una tarjeta.

Al fin y al cabo, ¿qué podría haber escrito?, «¿con cariño, de la amante de su marido?».

Florence cruzó lentamente la entrada, presidida por un reloj de pie, pasó por delante de una escalera de caracol y atravesó un largo pasillo con habitaciones a ambos lados. Molly la siguió con aire circunspecto hasta salir a una luminosa cocina que daba a la galería. Tras ella se veía un extenso y cuidado jardín.

Molly se quitó la mochila y la dejó en una de las sillas que rodeaban la mesa situada en el centro de la habitación.

—Puede sentarse si quiere —la invitó Florence.

Así que podía sentarse, pensó Molly. Estaba cansada, prácticamente no había descansado desde que había dejado Los Ángeles dos días atrás, pero continuaba ansiando recorrer aquella mansión habitación por habitación hasta encontrar a Lucas.

Sacó una de aquellas pesadas sillas de madera de roble y se sentó en ella.

—¿Café? ¿Té? —le ofreció Florence.

—Un vaso de agua, por favor —contestó Molly.
—¿Con gas o normal?
—Normal.
Florence sacó un vaso con hielo y una botella. Mientras Molly se servía el agua, el ama de llaves adoptó una expresión hostil y se reclinó contra el mostrador con los brazos cruzados.
—¿Qué está haciendo aquí? —preguntó por fin.
Era evidente que no aguantaba las ganas de hacerle aquella pregunta.
Molly, que estaba a punto de beber un sorbo de agua, dejó el vaso de nuevo en la mesa.
—No lo sé —contestó con sinceridad.
Psyche la había llamado por teléfono una semana atrás y le había pedido que se reuniera urgentemente con ella sin darle otra explicación.
«Tenemos que hablar de esto personalmente», le había explicado.
—A mí me parece que ya le ha hecho suficiente daño sin necesidad de presentarse en su casa. Sobre todo en un momento como éste —le reprochó Florence.
Molly tragó saliva. Tenía treinta años y dirigía una de las agencias literarias más importantes de Los Ángeles. Estaba acostumbrada a trabajar con autores influyentes, editores y gente del cine prácticamente a diario. Sin embargo, estando sentada en la cocina de Psyche Ryan, vestida con unos vaqueros, una camiseta y unas playeras y tras cuarenta y ocho horas de viaje, se sentía tan insignificante como si hubiera vuelto a los años de la universidad, cuando no tenía absolutamente nada a lo que aferrarse.
—No le hagas pasar un mal rato, Florence —intercedió por ella una voz delicada. Procedía de algún lugar situado tras la silla de Molly—. He sido yo la que le ha pedido que venga y Molly ha tenido la amabilidad de hacerme caso.
Tanto Molly como Florence se volvieron. La primera se levantó tan rápidamente que estuvo a punto de tirar la silla.

Psyche permanecía en el marco de la puerta, extraordinariamente delgada, envuelta en una bata de color salmón y con unas zapatillas a juego. Hubo dos rasgos de su aspecto que a Molly le llamaron particularmente la atención: en primer lugar, era una mujer muy bella y, en segundo lugar, era evidente que el gorro de ganchillo que cubría su cabeza tenía como misión el ocultar su calvicie.

—¿Quieres ir a ver a Lucas, por favor? —le pidió Psyche a Florence—. Hace unos minutos estaba durmiendo, pero todavía no está acostumbrado a esta casa y prefiero que haya alguien con él por si se despierta.

Florence vaciló un instante, asintió en silencio, fulminó a Molly una vez más con la mirada y abandonó la cocina.

—Siéntate —le pidió Psyche a Molly mientras se acercaba hacia ella con paso elegante.

Molly, una mujer más acostumbrada a dar órdenes que a recibirlas, obedeció inmediatamente.

Psyche sacó la silla que había al lado de la de Molly y se sentó con un ligero suspiro y una mueca de dolor.

—Gracias por venir —le tendió la mano—. Soy Psyche Ryan.

Molly estrechó una mano que tenía la ligereza de una pluma.

—Molly Shields —contestó.

Alzó la mirada involuntariamente hacia el gorro de Psyche y la fijó de nuevo en sus enormes ojos violeta.

Psyche sonrió ligeramente.

—Sí, tengo cáncer.

A Molly se le desgarró el corazón.

—Lo siento —musitó. Eran muchas las cosas que lamentaba, no sólo aquel cáncer—. ¿Y es...?

—Terminal —confirmó Psyche con un asentimiento de cabeza.

Molly sintió aflorar a sus ojos lágrimas de compasión, pero no se permitió mostrarlas. No conocía a Psyche suficientemente bien.

Inevitablemente, pensó en Lucas.

Si Psyche se estaba muriendo, ¿qué sería de él? Molly, que había perdido a su madre a los quince años, sabía del vacío y la constante e infructuosa búsqueda que una pérdida como aquélla podía llevar a la vida de un niño.

Psyche pareció adivinar lo que estaba pensando, por lo menos en parte. Volvió a sonreír y alargó la mano para estrechar la de la recién llegada.

—Como ya sabes, mi marido murió. Ninguno de nosotros tenía familia y como eres la madre biológica de Lucas, espero que...

A Molly le dio un vuelco el corazón al imaginar las palabras con las que terminaba aquella frase, pero se contuvo, temiendo sufrir una dolorosa desilusión si se equivocaba.

—Me gustaría que cuidaras de él cuando yo no esté —terminó Psyche—. Que seas su madre no sólo en los papeles, sino de verdad.

Molly abrió la boca y volvió a cerrarla. Estaba demasiado conmovida como para confiar en la firmeza de su voz.

—A lo mejor me he precipitado al hacerte venir —continuó Psyche suavemente—. Supongo que si hubieras querido hacerte cargo de Lucas, no habrías renunciado a él.

La desesperación, la tristeza y la esperanza fluyeron en el interior de Molly fundidas en un amasijo de sentimientos que seguramente ya nunca sería capaz de separar.

—Claro que quiero hacerme cargo de él —anunció antes de que Psyche pudiera reconsiderar y retirar su ofrecimiento.

Psyche pareció aliviada. Y también agotada.

—Habría que dejar atados algunos cabos —le advirtió con voz queda.

Molly sintió que se le subía el corazón a la garganta. Esperó, temiendo estar forjando vanas esperanzas.

—Lucas debería ser criado en Indian Rock —le dijo Psyche—. Preferentemente, en esta casa. Yo crecí aquí y me gustaría que también lo hiciera mi hijo.

Molly parpadeó. Era propietaria de una agencia literaria y de una casa en Pacific Palisades. Tenía amigos, un padre anciano, una vida. ¿Podía renunciar a todo ello para quedarse a vivir en una pequeña localidad del nordeste de Arizona?

—Lucas heredará una gran propiedad —continuó diciendo Psyche. Pareció reparar entonces en la ropa de Molly y en la mochila que había dejado en el suelo—. No tengo la menor idea de en qué situación económica te encuentras, pero estoy dispuesta a ser generosa contigo hasta que Lucas sea mayor de edad, por supuesto. Además, podrías convertir esta casa en una posada si quisieras.

—No será necesario —le aclaró Molly—. Lo del dinero, quiero decir.

Era extraña la rapidez con la que podía tomarse una decisión que podía cambiar toda una vida cuando había cosas importantes en juego. Algunos de sus clientes, por no decir todos, comenzarían a poner pegas en cuanto se enteraran de que pensaba trasladarse a Indian Rock. Seguramente muchos anularían sus contratos, pero no importaba. A pesar de que era una mujer austera, tenía una abultada cuenta corriente en el banco y podría seguir cobrando comisiones durante toda su vida gracias a algunos de los libros que había vendido.

—Muy bien —dijo Psyche. Se sorbió la nariz, sacó un pañuelo del bolsillo y se secó las lágrimas.

Durante algunos segundos, permanecieron las dos mujeres en silencio.

—¿Por qué renunciaste a Lucas? —preguntó Psyche de pronto—. ¿No le querías?

«¿No le querías?». Aquellas palabras apenas susurradas azotaron el corazón de Molly con la fuerza de un violento huracán. Podría haberse quedado con Lucas. Desde luego, tenía los medios para ello y las ganas de hacerlo, pero imaginaba que renunciar a su hijo había sido una forma de castigar su error.

—Pensé que estaría mejor con un padre y una madre —contestó por fin.

No era la única respuesta, pero de momento no tenía otra que ofrecerle.

—Si no hubiera sido por Lucas, me habría divorciado de Thayer —le aclaró Molly.

—No sabía... —comenzó a decir Molly, pero no fue capaz de terminar la frase.

—¿Que Thayer estaba casado? —terminó Psyche por ella, con extraña amabilidad.

Molly asintió.

—Te creo —dijo Psyche, sorprendiéndola—. ¿Estabas enamorada de mi marido, Molly?

—Por lo menos eso creía —contestó.

Había conocido a Thayer en una fiesta en Los Ángeles e inmediatamente le habían robado el corazón su aspecto, su encanto y su ingeniosa y tortuosa mente. El embarazo había sido un accidente, pero le había entusiasmado saberse embarazada, por lo menos, hasta que le había comunicado a Thayer la noticia.

A pesar del tiempo pasado, el recuerdo de aquel día continuaba resultándole tan doloroso que optó por arrinconarlo.

—Mi abogado ya ha preparado un borrador de todos los documentos —le explicó Psyche.

Intentó levantarse de la silla, pero renunció a ello al descubrir que le fallaban las fuerzas.

—Supongo que querrás que los estudie tu abogado antes de que redacte los documentos definitivos —añadió.

Molly apenas asintió. Todavía estaba intentando asimilar lo que implicaban las palabras de Psyche. Se levantó instintivamente y la ayudó a incorporarse.

Como si tuviera un radar, Florence apareció en ese instante, agarró a Molly del brazo para apartarla y rodeó a Psyche por la cintura.

—Será mejor que vuelva a tumbarse —le advirtió—. Yo la llevaré a la cama.

—Molly —musitó Psyche casi sin aliento, como si temiera morir antes de haber resuelto el futuro de su hijo—, ven tu también. Ya es hora de que conozcas a Lucas. Florence, ¿te importaría enseñarle a Molly su habitación y ayudarla a instalarse?

Florence le dirigió a Molly una mirada cargada de veneno.

—Como usted quiera, señorita Psyche.

Molly siguió a las dos mujeres por el pasillo hasta llegar a un ascensor con una antigua puerta de rejilla. La pequeña caja temblaba como el corazón de Molly mientras subía hasta el tercer piso.

Psyche dormía en una suite con una chimenea de mármol, muebles antiguos, probablemente de estilo francés, y una alfombra que mostraba el paso de los años. Una línea de ventanas daba a la calle y la otra al jardín. Los libros se acumulaban por todas partes; a pesar de los nervios y de las ganas de ver a Lucas, Molly no pudo evitar fijarse en los nombres de los autores grabados en los lomos de aquellos libros.

—Es esa puerta —señaló Psyche mientras Florence la acercaba a la cama.

Una vez más, Molly necesitó de toda su capacidad de contención para evitar salir corriendo a ver a Lucas, a su hijo, a su bebé.

La habitación del niño, de tamaño considerable, estaba junto a la de Psyche. Tenía una mecedora al lado de la ventana, estanterías repletas de libros de cuentos y una caja rebosante de juguetes.

Molly apenas reparó en ello; fijó la mirada en la cuna y en el niño que permanecía de pie en ella, aferrado a los barrotes y mirándola con cierta inquietud.

Con aquel pelo rubio resplandeciente bañado por el sol de la tarde, parecía de oro, un niño de cuento. Molly, que estaba loca por correr hasta la cuna y abrazarlo con todas sus fuerzas, no hizo ninguna de las dos cosas. Permaneció muy quieta junto a la puerta, dejando que el niño la examinara con aquellos ojos tan serios.

—Hola —le saludó con una emocionada sonrisa—, soy Molly.

«Tu madre», añadió en silencio.

Keegan McKettrick permanecía impaciente al lado de su Jaguar, esperando que le llenaran el depósito de gasolina y observando el equipaje que descansaba entre el expositor de periódicos y las bombonas de propano de la gasolinera que había a la salida del pueblo. Incluso desde aquella distancia era posible adivinar que aquellas bolsas de marca no eran imitaciones. Quienquiera que fuera su propietario, probablemente había llegado en el autobús de las cuatro procedente de Phoenix. Analizó aquel misterio mientras su coche continuaba bebiendo oro líquido y estaba colocando de nuevo la manguera en el surtidor, cuando vio entrar en la gasolinera un coche conocido con Florence Washington al volante.

Keegan deseó esconderse en el Jaguar y salir a toda velocidad, fingiendo no haber visto el coche, pero eso habría ido en contra de sus principios, de modo que no lo hizo. Sabía que Psyche Ryan, Lindsay de soltera, había vuelto a casa junto a su hijo adoptivo para pasar sus últimos días.

Se había preparado para ir a verla en un par de ocasiones desde que sabía que estaba de nuevo en Indian Rock, pero al final no lo había hecho por miedo a molestar. Si estaba tan enferma como le habían dicho, prácticamente estaría postrada en la cama.

El coche rodó y se detuvo justo al lado de las bombonas de propano y de las bolsas de Louis Vuitton.

Keegan se enderezó y vio a Florence dirigiéndole una mirada torva.

Se recordó a sí mismo que él era un McKettrick, que había nacido y había sido criado como tal. Decidió entonces avanzar en vez de retroceder, e incluso fue capaz de esbozar una sonrisa.

Mientras tanto, la puerta de pasajeros del coche de Florence se abrió y salió una joven delgada con una melena de color miel.

Keegan la miró, desvió la mirada, registró quién era y volvió a mirar. Sintió entonces que la sonrisa desaparecía de sus labios y olvidó su intención de preguntarle a Florence si Psyche estaba en condiciones de recibir visitas.

Apretó la barbilla mientras rodeaba el coche para enfrentarse con la amante de Thayer Ryan.

—¿Qué demonios estás haciendo aquí? —gruñó.

No recordaba su nombre, pero sí haberla visto en un pretencioso restaurante de Flagstaff una noche. Estaba sentada con el canalla de Ryan, en una mesa aislada, vestida con un vestido negro y luciendo unos diamantes que, probablemente, le había regalado su amante cargándolos a la cuenta de Psyche, puesto que Ryan jamás había tenido dónde caerse muerto.

La mujer hizo una mueca sobresaltada. Un ligero rubor cubrió sus mejillas y a sus ojos verdes asomó la culpa. Aun así, le sostuvo la mirada con firmeza con una actitud más desafiante que avergonzada.

—Keegan McKettrick —dijo, e intentó pasar por delante de él.

Pero Keegan le bloqueó el paso.

—Tienes buena memoria para los nombres. Yo he olvidado el tuyo.

Mientras tanto, Florence abrió el maletero del coche, presumiblemente para guardar el equipaje.

—No estoy haciendo esto por mí —respondió Molly.

Keegan recordó entonces sus buenos modales, por lo menos en parte, y le hizo un gesto a Florence para que dejara allí el equipaje.

—Hay otro autobús esta noche... —le dijo a aquella mujer cuyo rostro tan bien recordaba.

—Molly Shields —respondió ella, y alzó la barbilla para dejarle muy claro que no iba a dejarse intimidar—. Y no pienso ir a ninguna parte. Le agradecería, además, que se apartara de mi camino, señor McKettrick.

Keegan se inclinó ligeramente. La señorita Shields era una cabeza más baja que él, pero no retrocedió, una actitud que le hizo ganarse cierto respeto.

—Psyche está enferma —le advirtió Keegan—. Lo último que necesita es que vaya a verla la amante de su marido.

El sonrojo se hizo más intenso, pero sus ojos continuaban manteniendo un brillo desafiante.

—Apártese —le pidió.

Keegan todavía estaba indignado por su audacia cuando intervino Florence, clavándole un dedo en el pecho.

—Keegan McKettrick —le dijo—, si no quieres hacer algo útil, como ayudarnos a cargar esas maletas, ya puedes ir apartándote. Y si no estás muy ocupado, no estaría mal que pasaras por casa un día de estos a saludar a la señorita Psyche. Estoy segura de que le gustaría verte.

Keegan cambió inmediatamente de expresión.

—¿Cómo está? —preguntó.

Molly aprovechó aquella oportunidad para esquivarle y agarrar una de sus bolsas.

—Muy enferma —contestó Florence. Se le llenaron los ojos de lágrimas—. Ha sido ella la que ha invitado a Molly Shields a venir. Por supuesto, no me hace más gracia que a ti, pero supongo que tiene una buena razón para ello, y te agradecería que colaboraras.

Keegan estaba confundido y disgustado al mismo tiempo. Asintió, levantó dos de las cinco bolsas y las dejó en el maletero sin ninguna ceremonia, haciendo todo lo posible por ignorar a Molly Shields, que estaba en aquel momento a su lado.

—Dile a Psyche que iré a verla cuando tenga ganas de compañía —contestó.

—Normalmente se encuentra bastante bien hasta las dos

de la tarde –le explicó Florence–. Puedes venir mañana alrededor de las doce. Os prepararé un almuerzo a los dos en la galería.

A Keegan no le pasó por alto que había especificado «a los dos» y, a juzgar por su expresión, tampoco a Molly, que en aquel momento arrastraba la maleta más pesada.

–Me parece estupendo –contestó, y agarró la maleta de Molly para dejarla junto a las demás.

Molly le fulminó con la mirada.

Él continuó ignorándola.

–Ya que estoy aquí, aprovecharé para comprar pan y leche –dijo Florence, dirigiéndose en aquella ocasión a Molly.

Y sin más, se metió en la tienda que había al lado de la gasolinera.

–¿Sabe Psyche que se acostaba con su marido? –preguntó Keegan en un furioso suspiro en cuanto se quedaron a solas.

Molly le miró boquiabierta.

–¿Lo sabe? –repitió Keegan con fiereza.

Molly se mordió el labio.

–Sí –contestó con voz queda, cuando Keegan ya casi había renunciado a obtener una respuesta.

–Si está intentado estafarla de alguna manera...

Molly, que unos segundos antes parecía sentirse humillada, alzó en aquel momento la cabeza y le miró como si estuviera a punto de abofetearle.

–Ya ha oído a la señora Washington. Ha sido Psyche la que me ha pedido que viniera.

–Pero supongo que usted habrá hecho algo para conseguir esa invitación, estoy seguro –replicó Keegan–. ¿Qué demonios se propone?

–No me propongo nada –respondió Molly, haciendo un obvio esfuerzo para no perder la compostura–. Estoy aquí porque Psyche... necesita mi ayuda.

–Psyche –replicó Keegan, inclinándose de nuevo hasta casi tocarla–, necesita a sus amigos. Necesita estar en su casa, en la casa en la que creció, y lo último que necesita, señorita Shields, es verla a usted. Sea lo que sea lo que se propone, haría mejor en reconsiderarlo. Psyche está demasiado débil para luchar, pero le aseguro que yo no.

—¿Eso es una amenaza? —preguntó Molly, mirándole con los ojos entrecerrados.

—Sí —le respondió Keegan—, y yo nunca amenazo en vano.

Florence regresó en ese momento con el pan y la leche, rodeó el coche y dejó la bolsa con la comida en el asiento de atrás.

—Si ya habéis terminado de discutir —dijo, dirigiéndose a Keegan—, me gustaría volver con Psyche.

Keegan suspiró.

Molly le dirigió una mirada asesina y se sentó en el asiento de pasajeros.

Keegan le dijo entonces a Florence:

—Estaré allí mañana a las doce, ¿llevo algo?

Tendría muchas cosas que llevar, entre otras, las preguntas que quería hacerle a Psyche.

Por lo menos consiguió hacer sonreír a Florence con aquella pregunta.

—Bastará con que vayas tú. Estoy segura de que a mi niña le vendrá bien estar con alguien tan guapo.

Si no hubiera estado tan enfadado que se sentía capaz de abrir de un bocado una de esas bombonas de propano, Keegan le habría devuelto la sonrisa.

—Hasta mañana, entonces —se despidió.

Permaneció donde estaba mientras Florence ponía el coche en marcha, salía de la gasolinera y se alejaba a toda velocidad.

—Maldita sea —musitó entonces para sí.

Cinco minutos después, de camino ya por la carretera del rancho Triple M, en el que la familia McKettrick llevaba viviendo más de un siglo y medio, sacó el teléfono móvil y marcó un número.

Le respondió el buzón de voz de su primo Rance. Mientras escuchaba el mensaje, soltó una maldición. Desde que estaba saliendo con Emma Wells, la encargada de la librería del pueblo, su primo había sufrido una gran transformación. Había renunciado a ser un alto cargo de McKettrickCo, el conglomerado de empresas de la familia, para comenzar a montar su propio rancho.

Sonó el pitido y se decidió entonces a dejar su mensaje.

—Esa zorra con la que estaba Thayer Ryan está ahora mismo en el pueblo —anunció sin preámbulos—. ¿Y adivina dónde se aloja? En casa de Psyche.

Interrumpió la llamada sin más y llamó a Jesse, su otro primo. Jesse, un hombre particularmente activo, era más difícil de localizar incluso que Rance, porque se negaba a llevar teléfono móvil. En aquella ocasión, Keegan ni siquiera pudo dejar un mensaje en el buzón de voz.

Estaba a punto de volver al pueblo, imaginando que podría encontrar a Jesse en la trastienda de Lucky's Bar & Grill, desplumando a algún devoto del póquer del dinero que tantos sudores le había costado ganar, cuando se acordó de que Jesse y Cheyenne, su flamante esposa, estaban todavía de luna de miel.

Le invadió entonces una triste sensación de soledad y se alegró de que no hubiera nadie allí para verla. Jesse estaba enamorado de Cheyenne, Rance, de Emma, y él estaba solo.

Su matrimonio había terminado en fracaso y su hija Devon, que vivía en Flagstaff con su madre, le veía muy de vez en cuando. Lo último que le apetecía en aquel momento era regresar a la enorme casa del rancho, pero tampoco tenía ganas de volver a la oficina.

Muchos miembros de la familia querían que McKettrickCo cotizara en bolsa y a pesar de los esfuerzos que estaba haciendo Keegan para evitarlo, le superaran en número. Sentía ya cómo aquella compañía, lo único que le permitía conservar la cordura, comenzaba a escapársele de las manos.

¿Qué haría cuando la perdiera?

A Jesse, que jamás se había involucrado en la compañía, salvo para recibir su correspondiente parte de los dividendos, le importaba un comino. Rance, que en otro tiempo había estado dispuesto a trabajar dieciocho horas al día junto a Keegan, prefería pasar su tiempo libre con sus hijas, con Emma, o con las doscientas cabezas de ganado que pastaban en su parte del rancho.

Su prima Meg, que se había visto obligada a trasladarse a San Antonio para ocuparse de una de las ramas de aquel conglomerado empresarial, podría haberse puesto de su parte, pero también andaba muy distraída últimamente. Cada vez que llegaba a Indian Rock, se encerraba en la casa que originalmente, allá por mil ochocientos, había pertenecido a Holt y a Lorelei McKettrick, pensando en lo que quisiera que la tuviera preocupada.

Keegan podría haber llamado a Travis Reid, su mejor amigo, después de Jesse y de Rance, o incluso a Sierra, otra de sus primas y esposa de Travis. Pero en aquel momento Travis y Sierra estaban ocupados mudándose de casa y por amables que hubieran sido con él, sabía que estaría molestándolos. Al fin y al cabo, eran prácticamente unos recién casados, estaban comenzando una vida en común y necesitaban cierta intimidad.

Lo que significaba que, en lo que se refería a amigos de confianza, no andaba de suerte.

CAPÍTULO 2

El cuarto de baño y la habitación de Molly estaban al otro lado de la habitación de Lucas, enfrente de la suite de Psyche. Con la ayuda de Florence, subieron las maletas en el ascensor.

Florence permaneció después en el marco de la puerta.

—Ese niño se parece mucho a usted —dijo, señalando con la cabeza hacia la habitación de Lucas—. Me ha costado darme cuenta, pero al final lo he descubierto. Es usted su madre, ¿verdad?

Molly no contestó. Era Psyche la que tenía que decidir si quería que Florence lo supiera o no y Molly no quería entrometerse.

—Thayer y la señorita Psyche pasaron años intentando adoptar un niño —continuó explicando Florence—. Estuvieron a punto de conseguirlo en un par de ocasiones, pero al final siempre salía algo mal. O bien la madre se arrepentía o aparecía algún pariente dispuesto a hacerse cargo del niño. No puede imaginarse cuánto sufría al ver a la señorita Psyche armándose de valor para ocultar su decepción y no perder la esperanza. Y de pronto, apareció Lucas, un niño perfecto, rubio y de ojos azules. Debería haberme imaginado que era el fruto de su aventura con Thayer.

Molly, que estaba a punto de comenzar a deshacer el

equipaje, se tensó y miró a Florence. Afuera, en el jardín se puso en funcionamiento el aspersor; su rítmico sonido llegaba a través de las ventanas, refrescando la delicada brisa de la tarde.

—Nada de esto es culpa de Lucas.

Florence le dirigió una fría sonrisa.

—Así que por lo menos tiene algo de coraje —observó—. Si pretende quedarse por aquí, va a necesitarlo. Ahora bajaré a preparar la cena, pero antes de irme quiero decirle una cosa más: no sé qué está haciendo aquí, pero la vigilaré de cerca. Como se le ocurra hacer algo, cualquier cosa, que haga más difícil esta situación de lo que ya lo es para mi niña, a mi lado el demonio le parecerá un ángel. ¿Entiende lo que quiero decirle, Molly Shields?

Molly se mantuvo erguida. Había llegado a Indian Rock como un perro apaleado, pero tenía que pensar en Lucas. Ya iba siendo hora de que se comportara como una mujer adulta y comenzara a tomar las riendas de la situación.

—Preferiría tenerla como amiga, pero si me veo obligada a pelear, no dudaré en hacerlo.

Florence la miró entonces con un respeto inesperado, pero aquella expresión desapareció casi de inmediato.

—La cena se sirve a las seis —dijo, y se fue tras cerrar la puerta delicadamente tras ella.

Molly sabía que aquella delicadeza era una cortesía hacia Psyche, no hacia ella, pero lo agradeció de igual manera.

Miró alrededor de aquella habitación que sería su casa en el futuro inmediato: chimenea de ladrillo, una cama con el cabecero de cobre, una cómoda, un escritorio, un diván y montones de estanterías; todos ellos muebles lujosos desgastados por el tiempo.

Sonrió con pesar al recordar su ultramoderno apartamento de Los Ángeles, en el que todo era nuevo. Un lugar que no conservaba historia alguna, que no almacenaba ningún recuerdo. Qué contraste.

Su sonrisa desapareció al recordar su encuentro con

Keegan McKettrick en la gasolinera a la que habían ido a recoger su equipaje. Había visto el desprecio en sus ojos y, desde luego, Keegan no había tenido reparos a la hora de dejar claro que quería que saliera de la vida de Psyche y que desapareciera de Indian Rock para siempre.

Se había llevado un buen sobresalto al encontrarse con él. En cierto modo, comprendía, continuaba resentida por lo ocurrido durante su primer encuentro en un restaurante de Flagstaff, cuando Thayer la había presentado como una de las socias de su negocio.

Por supuesto, Keegan no le había creído.

Y al mirar atrás, Molly comprendió que debería haber sospechado de la reacción de Thayer aquella noche. Si pensaba en ello, no podía menos que reconocer que era el escenario típico: el marido culpable se encuentra con un amigo e inventa cualquier excusa para alejar a su amante. ¿Cómo era posible que no se hubiera dado cuenta?

«Porque eras una estúpida, por eso», pensó.

Molly abrió la maleta y sacó un vestido de verano de flores y ropa interior limpia. Se sentiría mejor después de una ducha. Volvería a ser la de siempre, una mujer segura y confiada.

En cuanto a la baja opinión que el señor McKettrick tenía sobre ella, no tenía la menor importancia teniendo en cuenta el rumbo que había tomado su vida. Lo único que verdaderamente importaba era Lucas. Y Psyche.

Keegan McKettrick sólo era una nota discordante.

Sintió una punzada en el estómago y un nudo en la garganta.

Si eso era cierto, ¿por qué le dolía tanto recordar su mirada?

Rance cabalgaba por el arroyo en un caballo pinto que Keegan no había visto antes.

Tal y como iba vestido, con vaqueros, botas, una camisa

de tela vaquera y un viejo y vapuleado sombrero, recuerdo de sus días en los rodeos, parecía recién salido de la época en la que se había levantado el rancho.

—He recibido tu mensaje —dijo Rance con su habitual expresión taciturna.

Se inclinó hacia delante para desmontar.

Keegan miró hacia la laberíntica casa de Rance, que era casi idéntica a la suya. Las dos habían sido levantadas en el siglo XIX, cuando Angus McKettrick y sus cuatro hijos todavía cabalgaban por los extensos campos del Triple M. Con el paso de los años, las diferentes generaciones habían ido añadiendo toda clase de comodidades a las viviendas.

—¿Has dejado a las chicas solas? —preguntó Keegan, refiriéndose a Rianna y a Maeve, las hijas de Rance.

—Están con Emma —contestó Rance con una ligera y bobalicona sonrisa—. Está haciendo la cena. Si quieres, puedes quedarte a cenar con nosotros.

Por un momento, Keegan se sintió como si le faltara algo. Quería aceptar la invitación, sentirse parte de la familia, aunque sólo fuera durante una hora o dos, pero, al mismo tiempo, se preguntaba si sería capaz de enfrentarse al contraste entre la vida de su primo y la suya.

—Sí, a lo mejor —contestó intentando ser educado, pero sabía que probablemente no iría. Y seguramente también Rance lo sabía.

Rance soltó las riendas para que el caballo pudiera pastar por los campos de Keegan, que necesitaban una buena siega.

—¿Qué es eso de que la amante de Thayer está viviendo con Psyche? —preguntó—. Para empezar, ni siquiera sabía que Thayer tenía una amante.

Keegan se pasó la mano por el pelo. Estaba tan furioso y tan ansioso por contarles a Rance y a Jesse lo ocurrido que había salido corriendo en cuanto había visto a su primo cruzando el arroyo. Pero en aquel momento no estaba seguro de cómo explicar todo lo que sabía.

—Engañó a Psyche desde el primer día —dijo Keegan entre dientes.

Siendo niños, Psyche y él habían hecho un pacto: se habían prometido casarse y formar una familia numerosa cuando crecieran. Seguramente, si Psyche no estuviera muriéndose, él ni siquiera lo recordaría.

—No lo sabía —contestó Rance con voz queda.

Pero sí estaba al corriente del pacto. Rance y Jesse se habían reído de Keegan sin piedad recordando aquel día, pero al final habían terminado ellos tan enamorados como lo estaba él entonces.

—Si hubiera podido, le habría puesto los ojos morados a ese canalla.

Keegan recordó la noche que se había encontrado a Thayer y a Molly; les había descubierto cenando a escondidas de Psyche. Sintió el mismo vacío en el estómago que había sentido entonces. En parte era un sentimiento provocado por la rabia, pero había también algo más. Algo que prefería no identificar.

—Se propone algo —aseguró rotundo.

—¿Como qué? —preguntó Rance.

—No lo sé —admitió Keegan, después de soltar un suspiro exasperado—. Según Florence, ha sido Psyche la que ha invitado a esa arpía. Así que supongo que Molly debe haberla manipulado de alguna manera.

Rance arqueó una ceja.

—Me parece extraño. Normalmente, las amantes y las esposas no se llevan nada bien, sobre todo si tienen que vivir bajo el mismo techo —se interrumpió un momento—. ¿Molly?

—Molly Shields —dijo Keegan.

Rance curvó ligeramente los labios y a sus ojos asomó una expresión divertida, pero no dijo nada.

—Psyche es una mujer rica —le recordó Keegan a su primo, poniéndose nervioso otra vez—. Aquí está pasando algo raro.

Rance lo pensó detenidamente.

—Es posible —musitó—. O a lo mejor esta... ¿Molly Shields, has dicho? A lo mejor está buscando una oportunidad de enmendar sus errores. Psyche se está muriendo, la señorita Shields cometió un error. ¿No es posible que esté intentando arreglar las cosas antes de que sea demasiado tarde?

Keegan soltó un bufido burlón.

—El amor te ha reblandecido el cerebro —se burló de su primo.

Rance se echó a reír.

—Eso es lo único que me ha reblandecido —respondió.

Keegan no pudo evitar una sonrisa.

—Eres un hombre con suerte. Y también Jesse.

—Ya te llegará a ti el turno —respondió Jesse muy serio.

—Yo ya he pasado por la experiencia del matrimonio.

Y Shelley, su ex esposa, le había curado todas las aspiraciones románticas que pudiera haber tejido en torno al amor y la tarta de bodas. Lo único que Keegan quería era poder disfrutar regularmente del sexo con alguien sin que mediara entre ellos ningún tipo de atadura.

—Sí, eso pensaba yo también —contestó Rance.

Miró por encima del hombro hacia su propia casa y la fuerza de la presencia de Emma se hizo presente durante una fracción de segundo en su forma de inclinarse hacia allí.

—Has tenido mucha suerte —repitió Keegan.

—Vamos, anímate a cenar con nosotros —le urgió Rance, volviéndose de nuevo hacia él.

Keegan negó con la cabeza.

—No, esta noche no —dijo.

Rance le palmeó el hombro brevemente con una de sus callosas manos.

—Sé que para ti es duro —dijo—, eso de que Psyche haya vuelto aquí para morir. Pero no es ninguna estúpida. Si ha sido ella la que le ha pedido a esa mujer que viniera, es porque se propone algo. ¿Has visto ya a Psyche?

Keegan volvió a negar con la cabeza, tragó saliva y desvió la mirada antes de volver a mirar a su primo a los ojos.

—Mañana comeré en su casa.

Rance asintió con un gesto de solemne aprobación.

—Dile a Psyche que iré a verla esta semana, cuando haya tenido tiempo de instalarse.

—Sí, se lo diré.

Rance comenzó a alejarse y llamó al caballo con un silbido. Agarró las riendas, posó un pie en el estribo y montó dispuesto a regresar con su mujer y sus hijas.

—¿Keeg?

Keegan esperó en silencio.

—Si surge algún problema y Psyche necesita ayuda, podrá contar con nosotros. Contigo, con Jesse y conmigo, quiero decir. Mientras tanto, intenta no dejar que te salga otra úlcera.

Antes de conocer a Emma, o Echo, que era el nombre por el que se la conocía la primera vez que había aparecido en Indian Rock conduciendo un coche de color rosa con un perro blanco sentado en el asiento del conductor, Rance estaba tan comprometido con McKettrick como lo estaba Keegan en aquel momento. Vestía entonces siempre con traje, viajaba por todo el mundo negociando contratos ventajosos para la compañía y trabajaba dieciséis horas diarias cuando estaba en Indian Rock.

Pero se había enamorado intensa e irremediablemente, como le había pasado a Jesse antes que a él, y desde entonces nada había vuelto a ser lo mismo. Y allí estaba en aquel momento, advirtiéndole a Keegan sobre una posible úlcera.

Keegan todavía estaba intentando acostumbrarse a aquel cambio y a veces tenía la sensación de que nunca lo conseguiría.

Consiguió esbozar una sonrisa y asintió otra vez.

—Cuídate —le dijo.

—Igualmente.

Y se alejó cabalgando. Mientras le veía marcharse, Keegan se sintió más solo de lo que se había sentido jamás en su vida, y teniendo en cuenta algunas de las circunstancias por las que había pasado, aquello era mucho decir.

Psyche le observaba desde la ventana de su dormitorio con una sonrisa nostálgica mientras Keegan salía del coche que acababa de aparcar delante de la casa. Le vio armarse de valor para lo que le esperaba de una forma sutil, pero inconfundible para ella, y abrir la puerta de la entrada.

«Debería haberme casado con él», pensó.

—¡Keegan está aquí! —anunció Florence.

Florence la había ayudado a cambiar el camisón por un vestido de seda de color azul. Psyche había considerado incluso la posibilidad de ponerse una peluca, pero al final había optado por un pañuelo. Le parecía que era menos digno de lástima.

—Será mejor que vaya a abrirle la puerta —dijo el ama de llaves—. ¿Quiere que le haga subir?

Psyche cuadró los hombros y se volvió hacia su vieja amiga.

—No —contestó, esbozando una sonrisa con la que no consiguió engañar a Florence—. Quiero hacer una entrada triunfal.

Florence sonrió, pero los ojos se le llenaron de lágrimas. Asintió en silencio y salió.

Psyche podía oír la voz de Molly, que llegaba hasta ella desde la habitación de Lucas. Le estaba leyendo un cuento. Sintió una punzada en el corazón. No era fácil apartarse de su hijo para que pudiera pasar más tiempo con Molly, pero sabía que tenía que hacerlo. Había luchado con todas sus fuerzas, había hecho todo lo posible para continuar viva, pero iba a perder la batalla y lo sabía. Cada día se sentía más débil que el anterior, más frágil, como si estuviera disolviéndose como una voluta de humo.

Todavía no había muerto, pensó, y ya se sentía como si fuera un fantasma.

Sonó el timbre de la puerta en el piso de abajo.

Apoyándose en la pared del pasillo, Psyche avanzó lentamente hacia el ascensor.

Cuando la puerta se abrió en la planta baja, descubrió allí a Keegan esperándola, ofreciéndole el brazo con una delicada sonrisa. Sus ojos azules, tan típicos de los McKettrick, quedaban oscurecidos por una sombra de tristeza que intentaba disimular.

A Psyche se le hizo un nudo en la garganta. Le resultaba imposible hablar.

Keegan se fijó en el vestido y en el pañuelo que cubría su cabeza.

–Estás tan guapa como siempre –la alabó.

Psyche sabía que estaba mintiendo, y le bendijo por ello, y también por darle aquellos segundos para recobrar la compostura.

–Déjalo, sinvergüenza halagador –y le guiñó el ojo–, pero no todavía.

Keegan soltó una carcajada y se inclinó para darle un beso en la frente. Continuó sujetándola delicadamente del brazo y cuando Psyche se meció ligeramente al volverse hacia la galería, la levantó en brazos.

A Psyche se le llenaron los ojos de lágrimas. A esas alturas de su vida, había olvidado que podía existir algo parecido a la galantería.

Cuando llegaron a la parte de atrás de la casa, se encontraron con Florence, que estaba colocando unas peonias tan grandes como una ensaladera en un jarrón de cristal.

Psyche soltó una exclamación ahogada al ver sus flores favoritas. Era el tres de julio y las últimas peonias del jardín de Flagstaff habían desaparecido ya hacía semanas.

–¿De dónde las has sacado? –le preguntó a Florence, llevándose una mano al corazón.

–Las ha traído Keegan –contestó Florence.

Se sorbió la nariz antes de cuadrar los hombros y recuperó su habitual pose orgullosa.

Keegan dejó a Psyche en una de las sillas. Tenía el cuello ligeramente sonrojado.

Psyche le dio un beso en la mejilla y expresó en voz alta lo que antes había estado pensando.

–Debería haberme casado contigo, Keegan McKettrick.

Keegan sonrió.

–Creo que intenté decírtelo –bromeó él.

–Siéntate para que pueda empezar a servir la comida –le ordenó Florence bruscamente, incómoda con tantas emociones–. Llevo toda la mañana trabajando como una esclava en la cocina.

Keegan se echó a reír, sacó la silla que había al lado de la de Psyche y se sentó.

Florence llevó entonces una sopera con crema de aguacate y un plato de galletas saladas. Después sirvió una de sus elaboradas y deliciosas ensaladas. Mientras tanto, Keegan descorchó una botella de champán y sirvió dos copas.

–Está delicioso –dijo Psyche tras beber el primer sorbo.

Keegan arqueó una ceja.

–¿Puedes tomar alcohol a pesar de la medicación? –preguntó.

Psyche se echó a reír y brindó antes de llevarse de nuevo la copa a los labios. Después de beber un sorbo, contestó alegremente:

–Esto podría matarme.

Keegan sonrió, pero le brillaban sospechosamente los ojos.

–No tiene gracia.

Psyche alargó la mano y estrechó durante unas décimas de segundo la mano de Keegan. Todavía conservaba cierto orgullo y ya era suficientemente terrible permitir que su amor de la infancia la viera como una inválida sin necesidad de que notara también la fragilidad de sus dedos escuálidos.

–Sí, tiene gracia. Y no te atrevas a compadecerme, Keegan McKettrick, no podría soportarlo.

Comenzaron entonces a comer. Por lo menos así tenían algo que hacer, aunque Psyche sospechaba que Keegan no tenía mucho más apetito que ella. Sin embargo, ninguno de los dos habría sido capaz de herir los sentimientos de Florence por nada del mundo.

—Tengo que pedirte un favor —anunció Psyche cuando renunciaron a seguir comiendo y apartaron los platos.

Keegan esperó en silencio.

Psyche reprimió las ganas de posar la mano en su mejilla y de decirle que no estuviera tan triste, que al final todo saldría bien. En cambio, fijó la mirada en las peonias durante largo rato, hasta que se convirtieron ante sus ojos en una masa informe de color blanco.

—Lucas va a heredar mucho dinero —dijo por fin.

Se irguió en la silla y rezó para que Keegan no la interrumpiera, porque tenía muchas cosas que decirle y comenzar de nuevo le resultaría imposible.

—Excepto Florence —continuó—, no hay nadie más en quien pueda confiar tanto como en ti. Pero Florence ya es muy mayor y cuando yo... cuando yo muera, se irá a vivir a Seattle con su hermana. Le he hecho prometerle que lo haría. Molly... —observó que Keegan se tensaba al oír aquel nombre y añadió precipitadamente—: Molly se hará cargo de Lucas, pero me gustaría que fueras el albacea de mi testamento. Que te encargaras de proteger y preservar la propiedad de mi hijo.

—Psyche...

Psyche alzó la mano.

—No —le pidió—. Déjame terminar, por favor.

Keegan asintió.

—Enséñale a Lucas a montar a caballo, Keegan. Y a no tener miedo. Quiero que le enseñes a jugar al béisbol y... a ser un chico.

—Déjame adoptarle, Psyche —le pidió Keegan, y Psyche sabía que se lo decía de corazón.

—Necesita una madre —insistió Psyche.

—Tú eres su madre —replicó Keegan—. Eso no va a cambiar.

Psyche comenzó a llorar. Tomó una servilleta de encima de la mesa y se secó las lágrimas.

—Molly va a adoptarlo —le explicó—. Lo hará en cuanto yo muera. Ya he dejado todo arreglado.

Keegan la miró con el ceño fruncido.

—¿Pero por qué ella, Psyche? ¿Por qué precisamente ella?

Psyche no era capaz de volver a mirarlo. La servilleta cayó al suelo del porche. Nerviosa, entrelazó los dedos en el regazo.

—Entonces, ¿tú lo sabías? ¿Sabías lo de Molly y Thayer?

—Sí, lo sabía —contestó Keegan.

—De toda esa aventura salió algo bueno —le explicó Psyche, desesperada por hacérselo comprender.

Lucas iba a necesitar a Keegan. Su hijo necesitaba un hombre que le ayudara a crecer y Keegan McKettrick era el mejor hombre que conocía.

Advirtió el momento en el que Keegan comprendía el verdadero significado de sus palabras. Le vio abrir los ojos como platos y entrecerrarlos después.

—Así que es su madre biológica...

Psyche asintió.

—Sí. Thayer me contó todo unas horas antes de que Lucas naciera. Me suplicó que no me divorciara de él, me dijo que criaríamos a ese niño como si fuera nuestro y que Molly estaba dispuesta a renunciar a él. Y la simple verdad es que yo tenía tantas ganas de tener un hijo que acepté.

—Oh, Dios mío —musitó Keegan.

—Quise a Lucas con todas mis fuerzas desde la primera vez que le vi —continuó Psyche, que comenzaba a quedarse sin fuerzas—. Jamás me he arrepentido de lo que hice, ni una sola vez. Quiero que ese niño disfrute de una buena vida, Keegan, y tanto tú como yo sabemos que para eso hace falta algo más que dinero. Por favor... prométeme que le cuidarás...

Keegan se levantó de la silla, se agachó junto a Psyche, tomó sus manos y las envolvió con una delicadeza que desgarró el corazón de la enferma.

—Te doy mi palabra de que lo haré, Psyche —dijo, mirándola a los ojos.

Psyche sonrió a través de las lágrimas. Apartó una mano para acariciarle la mejilla.

—¿Palabra de McKettrick?

—Palabra de McKettrick.

Psyche suspiró aliviada y agotada y se permitió entonces llorar contra su hombro.

—Debería haberme casado contigo —dijo otra vez.

Keegan la abrazó.

—Podemos fingir que fue así —dijo con pesar—. Me haré cargo de tu hijo como si fuera nuestro.

Psyche sollozó estremecida.

—Gracias —musitó.

Como impelida por aquel sonido, Florence entró en aquel momento en la galería.

—Ha llegado la hora de descansar —anunció.

Psyche asintió sin apartar la cabeza del hombro de Keegan. Éste se levantó, la levantó en brazos y la llevó hacia la escalera de caracol que había en la parte delantera de la casa. La misma por la que, tantos años atrás, Psyche había bajado vestida y peinada para el baile de fin de curso. Él la esperaba al final de la escalera, avergonzado e incómodo con el esmoquin y un ramillete de peonias blancas en la mano.

Subió la escalera con ella sin esforzarse apenas. Florence los seguía a un ritmo más lento.

Cuando llegaron al tercer piso, Molly estaba en el pasillo, observándolos con sus enormes ojos rebosantes de tristeza.

Psyche notó que Keegan se tensaba.

Molly se hizo a un lado.

—Por aquí —dijo Florence sombría.

Keegan se dirigió al dormitorio y dejó a Psyche delicadamente sobre la cama. Se inclinó y le dio un beso en la frente.

—No olvides tu promesa —le pidió Psyche.

—Palabra de McKettrick —le recordó él.

Curvó su dedo meñique y Psyche entrelazó con él su meñique.

Después sonrió, cerró los ojos y se sumió en un profundo sueño.

Molly esperaba en el pasillo de la habitación de Psyche, deseando desaparecer de allí, pero, al mismo tiempo, decidida a no salir huyendo.

A los pocos minutos salió Keegan. Al verla allí, se detuvo en seco y la miró con los ojos entrecerrados.

—¿Psyche está bien? —le preguntó.

Keegan vaciló un instante, dio un paso hacia ella y volvió a detenerse.

Molly no se movió de donde estaba.

—Malas noticias —dijo Keegan en tono mordaz—, continúa viva.

Molly sintió crecer la furia en su interior. Temblando con violencia, apretó los puños a ambos lados de su cuerpo. Si no hubiera sido por Lucas, y por la pobre Psyche, se habría abalanzado contra él y le habría cubierto de puñetazos y patadas.

La puerta del dormitorio de Psyche se cerró desde dentro con un elocuente cerrojazo.

Molly avanzó mirando el indignado rostro de Keegan.

—¡No podría haber dicho nada más desagradable! —susurró.

Keegan la agarró del codo y la obligó a avanzar por el pasillo para alejarse de la puerta del dormitorio de Psyche.

—¿De verdad quiere oír algo desagradable? Porque creo que no hay nada más desagradable que acostarse con el marido de otra mujer y después tener el valor de mudarse a su casa para criar a su hijo.

«¡Ese niño es mío!», quería gritar Molly. Pero, por supuesto, no lo hizo. Se limitó a permanecer donde estaba, respirando hondo hasta estar segura de que era capaz de dirigirse a aquel hombre sin gritar.

Keegan parecía empeñado en empeorar la situación. Posó un dedo en la clavícula de Molly y gruñó:

—Prepárese para librar la peor batalla de su vida, señorita Shields. Psyche cree que está haciendo lo que debe, que lo más honesto es dejar que adopte a Lucas porque, al fin y al cabo, es su madre biológica. Pero en su lógica hay algo que no encaja, aunque, por supuesto, ella está demasiado débil y enferma como para darse cuenta de ello. Si usted de verdad quisiera a ese niño, jamás se habría deshecho de él.

El asombro de Molly no habría sido mayor si Keegan le hubiera dado un puñetazo. Ligeramente mareada, se meció sobre los pies y tuvo que apoyar la mano en la pared del pasillo para no caer.

Pero Keegan continuó sin piedad.

—Voy a hacer todo lo que esté en mi mano por detenerla —dijo—. Es posible que no pueda hacer nada para evitar la adopción, pero yo soy el albacea del testamento de Psyche y le aseguro que no tocará ni un solo centavo del dinero del niño, de modo que si tiene un amante esperándola en alguna playa tropical, será mejor que le escriba para decirle que el intento de estafa no ha salido bien y se largue en el primer autobús que salga de aquí.

Molly perdió la paciencia. Alzó la mano, y le habría abofeteado si Keegan no le hubiera sujetado la muñeca con tanta fuerza que le hizo daño.

Lágrimas de enfado y frustración arrasaron sus ojos.

—Usted... no lo entiende —farfulló.

Tenía la sensación de que era otra persona la que había pronunciado aquellas palabras. Alguien que estaba muy lejos de ella.

—Lo entiendo perfectamente —le espetó Keegan, soltándole la mano—. Es usted la que no entiende nada. Aquí ha terminado su juego. Será mejor que vaya a buscar a otra víctima.

Molly consiguió recobrar la compostura.

—Escúcheme —musitó con un susurro atragantado que parecía desgarrarle la garganta—. No soy ninguna estafadora y tampoco una jovencita sin cabeza a la que pueda amenazar para que se marche de aquí.

Keegan la fulminó con la mirada.

Y ella le dirigió una mirada furibunda.

Ambos respiraban con dificultad.

—Esto no ha terminado —le advirtió él.

—Por supuesto que no —respondió ella.

Keegan dio media vuelta y se alejó a grandes zancadas hasta las escaleras.

Molly no se movió de donde estaba, apoyada contra la pared. Temía que las piernas no la sostuvieran si intentaba caminar.

Cuando se sintió capaz de dar un paso, volvió lentamente hacia la habitación de su hijo.

Encontró a Lucas durmiendo, acurrucado en medio de la cuna y con el pulgar en la boca. Las ventanas estaban cerradas, pero aun así, una suave brisa acariciaba su pelo dorado.

Todo tipo de pensamientos salvajes cruzaron la cabeza de Molly, desafiando toda razón y toda lógica.

Podía agarrar al niño y salir corriendo de allí.

Podía desaparecer.

Sacaría todo el dinero del banco y empezaría una nueva vida con una nueva identidad. Se teñiría el pelo, le teñiría el pelo a Lucas. Le llamaría Tommy, o Johnny...

«¡Ya basta!», pensó.

No podía hacerle eso a Lucas, ni a Psyche.

Y tampoco podía hacérselo a sí misma.

Se acercó a la ventana y miró hacia la calle justo a

tiempo de ver a Keegan, que estaba ya al lado de su coche, alzando la mirada. Molly habría jurado que sus miradas se encontraron; incluso tuvo la sensación de recibir aquel impacto. Pero, por supuesto, era imposible. Keegan no tenía manera de saber en qué habitación estaba.

Pero de una cosa estaba segura: aquel hombre estaba dispuesto a causarle problemas.

Se cruzó de brazos y clavó los pies en el suelo.

—Adelante, señor McKettrick —dijo suavemente.

Tampoco ella iba a ponerle las cosas fáciles.

Un segundo después, con una furiosa elegancia, Keegan se metía en el coche, cerraba la puerta de un portazo y se alejaba de allí.

Molly esperó durante algunos segundos, abandonó después la habitación de Lucas y se metió en su cuarto. Tenía el teléfono móvil encima de la cómoda, cargándose.

Lo desenchufó y marcó un número de teléfono.

—Ya iba siendo hora de que llamaras —le reprochó Joanie Barnes, su secretaria—. ¿Dónde estás?

—En Indian Rock, Arizona —contestó Molly.

Repentinamente agotada, se sentó al borde de la cama. Le había dicho a Joanie, y a cuantos le habían preguntado por los motivos de su salida, que iba a asistir a un congreso de escritores en Sedona con intención de descubrir nuevos autores.

La única persona de Los Ángeles que sabía la verdad era su padre.

—No hiciste reserva en ningún hotel ni en ningún avión —la acusó Joanie—. Lo sé porque lo he comprobado. Y Fred Ettington me dijo que te había llevado a la estación de autobuses.

Molly suspiró y se echó el pelo hacia atrás. Fred tenía un servicio de taxis que Molly utilizaba cuando tenía que atender a clientes y editores importantes. Estaba tan desesperada por ver a Lucas que había solicitado sus servicios sin imaginarse que pudiera llegar a contárselo a alguien.

Pero cuando volviera a darse una situación como aquélla, optaría por un taxi.

—Quería un ambiente diferente —contestó.

—¿Qué? —preguntó Joanie.

—El autobús. Decidí venir en autobús para intentar ambientarme.

—No hace falta viajar en autobús para eso —respondió Joanie con sarcasmo—. ¿Y de qué demonios estás hablando?

—Estoy escribiendo un libro —contestó Molly.

—Ah —dijo Joanie poco convencida, y sin hacer ningún esfuerzo por disimularlo—. Muy bien.

—¿Cómo van las cosas por la oficina? ¿He recibido algún mensaje?

—Sólo unos mil —replicó Joanie—. Godridge no ha entrado en la lista de libros más vendidos y está amenazando con buscar un agente en Nueva York. Y Davis ha llamado unas cincuenta veces. Está frenético porque cada vez que te llama le salta el buzón de voz.

Molly cerró los ojos. Denby Godridge, «Dios», para abreviar, por lo menos en la agencia, era un viejo premio Pulitzer; era un gran escritor, pero sus ventas eran cada vez más bajas. Molly sabía que podía manejarle, pero la perspectiva de enfrentarse a él no le hacía especial ilusión. Davis Jerritt era otro de sus clientes, y un asunto completamente diferente. Sus novelas de terror y suspense siempre eran un éxito de ventas. La obra en la que estaba trabajando tenía como protagonista a un psicópata acosador. Como antiguo actor que era, a Davis le gustaba adentrarse en el papel mientras escribía y, al parecer, Molly había sido elegida para representar a la acosada.

—Dile que me he muerto.

—¿A Davis o a Dios? —bromeó Joanie.

Molly volvió a suspirar.

—Mira, ahora mismo no puedo explicártelo, pero hay un asunto del que no puedo dejar de ocuparme, así que voy a estar fuera una temporada.

Quizá para siempre, pensó. Se interrumpió unos segundos y al final, como último recurso, decidió contestar con una media verdad:
—Creo que voy a necesitar un abogado.

CAPÍTULO 3

Hasta que no condujo al pueblo a la mañana siguiente y vio la feria que habían instalado en la parte trasera del mercado, Keegan no se había acordado de que, en primer lugar, era sábado y, en segundo lugar, era cuatro de julio. Más tarde se celebrarían un picnic y una barbacoa comunitaria en el parque y, en cuanto se hiciera de noche, comenzarían los fuegos artificiales.

Musitando para sí, alargó la mano hacia el teléfono y marcó el número de Shelley en Flagstaff. Había prometido llamar a Devon la noche anterior para que pudieran pasar la noche en el Triple M, pero después de su encuentro con Psyche y con Molly Shields, no le habían quedado ganas de hablar con nadie.

–Hola, papá –le saludó Devon contenta.

–Hola, cariño –contestó él. Aparcó en la acera para poder concentrarse en la conversación con su hija–. ¿Ya has hecho el equipaje? Estaré allí dentro de cuarenta y cinco minutos.

Se hizo un corto y tenso silencio.

–Mamá decía que te habías olvidado de mí. Que no habías llamado por eso.

Keegan se aferró con fuerza al volante.

–Hice mal en no llamarte, Devon –contestó–, y lo

siento. Pero eres la mejor chica que conozco y jamás podría olvidarme de ti. Ya te explicaré lo que pasó durante el trayecto, ¿de acuerdo?

—De acuerdo —contestó Devon más contenta.

—En ese caso, voy hacia allí.

—Estaré esperándote —prometió Devon.

Y así lo hizo. Nada más llegar a casa de Shelley, Keegan encontró a aquella niña de largas piernas, melena castaño clara y enormes ojos castaños, sentada en los escalones de la entrada, con una maleta y un oso de peluche de color rosa a su lado.

En cuanto vio a Keegan, se levantó de un salto, agarró la maleta y el oso y corrió hacia el coche.

Tras ella, se abrió la puerta de la casa y salió Shelley. Era una mujer muy bella y algún día su hija se parecería mucho a ella. Shelley, que en otro tiempo había sido azafata para vuelos exclusivos, tenía un cuerpo y un rostro categóricamente perfectos. Desgraciadamente, no podía decirse lo mismo de su personalidad.

«Mierda», pensó Keegan. Le habría gustado poder evitar a su ex esposa. De hecho, no había hecho otra cosa desde que se había casado con ella.

Pero salió del coche para saludarla mientras Devon se precipitaba a instalarse en el asiento de pasajeros y se ponía el cinturón de seguridad.

—Ha estado esperando tu llamada toda la noche —le reprochó Shelley.

Llevaba un sencilla camiseta y unos pantalones vaqueros cortos deshilachados. Probablemente eran obra de un gran diseñador, pero, al parecer, la intención era que pudieran confundirse con unos pantalones salidos de una tienda de saldos.

Keegan suspiró.

—Podría haberme llamado ella.

—Yo no tengo por qué andar pendiente de vuestras citas —replicó Shelley.

Consciente de que Devon los estaba observando desde el coche, Keegan optó por dominarse.

—Sí, debería haber llamado —dijo sombrío—, pero no lo hice. Puedes dispararme si quieres.

Shelley sonrió con amargura.

—Me encantaría hacerlo, Keegan. Y si eso no implicara una posterior entrada en prisión, probablemente lo haría.

Keegan apretó los dientes, intentando contenerse.

—Lo siento por ti —respondió.

—No tienes por qué —replicó ella—. Gracias a nuestro acuerdo de divorcio y a Rory, las cosas me van muy bien.

—Me alegro —dijo Keegan.

Shelley sonrió de oreja a oreja.

—No, sé que no es cierto —respondió.

—No te pasa nada por alto, ¿eh?

—Tócame las narices, Keegan.

—Eso es trabajo de Rory, gracias a Dios.

La mueca insolente de Shelley se transformó en un puchero.

—Rory y yo queremos ir a vivir a París —anunció—. He estado navegando en Internet y he encontrado un internado maravilloso para Devon.

No era la primera vez que Shelley mencionaba la posibilidad de mudarse a París, pero lo del internado era algo nuevo.

—Por mí, Rory y tú podéis iros a vivir a Ridahy, pero no vais a sacar a mi hija de Estados Unidos y punto.

—Devon no es hija tuya.

Keegan no sentía absolutamente nada por Shelley, pero aquellas palabras fueron para él como un puñetazo en el pecho. Miró hacia Devon. Era imposible que los hubiera oído, pero podría haberles leído los labios. Afortunadamente, vio que continuaba sonriendo contenta ante la perspectiva de pasar un fin de semana en el Triple M.

—Estábamos legalmente casados cuando Devon nació —le recordó—. De modo que a no ser que te apetezca aparecer en un programa de televisión y dejar que Maury Povich anuncie el resultado de las pruebas de paternidad a toda la nación, me temo que lo vas a tener difícil.

Shelley le fulminó con la mirada.

—Supongo que Rory podría adoptarla —continuó Keegan, aunque, por supuesto, no tenía la menor intención de permitir que eso ocurriera—, pero eso significaría que dejarías de recibir cualquier tipo de ayuda para la manutención de la niña, ¿verdad?

—Te odio, Keegan McKettrick.

Keegan la agarró por la barbilla, porque sabía que le fastidiaba.

—Lo mismo digo —replicó.

Miró de nuevo a Devon y comprendió que su hija estaba preocupada. Le sonrió, se despidió de Shelley con un gesto alegre y volvió de nuevo con su hija.

—Que te jodan, Keegan —le dijo Shelley.

Keegan se volvió hacia ella, sonrió con cariño por el bien de Devon y respondió sin levantar la voz:

—Todavía estaríamos casados si te hubieras limitado precisamente a eso. A acostarte conmigo, quiero decir. Pero ése no es tu estilo, ¿verdad, Shell?

—Sí, nunca he sido tan perfecta como tú —respondió Shelley desafiante, pero en un tono menos belicoso.

—Me alegro de haber hablado contigo —dijo Keegan.

Abrió la puerta del asiento de conductor y se sentó tras el volante.

Shelley continuó mirándolos desde el porche mientras se alejaban, con expresión tormentosa.

—No quiero ir a París —anunció Devon casi inmediatamente.

Sorprendido, Keegan la miró de reojo. A lo mejor había oído parte de su conversación con Shelley. Dios santo, esperaba que no.

—No te preocupes por eso —le dijo.

Aparcaron en una calle tranquila y con árboles, en uno

de los mejores barrios de Flagstaff. A pesar de su experiencia como azafata de altos vuelos, Shelley probablemente habría terminado viviendo en una caravana en un camping si no hubiera sido por él. Tenía el mismo instinto para las finanzas que un adicto al crack.

—No sé hablar francés —continuó diciendo Devon.

Keegan alargó la mano para apretarle el hombro, que encontró muy tenso.

—No vas a ir a Francia.

—Mamá dice que París es una ciudad muy romántica. Se pone soñadora cuando habla de eso. Dice que Rory y ella pasearán juntos de la mano bajo la lluvia.

Keegan reprimió un suspiro. Rory trabajaba como entrenador personal. Shelley no trabajaba. Si Rory y ella se casaban, dejaría de pasarles la pensión y ella tendría que vender la lujosa casa en la que vivía y repartir sus beneficios con su latoso ex.

Lo cual quería decir que probablemente no iba a tener que pensar en comprar todavía un regalo de bodas. Maldita fuera.

—He estado pensando en algo, Dev —dijo, abordando con mucho cuidado un tema que consideraba extremadamente delicado—. ¿Qué te parecería la idea de venir a vivir conmigo al rancho? De forma permanente, quiero decir.

—Mamá no me dejará —contestó Devon.

Por el rabillo del ojo, Keegan la vio encogerse sobre sí misma. La niña bajó los hombros e inclinó la barbilla hasta hundirla en la cabeza del oso de peluche al que estaba abrazada.

—Necesita el dinero de la manutención.

Keegan se sintió como si acabaran de darle un puñetazo en el estómago.

—¿Eso te lo ha dicho ella?

—Oí que se lo decía a Rory.

Keegan maldijo en silencio a su ex esposa y a ese novio sin cerebro.

—Tu madre te quiere, cariño, y tú lo sabes.

Devon se encogió de hombros.

—Como tú digas —tras un corto silencio, añadió—: Se pelean mucho.

Keegan tuvo que hacer un esfuerzo sobrehumano para no dar media vuelta, regresar a casa de Shelley y ponerla contra las cuerdas.

—¿Y por qué se pelean? —preguntó con cuidado.

Se preparó por dentro para la respuesta. Había hablado con Travis Reid, su abogado, además de uno de sus mejores amigos, sobre la posibilidad de pedir la custodia completa de la niña. Travis pensaba que las cosas podrían ponerse muy feas en el caso de que lo hiciera y que Devon sufriría las consecuencias.

—Siempre discuten por culpa del dinero —continuó Devon, felizmente ajena a la tormenta que se estaba desatando en el interior de aquel hombre al que creía su padre—. Casi siempre es por eso. Rory quiere que se casen, pero mamá dice que terminarían arruinados si lo hicieran.

A Keegan estaba a punto de explotarle la cabeza y sentía en los ojos el escozor de las lágrimas. Tomó aire.

—¿Y a ti te gusta ese Rory?

Devon volvió a encoger aquellos hombros demasiado pequeños para soportar la carga de dos padres que se despreciaban el uno al otro, y además, la del novio de su madre.

—No está mal.

—No vas a ir a ningún internado en París —le prometió Keegan.

Quizá no le sirviera de gran consuelo, pero era lo único que podía ofrecerle en ese momento.

—¿Me lo prometes?

—Pongo a Dios por testigo.

Devon sonrió.

—Scarlett O'Hara decía eso en *Lo que el viento se llevó*.

—De acuerdo —había llegado el momento de ser sincero.

Ya había demasiadas mentiras en la vida de aquella niña–, reconozco que no he visto la película.

–También hay un libro, papá –le explicó Devon con delicadeza.

–¿Lo has leído?

Keegan se echó a reír. Dios, le sentaba bien reír. ¿Cuánto tiempo había pasado desde la última vez que había reído así?

–¿Esto es un concurso?

Devon dejó de abrazar al oso para darle un puñetazo cariñoso a su padre en el brazo.

–No, tonto –dijo.

Y después, con aquella desconcertante capacidad de las mujeres para cambiar bruscamente de sentimientos, los ojos se le llenaron de lágrimas.

–¿Por qué no te gusta mamá?

Por segunda vez en el día, Keegan se vio obligado a abandonar la carretera. Posaba las manos tras el volante separando intencionadamente los dedos para evitar apretar los puños. Cualquier referencia a Shelley tenía aquel efecto sobre él, y ya iba siendo hora de que fuera superándolo.

–Ya hemos hablado de esto en otras ocasiones, Devon –contestó–. Cuando la gente se divorcia, es lógico que esté enfadada durante algún tiempo.

–Pero mamá y tú estabais enfadados antes de divorciaros –señaló Devon.

Keegan suspiró. Era cierto. Tenía veinticuatro años cuando se había casado con Shelley; era un joven estúpido con las hormonas revolucionadas y estaba enfadado con Psyche. Y se había casado con Shelley para demostrar sólo Dios sabía qué.

–Lo siento, Dev –le dijo–. Siento que te hayamos hecho pasar por una situación tan difícil.

–La gente no debería casarse si no se gusta.

Por alguna extraña razón, acudió la imagen de Molly Shields a su cerebro.

–Tienes razón –contestó Keegan–. Lo primero es que

alguien te guste, poder ser amigo de la persona que va a convertirse en tu pareja.

—¿A tío Jesse le gustaba Cheyenne?

Keegan pensó en ello.

—Creo que sí.

—¿Y le gustaba desde la primera vez que se conocieron?

—Pasaron momentos difíciles, pero sí, creo que se hicieron amigos desde el primer momento.

—¿Antes de enamorarse?

—Antes de enamorarse.

—¿Y tío Rance y Emma también?

Keegan sintió un frío vacío en su interior, una sensación gris y deprimente.

—Sí, ellos también.

Devon sonrió radiante.

—En ese caso, sólo tienes que encontrar una mujer que te guste, hacerte amigo de ella y después casarte.

—No es tan fácil, Dev.

—Claro que es fácil.

—¿Te gustaría que volviera a casarme?

—Si tu mujer fuera buena conmigo, sí. Me gustaría que me tratara como Emma trata a Rianna y a Maeve. A ellas les encanta. Deja que la ayuden en la librería, como si fueran adultas. Y también les deja probarse sus zapatos. Tiene cientos de zapatos.

—Tu madre también —sugirió Keegan, sin saber muy bien qué decir.

—Pero no me deja ponérmelos —replicó Devon.

—Supongo que no tiene nada de malo que cada uno se ponga su propia ropa —razonó Keegan, desconcertado—, ¿no te parece?

—Pero no es tan divertido —le explicó Devon—. ¿A cuántas niñas de diez años conoces que tengan zapatos de tacón?

—Eres demasiado pequeña para llevar tacones.

Devon elevó los ojos al cielo.

—Papá, eres tan masculino.

Keegan sonrió.

—Sí, y me temo que de momento vas a tener que aguantarme. Además, no tengo un solo par de zapatos de tacón.

Devon se echó a reír y el sonido de su risa vibró en los confines de aquel coche como el repique de una campana.

Keegan puso el coche de nuevo en marcha, miró por el espejo retrovisor y regresó a la carretera.

—¿Tienes hambre?

—Estoy muerta de hambre —contestó Devon, hundiendo las mejillas en un cómico intento por parecer famélica—. Mamá cocina fatal y Rory sólo come frutos secos.

—En ese caso, me temo que acabo de salvarte de un terrible destino: desayunar en casa de un estúpido.

Devon se echó a reír otra vez y Keegan descubrió inquieto que, por un momento, se le nublaba la vista.

Pararon en una cafetería y pidieron un par de gofres. Keegan habría preferido mantener un tono ligero de conversación, pero había prometido explicarle a su hija los motivos por los que no había podido llamarla la noche anterior y ella presionó para que lo hiciera.

Le habló entonces de Psyche. De lo amigos que habían sido de niños y de lo enferma que estaba. Le contó que había ido a ver a Psyche y que, al salir de su casa, estaba tan afectado que no era capaz de pensar en otra cosa.

Devon le miró con los ojos abiertos como platos.

—¿Se va a morir?

Keegan tragó saliva.

—Sí —contestó.

Entonces, Devon se levantó de su asiento, rodeó la mesa y se sentó al lado de su padre. Posó la cabeza en su brazo y susurró:

—Lo siento, papá.

A Keegan se le cerró la garganta. Parpadeó un par de veces.

—Tienes ganas de llorar, ¿verdad? —preguntó Devon suavemente.

Keegan no se atrevía a contestar.

—Pobre papá, es muy difícil ser hombre, ¿verdad?

Keegan tragó saliva y asintió en silencio.

—¿Te gustaría haberte casado con Psyche?

La pregunta le sorprendió de tal manera que se volvió y fijó la mirada en su hija, su hija, por el amor de Dios, que le observaba con una expresión de absoluta inocencia.

—No, no me gustaría.

—¿Por qué no?

Consiguió entonces sonreír.

—Porque entonces no te habría tenido. Y eso es algo que ni siquiera puedo imaginarme.

—¿Sabes una cosa, papá?

—¿Qué?

—Te quiero.

Keegan le dio un beso en la frente y la estrechó contra él.

—Yo también te quiero —contestó emocionado. Permanecieron abrazados durante varios minutos—. ¿Ya has comido suficiente? —preguntó por fin.

Devon asintió.

—Sí, ya es hora de ponerse en marcha.

Keegan se echó a reír.

—Sí, salgamos de aquí.

Molly se detuvo en el escaparate de la librería y echó un vistazo a los últimos éxitos de ventas que exhibían. Aparecían allí dos de los autores a los que representaba; desgraciadamente, ninguno de ellos era Denby Godridge. Tenía miedo de llamar a aquel tirano, sabía que iba a necesitar de toda su energía para intentar tranquilizarlo, pero tendría que hacerlo. Y pronto.

Lucas, sentado en el carrito, alargó la mano hacia el cristal del escaparate, dejando allí su huella. Cuando Molly estaba sacando un pañuelo de papel para limpiarla, se abrió la puerta de la librería y salió una mujer sonriente. Era rubia, debía tener la misma edad de Molly y tenía una mirada cálida y resplandeciente.

–Me llamo Emma Wells –se presentó.

Le tendió la mano y mantuvo la puerta abierta apoyándose contra ella.

–Molly Shields –contestó Molly, estrechando la mano que le ofrecía.

–Pasa –dijo Emma–. Acabo de hacer café y te prometo que no tienes por qué comprar nada.

Molly sonrió. Desde que había llegado a Indian Rock, sólo había conocido a tres personas, además de a Lucas: Psyche, Florence y Keegan McKettrick. Su relación con Thayer hacía imposible que llegara a entablar amistad con ninguna de ellas, aunque tenía que reconocer que Psyche había sido muy amable. Molly era una mujer con una gran vida social, una mujer activa e influyente, y echaba de menos el bullicio de las comidas de negocios, las reuniones y las fiestas relacionadas con su trabajo.

Desde que se había montado en aquel autobús de Los Ángeles, se había convertido en una desconocida para ella misma.

–Sí, me encantaría. Y a lo mejor hasta compro algún libro.

Emma se echó a reír y retrocedió para dejarle pasar.

La librería era pequeña, acogedora y luminosa. Dos niñas de pelo oscuro estaban jugando en la sección infantil, caminando con unos zapatos de tacón que habían elegido de una enorme pila.

Aquella visión tuvo un efecto extraño en Molly. Era un sentimiento innombrable, un anhelo agridulce tan fuerte que tuvo que aferrarse con fuerza a la silla de Lucas para mantenerse firme.

Emma se arrodilló entonces al lado de Lucas y sonrió.

–Hola, guapo, ¿cómo te llamas?

–Lucas –contestó Molly.

Las niñas se acercaron tambaleándose sobre sus tacones para ver al niño.

—Yo soy Rianna —se presentó la más pequeña—. Y ésta es mi hermana. Se llama Maeve. Tenemos un perro, pero ahora está en el veterinario. Le están castrando y tiene que quedarse allí hasta el martes —alzó la mirada con expresión muy seria—. ¿A Lucas le gustan los perros?

—No lo sé —contestó Molly con sinceridad.

—Nuestro perro se llama Scrappers y no muerde. Papá lo trajo de la perrera cuando Snowball tuvo que volver a casa con sus propietarios.

Scrappers. Snowball. Evidentemente, allí había toda una historia, pero Molly no imaginaba cuál.

Ella no sabía nada de niños. ¿Ésas eran las cosas de las que solían hablar? Miró esperanzada a Emma, que continuaba en cuclillas, admirando a Lucas. Su falda, de una tela muy suave, caía delicadamente a su alrededor.

—Esto me gusta.

Antes de que Molly pudiera averiguar qué era lo que realmente le gustaba, la conversación dio un giro inesperado.

—¿Por qué no sabes si a tu hijo le gustan los perros? —preguntó Rianna, claramente desconcertada.

—Lucas y yo... estamos empezando a conocernos —contestó con torpeza.

—Ya basta de preguntas —les dijo Emma a las niñas, y se enderezó. Miró a Molly con expresión solemne—. ¿Qué te parece si nos tomamos ese café que te había prometido?

Molly sonrió agradecida.

—Gracias.

—¿Lo tomas con leche y azúcar?

—Lo prefiero solo, gracias —contestó Molly.

Rianna y Maeve volvieron a la pila de zapatos.

Lucas comenzó a moverse, pidiendo salir de la sillita.

Emma se dirigió hacia las escaleras de la parte de atrás para encargarse de los cafés.

Molly estaba de pie, pensando en sus cosas y esperando a que volviera Emma con el café cuando la puerta de la librería se abrió tras ella.

Vio entrar a una niña con una larga melena castaña.

—¡Zapatos! —gritó.

Molly sonrió, hasta que vio al hombre que entraba detrás de la niña.

Keegan.

Keegan McKettrick.

—Sé leer, ¿sabe? —dijo Molly a la defensiva, para explicar su presencia en la librería.

Keegan apretó la barbilla, pero no dijo nada.

Molly se sonrojó, furiosa consigo misma. Estaba en un país libre, por el amor de Dios. No tenía que justificarse por estar en una librería.

Keegan se agachó al lado de la silla, como había hecho Emma unos minutos antes.

—Hola, amigo —dijo.

—Hola, amigo —repitió Lucas.

Keegan sonrió al oírle, y Molly se quedó estupefacta al ver el efecto de aquella sonrisa. El semblante de aquel hombre cambiaba por completo cuando dejaba de adoptar aquella expresión de juez duro e implacable. De hecho, parecía incluso posible que hubiera un ser humano detrás de su altiva actitud.

Keegan alzó la mirada, como si se hubiera dado cuenta de que le estaba observando.

E inmediatamente retrocedieron a la Edad de Hielo.

—¿Sabe Psyche que está aquí? —preguntó, elevándose en toda su altura.

Molly se puso roja como la grana.

—No —contestó, manteniendo la voz baja para no asustar ni a Lucas ni a las tres niñas que jugaban a desfilar con los zapatos de Emma—. Voy a fugarme con Lucas. Pensaba empujar la silla campo a través. Viajaremos durante la noche y dormiremos en los árboles durante el día.

Keegan se echó a reír. Y el sonido de su risa fue incluso más desconcertante que su anterior sonrisa.

Molly todavía estaba intentando superar la impresión cuando volvió Emma con el café.

—¡Keegan! —exclamó, y se puso de puntillas para darle un beso en la mejilla.

—Dime que por fin has entrado en razón —bromeó Keegan—. Vas a abandonar a Rance para casarte contigo.

Molly, que permanecía junto al mostrador, se preguntó por lo que sería conocer aquella otra faceta de Keegan.

Emma le tendió a Molly una taza de cerámica con café recién hecho, pero no dejaba de mirar a Keegan sonriendo.

—Eres un coqueto desvergonzado.

La niña que había entrado con Keegan se acercó en ese momento a Molly.

—¿Te gustan los zapatos? —le preguntó.

—Tengo un armario lleno —contestó Molly confundida.

—Me llamo Devon —se presentó la niña—. Devon McKettrick. Éste es mi padre.

Molly sonrió muy tensa.

—Yo soy Molly Shields. Tu padre y yo ya nos conocemos.

—Tiene muchos zapatos —le explicó Devon a su padre.

—Vete a jugar —contestó Keegan.

Pero Devon no se movió. Bajó la mirada hacia Lucas y miró después a Molly.

—¿Es hijo tuyo?

Molly no sabía qué contestar.

—Vete a jugar —repitió Keegan.

—Sólo estoy intentando averiguar si está en el mercado —contestó Devon con desparpajo.

Emma soltó una carcajada.

Y Keegan sintió un intenso calor en el cuello.

—¿Estás casada? —insistió Devon.

Se volvió hacia Molly y la miró con la misma intensidad con la que un fiscal podría mirar a un acusado en el tribunal.

—Devon... —le advirtió Keegan.

—No —contestó Molly nerviosa—. No estoy casada.

—¿Pero tienes un bebé?

Keegan esperó en silencio la respuesta.

Emma urgió a Devon a reunirse con las otras niñas y continuar jugando.

—¿Qué problema tiene esta niña con los zapatos? —preguntó Molly, intentando atajar cualquier comentario sarcástico por parte de Keegan.

—Es una fijación, supongo que temporal —contestó Keegan—. ¿Qué tal está Psyche?

Molly suspiró con tristeza.

—Muy débil. Pero espera poder ir al picnic del Cuatro de Julio y ver los fuegos artificiales.

Un fogonazo de dolor transformó la mirada de Keegan. Empezó a decir algo, pero se interrumpió.

Molly se sintió obligada a hablar, aunque sabía que debería haberse mordido la lengua.

—Florence y yo pensamos que debería descansar, pero Psyche está empeñada en participar en la fiesta, así que la llevaremos.

Keegan consideró en silencio aquel plan, seguramente desaprobándolo.

Molly empujó la sillita hasta el mostrador y dejó la taza de café.

—Supongo que será mejor que Lucas y yo nos vayamos —le dirigió a Emma una sonrisa—, gracias.

—Vuelve pronto —dijo Emma, un tanto desconcertada.

Keegan le sostuvo la puerta para que pudiera sacar la silla y Molly no pudo menos que preguntarse si sería un gesto de amabilidad o una forma de deshacerse de ella lo más rápidamente posible.

Keegan la siguió a la calle.

—¿Molly?

Molly se volvió hacia él con el ceño fruncido.

—Si quieres puedo llevaros a casa de Psyche —se ofreció, tuteándola por primera vez.

—¿Tienes una sillita para el niño? —se oyó preguntar Molly, como si de verdad estuviera dispuesta a montarse en un coche con Keegan McKettrick después de lo mal que la había tratado.

Keegan negó con la cabeza.

—En ese caso, iremos andando —contestó Molly.

Y encontró cierta satisfacción en poder alejarse de allí sin mirar atrás. Aunque no demasiada.

Sentada en el columpio del porche, Psyche vio a través de la pantalla a Molly empujando la sillita del niño. Lucas se había quedado dormido e inclinaba la cabeza hacia un lado.

—Cada vez están más unidos —le comentó a Florence, que acababa de servir un almuerzo ligero en la mesa de hierro forjado del jardín.

Florence gruñó mientras servía la limonada en tres vasos helados: uno para Psyche, otro para Molly y un tercero para ella.

—Dale una oportunidad, Florence —le suplicó Psyche suavemente.

—Probablemente sea una sinvergüenza —susurró Florence—. Eso es lo que piensa Keegan, y yo le doy la razón.

—Pues los dos estáis completamente equivocados —respondió Psyche— Hice que investigaran el pasado de Molly. ¿Me crees capaz de dejar a mi hijo en manos de una completa desconocida?

—Eso es precisamente lo que está haciendo —farfulló Florence.

—Ya basta —dijo Psyche con delicadeza.

Ella era más pequeña que Lucas cuando Florence había comenzado a trabajar para la familia, se había puesto manos a la obra y había enderezado la desordenada vida de la niña. Sus padres, los dos alcohólicos, estaban encantados con poder enviarles dinero y dejar que criara a su única hija una persona a la que se referían, en las raras ocasiones en las que la nombraban, como a «la asistenta».

Molly se detuvo en la escalera del porche y se agachó para desatar a Lucas y levantarlo en brazos. El niño apoyó la cabeza en su hombro y continuó durmiendo.

Molly subió los escalones con una facilidad que Psyche no pudo menos que envidiar.

Eran tantas las cosas sencillas que ella ya no era capaz de hacer.

—Dámelo —dijo Florence, alargando los brazos hacia Lucas—. Le llevaré a dormir. Ya almorzará después.

—Deja que le lleve Molly, Florence —le pidió Psyche.

Molly abrazó a Lucas con más fuerza y se encaminó hacia la puerta.

Florence se apartó de su camino en el último segundo.

—Es una desconocida —insistió la anciana en cuanto creyó que ya no podía oírla—, tanto si ha puesto a un puñado de detectives a perseguirla como si no.

—Tonterías —respondió Psyche. Se sentó a la mesa y tomó su limonada con mano temblorosa—. Es la madre de Lucas.

—¡Usted es la madre de Lucas! —respondió Florence, siempre incondicional.

Psyche sacudió la cabeza.

—Yo soy un fantasma —dijo pensativa.

La limonada estaba helada y en el punto perfecto, ni ácida ni excesivamente dulce. Psyche disfrutó de su sabor, pero sabía que probablemente le sentaría fatal. Casi todo lo que comía o bebía le sentaba mal. El haber interrumpido la quimioterapia no había puesto freno a sus náuseas.

—¡No hable de esa forma! —la regañó Florence, sacudiendo un dedo ante su nariz, como hacía cuando era una niña y se manchaba de barro en el jardín.

—¿Por qué no? —preguntó Psyche. Mordisqueó la esquina de un sándwich de salmón ahumado y crema de queso—. Es la verdad.

—¡Jamás había oído una tontería como ésa! —despotricó Florence—. Está tan viva como yo. ¡Tan viva como cualquiera!

—No, no es cierto. ¿Sabes, Florence? Es extraño, pero la hierba me parece más verde que nunca, y el cielo mucho más azul. Oigo el canto de cada pájaro, reconozco el sonido de los insectos frotando sus alas en los lechos de flores. Y aun así, todo me resulta remoto. Es como si... como si estuviera alejándome hacia otro lugar.

Florence, que acababa de alargar la mano hacia un sándwich, inclinó bruscamente sus siempre erguidos hombros y comenzó a sollozar.

—No puedo soportarlo. ¿Por qué no me tocará morir a mí? Ya he vivido una vida...

—Shhh.

Psyche se levantó para acercarse a ella, le pasó el brazo por los hombros y le dio un beso en la frente.

—No pasa nada.

—¡Claro que pasa algo! —replicó Florence furiosa—. ¡Es una vergüenza! Eso es lo que es. ¡No es justo!

—Tú siempre me has dicho que la vida no es justa y que no deberíamos esperar que lo fuera —intentó tranquilizarla Psyche—, ¿recuerdas?

Florece alzó la mirada con el semblante roto por la tristeza.

—Usted es mi única niña, mi...

A Psyche se le encogió el corazón el pecho.

—Lo sé, lo sé.

—Míreme, ¡qué espectáculo! —se lamentó Florence. Irguió los hombros, tomó una servilleta y se secó las lágrimas—. Necesita que sea fuerte y yo me estoy comportando como un viejo saco de patatas con las costuras rotas.

—No pasa nada, Florence, tranquilízate —repitió Psyche.

La puerta volvió a abrirse y apareció Molly, que las miró como si no supiera si debía unirse a ellas o regresar al interior de la casa.

—Acércate, Molly —la invitó Psyche—. Quiero que me cuentes cómo ha ido el paseo con Lucas.

CAPÍTULO 4

Día de la Independencia.
Qué ironía, pensó Molly mientras se sentaba a la mesa con Psyche. Estaba a punto de renunciar a su libertad personal, a su vida en Los Ángeles y a su carrera profesional, por el bien de un niño. En cuanto firmaran todos los documentos, sería prisionera y emocionalmente esclava de un niño.

El destino de Lucas quedaría unido con el suyo para siempre.

Si sufría su hijo, ella también sufriría.

Pero, ¿merecía la pena?

Molly estaba completamente segura de que así era, pero sabía que el proceso no sería fácil ni estaría exento de dolor. La vida le había enseñado que la alegría era la compañera de la tristeza, que ambas encontraban acomodo en el mismo corazón.

Se reclinó en la silla de mimbre en la que estaba sentada.

—He visto a Keegan —le contó—, me ha preguntado por ti.

Psyche sonrió.

—Keegan —repitió con nostalgia, como si diciendo su nombre pudiera conjurarlo y acercarlo a ella.

Florence, con el rostro empapado, corrió inmediatamente hacia la casa maldiciéndose a sí misma y se secó los ojos con un pañuelo de algodón.

—¿Estás enamorada de él? —preguntó Molly.

Horrorizada, deseó inmediatamente haberse contenido, porque la verdad era que no había planeado hacer esa pregunta. Ella no era una mujer curiosa ni entrometida, y tampoco era impulsiva. De hecho, siempre se había enorgullecido de ser una mujer práctica, que hacía las cosas con los ojos bien abiertos. Su aventura con Thayer había sido una notable excepción.

Esperó la respuesta de Psyche con una extraña sensación de urgencia y, al mismo tiempo, temiendo una contestación cortante.

Psyche permaneció en silencio con expresión todavía suavemente distante, casi difusa. Al final, negó con la cabeza.

—No —contestó, y Molly se maravilló de la profundidad y la rapidez de su propio alivio—. Keegan fue el amor de mi infancia... —se interrumpió para suspirar—. Qué expresión tan pasada de moda, «el amor de mi infancia», ¿no te parece?

Molly habría querido desviar la mirada, pero no se lo permitió, porque habría sido cobarde.

—Creo que Keegan te quiere —dijo.

Se sentía indefensa contra aquella extraña parte de sí misma que de pronto había comenzado a decir cosas que ella habría preferido silenciar. Y le dolió la punzada de tristeza que sus propias palabras le causaron.

Keegan la odiaba, y el sentimiento era mutuo.

Pero entonces, ¿por qué le importaba tanto que estuviera o no enamorado de Psyche?

Y, lo que era más importante todavía, ¿cómo podía conseguir que dejara de importarle?

—Claro que me quiere —se mostró de acuerdo Psyche—. Y es fieramente protector con todas las personas a las que quiere. Todos los McKettrick lo son.

A Molly se le hizo un nudo en la garganta. Tragó saliva, decidida a no dejarse abatir.

Algo apareció en los ojos de Psyche. Compasión, quizá. Alargó la mano para acariciar la de Molly.

—Keegan y yo sólo somos amigos —continuó Psyche con delicadeza—, nada más.

—Creo que no estoy de acuerdo —respondió Molly—. Psyche, yo...

—¿Qué?

—Siento... siento lo que pasó entre Thayer y yo.

—Eso es agua pasada —contestó Psyche—. Cuando Thayer murió, me sentí, en cierto modo, aliviada. Ya sé que es horrible decir una cosa así, y a lo mejor éste es mi castigo por haber sentido algo tan terrible. A lo mejor ésa es la razón por la que tengo que morir y dejar a Lucas...

—No —protestó Molly con voz débil.

Por mucho que deseara educar a su hijo, el precio era excesivo.

Psyche sonrió, pero tenía los ojos llenos de lágrimas y le temblaba la barbilla.

—¿No te parece increíble, Molly? El hecho de que estés aquí, quiero decir. Creo que en otras circunstancias podríamos haber sido amigas.

Molly tragó saliva.

—Haría cualquier cosa por cambiar lo que pasó.

—¿De verdad? ¿Y entonces qué sería de Lucas?

Molly no podía hablar.

—Te acostaste con mi marido, tuviste un hijo suyo, y aunque la sociedad dice que debería odiarte por ello, no consigo hacerlo. Tú trajiste a Lucas al mundo, Molly. Y por mucho que lo intente, no puedo sentir por ti otra cosa que gratitud.

A Molly se le llenaron los ojos de lágrimas.

—Eres una mujer increíble, Psyche Ryan —consiguió decir con un hilo de voz—. Vales diez veces más que yo, y cien veces más que Thayer. Ese hombre no te merecía.

Psyche soltó una risa ronca.

—Bueno, en lo de Thayer estoy de acuerdo contigo. Ese hombre no me llegaba a la suela de los zapatos. Pero tú, Molly Shields, eres completamente diferente. Eres mucho mejor persona de lo que crees.

Molly negó con la cabeza.

—Estaba completamente ciega y...

—Ya basta —le pidió Psyche bruscamente.

Molly parpadeó sorprendida.

—Sí, cometiste un error —admitió Psyche—, pero de ese error salió algo maravilloso. Y yo ahora me estoy muriendo —se interrumpió para recuperar las fuerzas. O quizá para asumir, una vez más, aquel destino al que no podía escapar—. Ahora no tengo tiempo para arrepentimientos, ni tuyos ni míos, así que intenta superarlos. Desde el instante en el que tuve a Lucas en mis brazos, te lo perdoné todo. Te bendije, incluso. Ahora lo que tienes que hacer es perdonarte tú misma, aunque sólo sea por el bien de Lucas. ¿Crees que serás capaz de hacerlo?

Molly sopesó la pregunta y después asintió.

—Sí —contestó—, pero no será fácil.

—Nadie ha dicho que tenga que ser fácil —respondió Psyche—. Lucas tendrá fiebre, y se caerá, y tendrá que vivir todas las cosas que tiene que vivir un niño. Tratar con Keegan tampoco será un camino de rosas, pero supongo que de eso ya te has dado cuenta.

Molly volvió a asentir.

—Le he pedido a Keegan que sea el albacea de mi testamento —le confirmó Psyche—. Él quería adoptar a Lucas y sacarte a ti completamente de escena. Pero yo me negué, porque creo que un niño necesita una madre.

—¿Cómo...? —Molly se interrumpió, se aclaró la garganta y empezó de nuevo—. ¿Cómo puedes confiar en mí después de todo lo que ha pasado?

Psyche sonrió.

—Ésta no ha sido una decisión tomada al calor del momento, Molly. No quiero que adoptes a Lucas por el mero hecho de que seas su madre. Hice que te investigara una de las mejores agencias de detectives de Los Ángeles.

—Pero me dijiste que no sabías cuál era mi situación financiera.

—Te mentí —contestó Psyche con dulzura.

Molly se echó a reír. De pronto, e inesperadamente, salió de su garganta algo parecido a una carcajada. Se llevó la mano a la boca para disimular, pero ya era demasiado tarde.

Los ojos de Psyche chispearon.

—A lo mejor todavía podemos llegar a ser amigas, a pesar de que ya esté a punto de acabar el juego, ¿qué te parece?

—Me parece que sería un honor poder considerarme amiga tuya —contestó Molly.

—¿Sabes una cosa? —preguntó Psyche.

—¿Qué?

—Que creo que Thayer tampoco a ti te llegaba a la suela del zapato.

Molly volvió a reír. De hecho, rió con tanta fuerza que al final tuvo que apoyar la cabeza en los brazos y llorar como si tuviera el alma herida.

Y por supuesto que la tenía.

Cuando llegó la puesta de sol, Keegan permanecía con la mirada fija en la noria que giraba en medio del parque de Indian Rock, intentando ponerse de humor para la fiesta. Pero por mucho que lo intentara, le resultaba imposible.

Psyche se estaba muriendo.

McKettrick estaba desgarrándose por dentro.

Shelley quería llevarse a Devon a miles de kilómetros y dejarla en un internado para así poder pasear por París de la mano de su novio, dejando que los empapara la lluvia.

Todo era terrible.

Y él, mientras tanto, se sentía como una máquina de *pinball*, con una guía de teléfono bajo una de sus patas.

—¿Papá?

Bajó la mirada y vio a Devon a su lado, flanqueada por Rianna y Maeve. Rance y Emma llegarían más tarde. Entre tanto, las tres niñas estaban saboreando un enorme algodón de azúcar y probablemente terminarían empachadas.

—¿Podemos montar en poni, tío Keegan? —preguntó Rianna.

—¡Es un burro! —la corrigió Maeve.

—Pero sólo hay uno —señaló Devon con sensatez—, así que tendremos que hacer cola.

Keegan suspiró.

—Sí, eso parece,

Las niñas salieron corriendo por el parque, pasando por delante de la barbacoa que habían instalado debajo de una carpa. Keegan las siguió, sintiéndose ridículo con la camisa blanca, los pantalones de vestir y el chaleco de seda gris cuando la mayor parte de los hombres llevaba vaqueros o chinos.

El burro era pequeño y sarnoso. Se movía cansino alrededor de una polea de metal a la que estaba atado por una cadena. A la pobre criatura se le marcaba cada costilla y era evidente que necesitaba cambiar las herraduras. Mantenía la cabeza gacha, como si estuviera intentando vencer un fuerte viento. El niño que cabalgaba sobre él le azuzaba clavándole los talones en los costados.

Cuando el animal pasó por delante de Keegan en una de aquellas vueltas interminables, volvió la cabeza y le miró con sus cansados ojos. Se tambaleó ligeramente y un hombre enjuto y malcarado que permanecía frente a la atracción le golpeó el flanco con una vara y gruñó:

—¡Vamos!

Keegan, que estaba a punto de sacar la cartera para darles a Devon y a sus sobrinas el dinero para sacar los tickets, se detuvo en seco.

El dueño del burro clavó la mirada en la cartera, como si fuera un imán, y alzó después la mirada hacia el rostro de Keegan. El burro pasó por delante de Keegan por segunda vez.

El hombre alzó la vara.

Keegan, sin ser consciente siquiera de lo que estaba haciendo, se acercó a él y le agarró la mano. Si no hubiera sido porque había tantos niños alrededor, habría tirado la vara al otro extremo del parque. En cambio, la dejó caer al suelo y abrió después los dedos lentamente.

—¿Tiene usted algún problema, señor? —preguntó el hombre.

Iba vestido con unos vaqueros manchados de grasa y una camisa mugrienta. En el brazo llevaba tatuadas dos serpientes que estaban devorándose. La tarjeta de plástico que llevaba atada a la camisa le identificaba como *Happy*.

Keegan decidió aplazar cualquier pensamiento sobre lo irónico del asunto para más adelante.

—No —respondió rotundo, pero sin alzar la voz—. No tengo ningún problema, pero como vuelva a pegar a ese animal, es posible que termine teniéndolo usted.

El hombre soltó un escupitajo y contestó:

—Ese animal es mío, así que puedo hacer con él lo que me dé la gana.

—¿Ah, sí? —preguntó Keegan, que tenía todavía la cartera en la mano—. ¿Ha venido usted con los feriantes? Esta feria viene dos veces al año desde que hace más tiempo del que soy capaz de recordar, pero nunca le había visto por aquí.

Un hilillo de jugo de tabaco se deslizó de la boca de Happy y estuvo a punto de aterrizar en el zapato de Keegan.

—Yo vengo por mi cuenta —contestó—, pero creo que eso no es asunto suyo.

—¿Tiene más burros?

—Sólo a Spud. La verdad es que no vale nada. Hay que pegarle de vez en cuando para que siga caminando.

—¿Papá? —le preguntó Devon a Keegan—. ¿Vamos a comprar los tickets? La cola es cada vez más larga.

Keegan se fijó entonces en aquella fila de niños impacientes.

—Estoy dispuesto a venderlo por un precio razonable —ofreció Happy vacilante.

—Sí, ya me lo imagino —replicó Keegan.

—¿Papá? —le urgió Devon,

Keegan le tendió a su hija un billete sin apartar la mirada de los diminutos y brillantes ojos de Happy.

—Olvídate del burro —le dijo a la niña—. Id directamente a la noria.

—Pero papá, nosotras queremos...

—A la noria, Devon.

Devon exhaló un suspiro dramático, pero obedeció. Se fue inmediatamente con sus primas hacia la noria.

—¿Cuánto pide? —le preguntó Keegan a Happy.

Tal como esperaba, Happy le puso un precio astronómico al animal.

Keegan sacó el dinero, lo contó y se lo mostró, pero no se lo entregó.

—Necesito un recibo —cruzó después hacia el animal, le quitó el yugo y se volvió hacia los niños que esperaban para montar.

—Spud acaba de jubilarse —anunció.

Hubo algunas protestas y gritos de decepción, pero, en general, todo el mundo se tomó bien la noticia.

Keegan le quitó los arreos al animal y acarició su áspero pelo con una mano mientras su antiguo amo escribía un recibo en un pedazo de papel que acababa de sacarse del bolsillo. Spud alzó la mirada hacia Keegan y le hociqueó el brazo.

—No ha gastado mucho en pienso, ¿verdad, Happy? —preguntó Keegan con la mirada fija en las costillas del animal mientras entregaba el dinero.

—Acaba de hacer una compra absurda —dijo Happy, ignorando el comentario de Keegan. Dobló los billetes y los guardó en la cartera que llevaba atada a una de las trabillas del pantalón con una vieja cadena–. Ese animal es estúpido y perezoso. No sirve para nada. Pero ahora el problema es suyo, no mío.

Keegan le quitó a Spud la silla y la manta que llevaba debajo y tiró ambas a un lado, dejando al burro únicamente con la brida. Tomó las riendas, se volvió, comenzó a caminar y el burro le siguió obediente.

Rance, que acababa de llegar en aquel momento con Emma, no tardó en ver a Keegan acompañado por su última adquisición. Se acercó a su primo sonriendo.

—Si andabas necesitado de caballos, podríamos haberte prestado uno de los nuestros —se burló Rance, mirando a Spud.

—¿Sabes, Rance? A veces eres tan gracioso que no puedo soportarlo.

Rance sonrió de oreja a oreja.

—¿Qué demonios piensas hacer con un burro?

—Y yo qué sé —respondió Keegan—. Pero el caso es que ahora tengo uno.

—¿Cómo vas a llevarlo al rancho?

Entonces fue Keegan el que sonrió.

—Bueno, he pensado que como tienes un remolque para los caballos, podrías llevarlo tú por mí.

Rance soltó una carcajada. Se acercó después a Spud y frunció el ceño.

—Está muerto de hambre —comentó—. Y me asombra que pueda caminar teniendo los cascos en ese estado.

—Eso mismo he pensado yo —dijo Keegan.

Rance alzó una de las patas del animal y examinó la herradura. Hizo lo mismo con las otras tres.

—Volveré al Triple M y engancharé el remolque a la camioneta —se ofreció cuando terminó. Se sacudió las manos, miró a Keegan y volvió a sonreír—. Si decides dedicarte a los ranchos, Keeg, me temo que has empezado de la forma más penosa.

Keegan esbozó una mueca.

—¿Quieres que vaya contigo? ¿Necesitas que te ayude a enganchar el remolque?

—¿Con esa pinta de dandi? —se burló Rance sacudiendo la cabeza—. ¿No tienes unos vaqueros o un par de botas decentes?

—Nunca te habías fijado tanto en mi ropa —respondió Keegan.

De hecho, hasta que había conocido a Emma, el propio Rance iba siempre con traje y corbata.

Rance miró hacia la zona de la barbacoa, donde estaba empezando el picnic. Los vecinos se acercaban a llenar sus platos y la barra de las bebidas estaba en pleno apogeo.

—Asegúrate de que quede una cerveza fría para cuando vuelva —le advirtió a su primo.

Keegan se echó a reír. Acababa de añadir un burro sarnoso a su larga lista de problemas, pero aun así sentía que aquella compra le había levantado el ánimo.

«¿Quién iba a decírmelo a mí?», pensó.

Rance se acercó a Emma, le dijo algo y volvió hacia la camioneta.

Emma avanzó hacia Keegan tambaleándose sobre un par zapatos de tacón de color rosa, a juego con un vestido del mismo color. Los tacones iban clavándose en la hierba a cada paso. Con cierto recelo, alargó la mano hacia el hocico de Spud. Sonrió entonces de tal manera que Keegan pensó que a su lado iban a palidecer los fuegos artificiales.

—Ha venido Molly —anunció—. Y también sus amigos.

Keegan miró a su alrededor y, efectivamente, descubrió a Molly Shields sentada en una de las mesas preparadas para el picnic. Iba preciosa, con un vestido de color azul y un sombrero de paja con el borde negro. Psyche estaba también allí, sentada en una tumbona con una manta en el regazo. Florence, que en aquel momento intentaba levantar a Lucas de la silla, llevaba, como siempre, su uniforme perfectamente planchado.

Molly, como si hubiera sentido que estaba observándola, miró entonces hacia él.

Sonrió, seguramente por el burro.

Keegan se pasó el dedo por el cuello de la camisa, intentando aflojarlo. Era el calor, pensó. El ambiente le parecía de pronto muy cargado. Alzó la cabeza, esperando realmente ver el cielo cubierto por nubes de tormenta.

Pero lo que vio fue que empezaban a brillar las primeras estrellas en un cielo limpio y sin nubes.

Emma le tiró de la manga y suspiró:

—Keegan, te has quedado mirándola muy fijamente.

Molly le dijo algo a Psyche y comenzó a caminar hacia él.

—Supongo que nunca es demasiado pronto para empezar a ensayar para las fiestas de Navidad —dijo, y miró con cariño al pobre Spud—. ¿Piensas hacer de San José este año?

—Creo que será mejor que vaya a buscar a las niñas para asegurarme de que no comen demasiado algodón de azúcar. No quiero que se queden sin hambre para la cena —dijo Emma antes de que Keegan hubiera podido responder, e inmediatamente desapareció.

Keegan tragó saliva.

Molly sonrió; era evidente que estaba disfrutando de su desconcierto. Cuando Emma se fue, acarició el largo hocico del animal y, después, le acarició la oreja.

Spud alzó la cabeza y rebuznó.

Keegan pensó que él habría hecho lo mismo en su lugar, y eso le hizo apretar los dientes.

Los ojos verdes de Molly brillaron de diversión, y se tornaron tiernos cuando volvió a mirar al animal. La flor de color azul que llevaba en el sombrero se ladeó.

—Tenemos que intentar ser civilizados el uno con el otro, Keegan —dijo con voz queda—, aunque sólo sea por Lucas.

Keegan suspiró. Le habría encantado que Molly le mirara como miraba a Spud.

—Puedo ser civilizado —contestó, sin dar la menor muestra de ello—. Y ese sombrero tiene un aspecto ridículo. ¿De esa flor sale agua?

Molly se echó a reír y el sonido de su risa le provocó a Keegan la misma sensación en la boca del estómago que cuando, estando en la universidad, iba a los rodeos con Rance y con Jesse. Le hizo sentirse como antes de subir a la rampa desde la que montaban sobre el lomo de un toro furioso.

—Ojalá. Me habría encantado mojarte ahora mismo.

Keegan sonrió, casi en contra de su voluntad. Aflojó las riendas de Spud para que el animal pudiera pastar. Psyche se enderezó en la tumbona, sonrió vacilante y le saludó con la mano.

La sonrisa de Keegan desapareció.

—No está bien —musitó.

Molly, que continuaba acariciando al animal, se volvió y siguió el curso de su mirada.

—No le estropees la noche poniéndote triste —le advirtió.

Keegan volvió a sonreír y le devolvió a Psyche el saludo.

—¿Así está mejor? —preguntó.

—Mucho mejor —contestó Molly.

Lucas comenzó a avanzar hacia ellos con expresión radiante. Iba descalzo y vestido únicamente con un pañal.

Probablemente Molly sabía tan bien como Keegan que era Spud el motivo de aquella alegría. Pero aun así, Keegan no pudo evitar que la imagen del niño caminando vacilante sobre la hierba provocara en él una intensa emoción.

Keegan le tendió las riendas a Molly, se acercó a Lucas y le levantó en brazos. Por encima de la cabeza del niño, le dirigió a Psyche una sonrisa.

—¡Montar! —pidió Lucas, inclinándose hacia el burro—. ¡Montar!

—No, esta noche no, amigo mío —respondió Keegan.

Se colocó a Lucas en la cadera para impedir que tocara a Spud.

El burro movió su despeluchada cola un par de veces.

—¡Montar! —insistió Lucas.

—Otro día —contestó Keegan quedamente.

Miró a Molly de nuevo a los ojos, y se sintió como si acabara caer de cabeza en un pozo.

—¿Por qué no? —preguntó Molly al tiempo que alargaba los brazos hacia el niño para intentar tranquilizarlo.

—Spud es un animal maltratado —contestó Keegan, señalando al animal con la cabeza—. Probablemente sabe dominarse, pero hasta que no esté seguro, no voy a arriesgarme a montar al hijo de Psyche.

Molly tensó la boca, probablemente porque había dicho «el hijo de Psyche». La flor que llevaba en el sombrero se movió cuando colocó a Lucas sobre su cadera y le susurró algo para tranquilizarle. El niño gimió y apoyó la cabeza en su hombro.

Keegan se dio cuenta de que había vuelto a agarrar a Spud de las riendas y le molestó no ser consciente de cuándo lo había hecho.

—Es posible que tú dieras la vida a Lucas —le dijo a Molly a media voz, al tiempo que devolvía el saludo a los amigos y conocidos que se cruzaban con él—, pero Psyche es su madre. Es ella la que decidió protegerlo, cuidarle y quererle.

—¿De verdad crees que necesito que me recuerdes todo eso, estúpido arrogante? —respondió Molly, sonriendo y saludando ella también.

Por mucho que los dos intentaran comportarse de manera civilizada, iba a resultar imposible, reflexionó Keegan, mientras se pasaba la mano por el pelo.

Molly giró sobre sus talones y se alejó con paso firme, llevando a Lucas en brazos. El niño se retorcía y estiraba los brazos, no buscando la cercanía de Keegan, que al fin y al cabo era un total desconocido para él, sino la del burro.

Apareció Devon en aquel momento con un plato de pollo y ensalada de patata en una mano y otro de ensalada de repollo, tomate y zanahoria en la otra.

—¿Qué comen los burros? —preguntó, como si estuviera pensando en compartir con Spud su cena.

—Lo mismo que los caballos —contestó Keegan, todavía excesivamente consciente de la presencia de Molly y sin dejar de seguirla con la mirada—. Hierba, heno, alfalfa, grano...

—¿Y por qué ya no está en la atracción?

—Su carrera como feriante ha terminado. Se viene con nosotros a casa.

A Devon se le iluminó el semblante.

—¿De verdad? ¿Nos lo vamos a quedar?

—Sí —contestó Keegan, justo en el momento en el que un rugido familiar lo invadía todo.

Pasó por encima de sus cabezas una avioneta con el logotipo de la compañía McKettrick bajo una de las alas; se trataba de una versión actualizada del diseño original de Angus.

—¡Han vuelto! —gritó Devon—. ¡Jesse y Cheyenne han vuelto de su luna de miel!

—Es posible —se mostró de acuerdo Keegan.

—¿Cómo que es posible? —preguntó Devon—. ¿Quién más podría ser?

A Keegan se le ocurrían varias posibilidades: desde un famoso cantante de country hasta un miembro de la rama de Texas de la compañía decidido a hacer publicidad tanto si al resto de los socios les gustaba como si no. Pero, por supuesto, él también esperaba que fuera Jesse.

—¿Papá? —insistió Devon, y parecía preocupada.

—Vamos a buscar un lugar en el que dejar al burro —contestó, intentando sonreír—. Me gustaría poder cenar y tomarme una cerveza fría.

—Buena idea —dijo Devon, evidentemente aliviada.

Keegan habría ido a cenar con Psyche, pero estaba

Molly allí y ya había pasado suficiente tiempo con ella para una sola velada. Quizá incluso para una vida.

Al final, dejaron a Spud en el jardín de la iglesia, enfrente del parque. El animal comenzó a comerse inmediatamente las petunias y Keegan decidió enviarle un cheque al pastor.

Comió rodeado de un puñado de mujeres, Emma entre ellas. Cora Tellington, la que en otro tiempo había sido suegra de Rance, estaba también con ellos. Cora era la encargada de Curl & Twirl, una curiosa mezcla entre centro de belleza y escuela de gimnasia rítmica. A Keegan siempre le había gustado aquella mujer. Cuando la mujer de Rance, Julie, había muerto cinco años atrás en un accidente de coche, Cora se había hecho cargo de Rianna y Maeve. Y había que decir que Rance no le había puesto las cosas fáciles.

—Te veo muy alicaído esta noche —le dijo Cora a Keegan con cariño.

Se sentó a su lado en el banco, en una de las mesas de picnic.

—Estoy bien —mintió él.

La verdad era que desde su último encuentro con Molly no había podido dejar de compadecerse de sí mismo y, sobre todo, de la pobre Devon. Maeve y Rianna tenían a una abuela completamente entregada a ellas, Cora, y a los padres de Rance. Éstos se habían divorciado años atrás, pero habían vuelto a salir juntos tras la boda de Cheyenne, y los dos adoraban a sus nietas.

Los padres de Keegan habían muerto en un accidente de avión cuando él todavía estaba en el instituto y, aunque el resto de la familia había cuidado de él, se sentía como si una parte de sí mismo hubiera muerto en aquel avión envuelto en llamas. Al salir de la universidad, había comenzado a trabajar en McKettrickCo, después había conocido a Shelley y había creído encontrar la manera de llenar el vacío dejado por sus padres. Shelley estaba ya embarazada cuando Keegan se había fugado con ella y, si no hubiera sido porque el bebé había necesitado una transfusión urgente nada más nacer, Keegan jamás se habría enterado de que le habían engañado.

Había ido directamente al laboratorio del hospital para donar sangre, y allí había descubierto que no podía ser él el donante porque Devon tenía un tipo sanguíneo poco habitual. El médico no había dicho exactamente que Devon no podía ser el padre biológico de la niña, pero las pruebas eran más que evidentes. Tiempo después, Shelley había admitido entre lágrimas que había estado con otro hombre cuando ya estaban comprometidos, pero nunca había querido decirle quién.

Keegan cerró los ojos, intentando olvidar aquel momento.

Un movimiento entre la gente le hizo abrirlos otra vez.

Efectivamente, Jesse y Cheyenne acababan de regresar de donde quisiera que hubieran estado de viaje de novios. Ambos caminaban sonrientes y agarrados de la mano hacia el centro de la fiesta.

Devon, Rianna y Maeve gritaron entusiasmadas y salieron corriendo hacia ellos. Prácticamente, estuvieron a punto de tirar a Jesse al suelo. Éste las saludó una a una sonriendo.

Jesse tenía un atractivo especial para las mujeres. Ya fueran adultas, ancianas o niñas, todas le adoraban.

Keegan se disculpó con sus compañeras de mesa, se levantó y se acercó a la pareja. Le dio a Cheyenne un beso en la mejilla y a Jesse le estrechó la mano.

—Me he enterado de lo de Psyche —dijo Jesse con voz queda cuando Cheyenne se alejó con las niñas—. Lo siento, Keeg.

—¿Quién te lo ha dicho? —preguntó Keegan frunciendo el ceño.

Jesse y Cheyenne no habían dicho dónde iban a pasar la luna de miel y, por lo que Keegan sabía, nadie había estado en contacto con ellos desde la boda.

—Myrna —contestó Jesse.

Myrna era la directora ejecutiva de la rama de Indian Rock de McKettrickCo y se enorgullecía de saber más sobre la vida de los demás que el más aventajado espía de la CIA.

En ese momento, llegó Rance con la camioneta y el remolque enganchado a ella. Salió, se acercó a ellos y golpeó cariñosamente a Jesse en el hombro.

—¿Cómo ha ido la luna de miel?

Jesse se limitó a sonreír.

Pero lo dijo todo con aquella sonrisa.

Rance soltó una carcajada y le dio una palmada en la espalda. Se volvió después hacia Keegan.

—¿Dónde está ese maldito burro?

—Ahí enfrente, comiéndose las petunias del jardín de la iglesia —contestó Keegan.

—Id a buscar algo de cenar y ocuparos de Emma y de las niñas, ¿de acuerdo? Yo voy a cargar a Spud.

—¿Qué burro? —preguntó Jesse que, evidentemente, no tenía ni idea de lo que estaban hablando.

Rance sonrió de oreja a oreja.

—Keegan ha comenzado a reunir ganado —le aclaró—. Por lo visto quiere convertirse en alguien importante en el mercado de burros.

Keegan se limitó a sacudir la cabeza y comenzó a caminar hacia la iglesia.

—Yo te ayudaré —se ofreció Jesse, y avanzó junto a Keegan mientras Rance iba a reunirse con Emma y los demás.

—Acabas de volver de tu luna de miel —le recordó Keegan, alargando el paso—. ¿No deberías estar con tu mujer?

Jesse aceleró el ritmo.

—No creo que tardemos mucho en cargar un burro en un remolque.

Spud, al verlos acercarse, comenzó a rebuznar en señal de bienvenida.

Keegan abrió la puerta del jardín y el burro avanzó hacia él arrastrando las riendas.

Tal y como había hecho Rance, Jesse recorrió al animal con la mirada y pasó la mano por sus protuberantes costillas. Cuando volvió a mirar a Keegan, la sonrisa había desaparecido completamente de su rostro.

—Por el aspecto que tiene, es un burro que ha sufrido mucho.

Keegan asintió. Mientras cruzaban la calle, le explicó rápidamente a Rance cómo había comprado al animal.

Jesse abrió la puerta trasera del remolque y bajó la rampa. Keegan condujo al animal al interior y se alegró de ver que a Rance se le había ocurrido dejar heno en el pesebre. Además, se había asegurado de que hubiera agua.

Después de ponerle las bridas y de sujetarlo, Keegan ató al animal con una cuerda e hizo un nudo corredizo para que Spud no se zarandeara en el remolque como una alubia seca en el fondo de una lata vacía.

—Después habrá fuegos artificiales —observó Jesse—. El ruido será terrible. A lo mejor deberíamos llevárnoslo cuanto antes al Triple M y dejarlo en el establo.

—No creo que sea muy miedoso —replicó Keegan—. Al fin y al cabo, lleva años dando vueltas y soportando gritos y patadas.

—Keeg... —comenzó a decir Jesse.

Keegan no le miró. Y tampoco contestó.

—Supongo que es difícil... saber que Psyche está tan enferma —se aventuró a decir.

Keegan se tensó inmediatamente.

—Supongo que eso también te lo ha contado Myrna.

—No ha tenido que contármelo nadie, Keeg.

Rance, Jesse y él se habían criado juntos, como si fueran cachorros de la misma camada. Apenas tenían secretos entre ellos.

—Lo superaré —respondió Keegan.

Salió del remolque y se reunió con su primo en la carretera. Guardó la rampa, cerró la puerta y añadió:

—En cuanto me recupere de la sorpresa inicial.

Sí, estaba seguro de que él lo superaría.
Pero Psyche no.
Y quizá Lucas tampoco.
Jesse le miró en silencio bajo la tenue luz de las farolas. Llegaba hasta ellos la música de la feria. La noria seguía girando y los niños gritaban encantados montados en los coches de choque y en el pulpo.

–Lo superaré –repitió Keegan.

Jesse posó la mano en su hombro.

–Lo sé –contestó–. Pero hasta entonces, será muy duro.

Keegan tragó saliva y asintió en silencio, temiendo que le fallara la voz si intentaba hablar.

–Estaremos contigo, Keeg –se ofreció Jesse–. Sabes que podrás contar con Rance y conmigo para lo que quieras.

Aunque no lo hubiera dicho, Keegan contaba con ello.

–La fuerza de los McKettrick –dijo Jesse.

Era una de las frases que repetían de vez en cuando. Los tres sabían perfectamente cuál era el alcance de su significado.

–La fuerza de los McKettrick –confirmó Keegan.

CAPÍTULO 5

Psyche estaba sentada bajo un árbol y Lucas dormitaba tumbado en una manta a su lado. Al ver a Keegan volver con Jesse, le hizo un gesto para que se acercara.

A Keegan le dio un vuelco el corazón. Era tan valiente... Cuando se comparaba con ella se sentía como un llorón.

Aun así, se acercó a ella. Jesse le acompañó y rápidamente se agachó para darle un beso en la mejilla.

—Hola, preciosa. Bienvenida a casa.

Psyche sonrió.

—Tengo entendido que tengo que felicitarte —contestó—. Por fin ha atrapado alguien a Jesse McKettrick, el inalcanzable.

Jesse se echó a reír y asintió.

—Sí, estoy atado y bien atado.

—Me encantaría conocer a tu esposa —le dijo Psyche—. Y prometo no contarle lo mujeriego que has sido siempre.

Jesse le dirigió una de sus famosas sonrisas.

—Creo que lo sospecha —contestó—. Voy a buscarla.

Y sin más, le dio a Keegan una palmada en el hombro y se alejó de allí.

—Siéntate, Keegan —le pidió Psyche.

Keegan se sentó con las piernas cruzadas en la hierba fragante.

—Molly y tú hacéis una pareja maravillosa —dijo Psyche, probablemente intentando ser sutil.

Keegan conocía a Psyche desde que era niño e inmediatamente comprendió lo que se proponía.

—Imposible. Olvídalo.

—¿Que olvide qué? —preguntó Psyche con aire inocente.

—Sabes perfectamente a lo que me refiero —contestó Keegan.

Psyche sonrió de oreja a oreja.

—De acuerdo, tienes razón. He pensado que sería bonito que Molly y tú os enamorarais y os casarais. De esa manera, Lucas tendría una verdadera familia, sería un McKettrick. Os imagino a los cuatro en una de esas tarjetas que se envían por Navidad.

—Lucas puede ser un McKettrick —replicó Keegan—. Lo único que tienes que hacer es dejar que lo adopte yo en vez de Molly.

Psyche suspiró.

—Sería mucho más fácil si te casaras con Molly y lo adoptarais los dos.

—Ya tuve una esposa que me engañó, no me hace falta otra.

Psyche le tendió la mano. Tras un primer momento de vacilación, que pasó sintiéndose como un idiota por haber confesado sus sentimientos como acababa de hacerlo, y, nada más y nada menos que ante una mujer que estaba a punto de morir, Keegan tomó la mano que le tendían.

—Siempre pensé que Shelley era una auténtica bruja —dijo Psyche—. Francamente, nunca he entendido qué pudiste ver en ella.

Keegan se echó a reír. Esperaba algo diferente, procediendo de Psyche, aunque no sabía exactamente qué.

—Yo pensaba lo mismo de ti y de Thayer.

Psyche le apretó la mano y se la soltó; era un gesto normal y corriente, pero Keegan lo sintió como un anuncio de la separación definitiva que no tardaría en llegar.

—Salieron juntos, ¿sabes? Thayer y Shelley, quiero decir. Estuvieron juntos cuando estábamos en la universidad. Creo que fue una relación bastante intensa.

Sí, Keegan también se acordaba. Y tenía que admitir, aunque sólo fuera para sí, que aquélla era una de las razones por las que el marido de Psyche nunca le había gustado.

—Sí, lo sé. Y la verdad es que nos hubieran ahorrado muchos disgustos si se hubieran casado el uno con el otro y nos hubieran dejado en paz.

—Pero no lo hicieron —reflexionó Psyche.

Miró a Lucas, que continuaba durmiendo sobre la manta.

—Esta tarde he llamado a Travis para hablar de los documentos de la adopción y de tu cita para declararte albacea. Me ha dicho que para el lunes lo tendrá todo preparado.

Travis y Sierra estaban en Scottdale, comprando muebles para la casa que acababan de hacerse en el otro extremo del pueblo. Por supuesto, los acompañaba Liam, el hijo de Sierra, que tenía ya siete años.

—Todavía estás a tiempo de cambiar de opinión —le advirtió Keegan.

—No voy a cambiar de opinión, Keegan —replicó Psyche con vehemencia—, así que deja de aguijonearme. He pensado mucho en esto y quiero dejarlo todo en orden antes... bueno, cuanto antes. Y necesito que tú también colabores.

Justo en ese momento, volvió a aparecer Jesse con Cheyenne.

Keegan se levantó.

Jesse presentó a las dos mujeres.

El matrimonio parecía haberle sentado muy bien a Cheyenne, pensó Keegan, pero la verdad era que todo le sentaba bien. Era una auténtica belleza, con el pelo negro, delgada y además, particularmente inteligente.

Después de que Psyche y ella se saludaran y Jesse comenzara a charlar con Psyche como si todo fuera completamente normal, Cheyenne se volvió hacia Keegan y le hizo apartarse ligeramente del grupo.

—¿Estás preparado para la reunión del lunes por la mañana? —le preguntó.

—¿Qué reunión?

Había dejado el teléfono móvil en el coche y no había pasado por la oficina en todo el día.

—Eve y Meg vendrán de San Francisco —le explicó Cheyenne con voz queda. Eve McKettrick era la madre de Meg y de Sierra, además de presidente y directora ejecutiva de McKettrickCo—, y también la mayor parte de los miembros de la junta. Quieren que haya una votación final para que se decida si salimos o no a bolsa.

Por supuesto, pensó Keegan. Eve, que en realidad era prima lejana suya, había sido como una madre para él, pero en lo relativo a los negocios y a la compañía, tenía la fuerza de la naturaleza.

Keegan soltó un juramento.

—¿Y qué va a pasar con tu trabajo? —preguntó.

Cheyenne posó la mano en su brazo.

—Todo saldrá bien —contestó—. Puedo quedarme en la compañía o montar un negocio. Eres tú el que me preocupa.

Keegan suspiró.

—¿Jesse te ha comentado algo sobre lo que piensa votar?

—Eso tendrás que hablarlo con él —contestó Cheyenne, razonablemente.

A Keegan se le dispararon inmediatamente las alarmas. Miró a Jesse, y en ese mismo instante lo supo.

—Maldita sea —farfulló.

Cheyenne suavizó su tono.

—Está cansado de tantas peleas.

Keegan dio un paso hacia Jesse, que en aquel momento le estaba mirando, y se detuvo. Aquél no era el momento más indicado para iniciar una discusión, pero aun así no podía evitar sentirse traicionado. Jesse había podido decirle cuál era su decisión mientras montaban a Spud en el remolque. Sin embargo, se había limitado a decirle que

Rance y él estarían a su lado, que le ayudarían durante el duro trago de perder a una de sus más íntimas amigas.

—Maldita sea —repitió Keegan, y más fuerte en aquella ocasión.

—¿Ha ocurrido algo? —preguntó Psyche.

—No, no ha pasado nada —contestó Keegan, fulminando a Jesse con la mirada.

—¿Podrás firmar los documentos el lunes por la tarde?

—Claro que sí —le prometió Keegan.

Se volvió y, sin decir ni media palabra, se alejó de allí.

Molly permanecía apoyada contra a un árbol, tapándose un oído con un dedo mientras hablaba por el teléfono móvil; una tarea difícil, teniendo en cuenta que estaba en medio de una feria y celebrando un picnic.

—Denby, escúchame.

—¡Quiero otro agente! —gritó Denby Godridge.

Se había tomado muy mal no haber entrado en ninguna de las listas de éxitos con su última novela. Molly había vendido el libro por mucho dinero y tampoco la editorial estaba contenta.

—Ya era suficientemente difícil cuando estabas en Los Ángeles, y ahora se supone que tengo que hacer negocios con alguien que está en Indian Rock. Nada más y nada menos que en Arizona.

—Denby, por favor.

—¡Estás despedida, Molly!

Molly cerró los ojos.

Denby colgó el teléfono bruscamente.

Y las lágrimas comenzaron a deslizarse de entre los párpados de Molly.

—¿El novio ya se ha cansado de esperar el botín? —preguntó entonces una voz desagradablemente familiar.

Molly abrió los ojos inmediatamente. Por supuesto, allí estaba Keegan, con las manos en los bolsillos del pantalón y el pelo revuelto, como si acabara de pasarse la mano por él. Tras él, brillaban las luces rosas, azules y verdes de la noria.

Molly se guardó el teléfono en el bolsillo, pasó por delante de Keegan, se quitó su sombrero de paja favorito y golpeó a Keegan en la barriga con él.

—¿Sabes una cosa, estúpido e insoportable señor Keegan McKettrick? Ya estoy más que harta de tus comentarios insidiosos y de tus insinuaciones sórdidas.

Keegan abrió los ojos como platos en el momento en el que Molly le golpeó con el sombrero. Unos ojos de un color azul extraordinario. Tan intenso como el de unos vaqueros recién comprados.

Después, y sorprendentemente, comenzó a reír a carcajadas.

—¿Estás borracho? —le preguntó Molly.

—No, pero ojalá lo estuviera —se interrumpió un instante—. ¿Qué te ha hecho llorar, Molly Shields?

Aquella pregunta la pilló por sorpresa. Bajó la mirada, vio que el gorro había perdido la flor y se agachó a buscarla. Desgraciadamente, también Keegan se agachó en aquel momento y terminaron chocando sus cabezas.

—¡Ay! —se quejó Keegan.

Se incorporó con una mano en la cabeza. Tenía un aspecto tan infantil que Molly, a pesar de su propio dolor, no pudo evitar reír a carcajadas.

Keegan suavizó ligeramente la expresión y Molly sintió una punzada justo en medio del corazón.

—¿Quién te ha hecho llorar?

Molly suspiró mientras jugueteaba con la flor que había vuelto a colocar en el gorro.

—No es nada. Últimamente tengo muchos altibajos.

—Supongo que todos estamos igual —musitó Keegan.

—Pero nadie como Psyche —respondió Molly.

Renunció a la flor y la guardó en el fondo del bolso, donde había hecho desaparecer ya el teléfono. Una fría brisa la hizo estremecerse.

—¿Tienes frío? —preguntó Keegan.

—No, estoy bien —contestó Molly.

—Tienes el aspecto de alguien a quien no le vendría mal oír algo divertido.

Molly le miró con los ojos entrecerrados.

—¿Por ejemplo?

—Psyche cree que tú y yo deberíamos casarnos —le dijo Keegan—, y adoptar juntos a Lucas. ¿No te parece una locura?

—Una auténtica locura —se apresuró a contestar Molly.

Lo que no comprendía era por qué le dolía tanto que Keegan pensara que la idea de casarse con ella era tan ridícula que resultaba incluso divertida.

La mirada de Keegan se tornó seria mientras la clavaba en ella. La miraba tan fijamente, de hecho, que Molly se preguntó si tendría salsa en la cara o algo parecido, y estaba considerando aquella posibilidad cuando Keegan la sorprendió con un beso.

El impacto fue tan intenso como si acabara de atravesarle un rayo.

Keegan posó los labios sobre los suyos, rozándolos apenas.

Molly retrocedió parpadeando y sin respiración.

—Lo siento —dijo Keegan.

—Realmente, tienes el don de decir siempre lo menos oportuno, ¿sabes?

Keegan esbozó una mueca.

—Sí, eso me han dicho.

Molly estaba temblando. Si Keegan lo notaba, se dijo, culparía al frío de la noche.

—Fingiremos que esto nunca ha pasado —le propuso.

—Algo que se te da bastante bien, ¿verdad?

Hacía cinco segundos que aquel hombre la había besado. Había sido un beso dulce, tierno, que le había hecho suspirar de placer. Y ya estaba aguijoneándola otra vez.

—¿A qué te refieres exactamente?

—A fingir que algo no ha pasado. Como tu aventura con Thayer, por ejemplo.

—En ningún momento he fingido no haber tenido una aventura con Thayer.

—Claro que sí. O bien es que no tienes conciencia en absoluto. Molly, ¿cómo eres capaz de hacer algo así? ¿Cómo has sido capaz de mudarte a la casa de su mujer y hacerte cargo de ese niño como si no hubiera pasado nada?

Aquellas palabras golpearon a Molly con la fuerza de un puñetazo; la dejaron sin respiración.

—¿Y bien? —presionó Keegan.

Aquellos ojos de un azul imposible la taladraban implacables y con la frialdad del viento de enero.

Molly tragó saliva, decidida a no perder la paciencia. No quería montar una escena durante la celebración del Cuatro de Julio. Indian Rock era un pueblo pequeño, tenía que vivir allí con Lucas y no necesitaba la clase de fama que obtendría de una discusión pública con Keegan McKettrick.

—Préstame atención, estúpido y arrogante hijo de perra —dijo en un tono irónicamente amable—. No voy a repetírtelo nunca más: estoy aquí porque Psyche me pidió que viniera. Y porque...

Y porque Lucas era su hijo, un hijo al que había echado tanto de menos que muchas noches terminaba acurrucada en el suelo, en posición fetal y llorando hasta quedarse sin lágrimas.

Keegan no contestó.

Por encima de sus cabezas, comenzaron a explotar los primeros fuegos artificiales en un estallido de colores, dibujando una flor gigantesca sobre el cielo nocturno y cayendo después lentamente, como las lágrimas de un ángel.

Keegan alzó la cabeza y Molly le imitó, pero por el rabillo del ojo, se fijó en su perfil: en la línea firme de su mandíbula, en aquel corte de pelo tan conservador que apenas podía decirse que le sentara bien y en su nariz recta. Probablemente, era el hombre más detestable que había conocido nunca, sin contar ciertos camareros y algunos pordioseros de Sunset, pero aun así, había algo en él que la conmovía muy profundamente.

A lo mejor sólo era la salsa de barbacoa.

—Tengo que ir a buscar a mi hija —dijo Keegan.

—Y a mí me gustaría ir a buscar a mi hijo —replicó ella con amargura, poniendo sólo un ligero énfasis en las últimas palabras.

Y sin más, emprendieron caminos separados.

Era más de media noche cuando Molly por fin dejó a Lucas en la cuna, ya con el pijama puesto.

—¿No te parece precioso?

Molly no se había dado cuenta de que estaba Psyche en la habitación. Se levantó lentamente antes de volverse hacia la otra mujer.

—Desde luego —susurró.

Psyche se acercó a la cuna y acarició los rizos de su hijo con mano temblorosa. Sus ojos brillaron en la penumbra.

—Dios mío —musitó—. Qué no daría por verle crecer.

Si Psyche hubiera sido otra persona, Molly le habría rodeado los hombros con el brazo y habría intentado consolarla. Pero Psyche era la mujer engañada y Molly había jugado un papel fundamental en aquella traición.

—Vamos abajo —dijo Psyche suavemente, mientras arropaba a Lucas con la manta favorita del niño—. No me vendría nada mal una copa de vino.

—A mí tampoco —admitió Molly.

Bajaron en el ascensor en completo silencio.

La cocina estaba a oscuras y parecía particularmente vacía al no estar Florence allí pelando patatas, calentando la leche para el niño o farfullando mientras oía a sus queridos y odiados al mismo tiempo comentaristas de radio.

Psyche sacó una botella de vino y le hizo un gesto a Molly para que se ocupara de las copas.

Agotada por los acontecimientos del día, no tardó en dejarse caer en una silla.

Molly descorchó la botella y sirvió las copas.

—Es duro esto de morir —comentó Psyche con ironía.

—Supongo que has probado todo tipo de tratamientos —respondió Molly tras tragar saliva.

Desde que estaba en Indian Rock, eran muchas las ocasiones en las que tenía que tener sus sentimientos bajo control.

Psyche alzó la copa en un irónico brindis.

—Absolutamente todos —contestó—. Pero te aseguro que a veces el remedio es mucho peor que la enfermedad.

Bebieron las dos en silencio, hasta que de pronto Psyche dijo:

—Keegan es un buen hombre, Molly.

—Es... bueno, no importa lo que sea Keegan.

Psyche sonrió, pero había una gran tristeza en su mirada.

—Le conozco desde que íbamos al jardín de infancia —musitó—. Siempre me defendía. Ése es uno de los problemas de Keegan, ¿sabes? Es como un vaquero del antiguo Oeste atrapado en el mundo moderno.

—He visto su Jaguar —respondió Molly, intentando no resultar agresiva—. Y viste con trajes muy caros. No termino de ver qué relación puede tener con el salvaje oeste.

Psyche suspiró.

—Espera a verle montar a caballo.

Molly visualizó nítidamente aquella imagen. Y una vez más, sintió que algo cambiaba dentro de ella, notó un movimiento dulce y doloroso al mismo tiempo.

—Tendrás oportunidad de verle montar a caballo —añadió Psyche—, porque quiero que Lucas aprenda a montar y no creo que haya nadie que pueda enseñarle mejor que él.

Molly pensó en su futuro, lo vio de pronto extendiéndose ante ella. Imaginó a Lucas creciendo y pasando por todas las etapas por las que debía pasar un niño. Días, semanas, meses y años llenos de la presencia de Keegan McKettrick, del desprecio que Keegan McKettrick sentía por ella. Molly había intentando establecer una tregua, pero Keegan la había despreciado.

–Podrías casarte con él –dijo Psyche.

Molly estuvo a punto de atragantarse con el vino. Todavía estaba intentando recuperar la respiración cuando Psyche continuó explicando:

–Apuesto a que el sexo sería algo apocalíptico.

Acostarse con Keegan McKettrick. No. Definitivamente, Molly prefería no continuar por ahí.

–En realidad, sólo son imaginaciones mías, ¿sabes? –continuó Psyche, entre trago y trago–. Porque la verdad es que Keegan y yo nunca nos hemos acostado juntos. Y es una pena.

«Por favor, no me hagas ninguna pregunta sobre cómo era mi relación con Thayer», suplicó Molly en silencio, incómoda con el rumbo que estaba tomando la conversación.

–Francamente –continuó diciendo Psyche–, para mí Thayer no era gran cosa en la cama.

Molly bebió tal sorbo de vino que prácticamente tuvo que inflar las mejillas. Al instante siguiente, se vio obligada a levantarse para escupirlo en el fregadero, tal fue el ataque de risa.

Por increíble que fuera, se estaba riendo.

–¿Qué te pasa? –preguntó Psyche.

Molly se aferró al borde del fregadero. Estaba de espaldas a Psyche y le temblaban los hombros.

–Molly –insistió Psyche–, ¿qué te ocurre?

Molly se volvió hacia a aquella mujer con cuyo marido la había engañado. Las mejillas le ardían y tenía los ojos llenos de lágrimas.

–Dios mío –musitó Psyche–, ¿estás llorando?

–No –consiguió decir Molly–, me estoy riendo.

–¿Por qué?

—Porque esta conversación es de lo más extraña y, además, porque tienes razón.

—¿En lo que he dicho sobre Thayer?

Molly asintió.

Entonces fue Psyche la que estalló. Se llevó las manos a los costados y rió hasta que Florence, envuelta en una bata de felpa de color rosa, asomó la cabeza por la puerta de la cocina y frunció el ceño.

—¿Pero es que en esta casa nadie sabe qué hora es? —preguntó.

Llevaba una de esas tiras de color azul para evitar los ronquidos en la nariz, lo que sólo sirvió para aumentar la hilaridad de las chicas.

—Sí, es la hora de reír —dijo Psyche, recuperándose un poco.

Florence suavizó su expresión.

—Y reír y reír —añadió Psyche.

Había algo frenético en su tono, y de pronto, comenzó a llorar.

Florence corrió hacia ella y la levantó en brazos.

—Ya está, ya está, pequeña —musitó, meciéndola hacia delante y hacia atrás—. Llore todo lo que tenga que llorar. Tiene todo el derecho del mundo a hacerlo.

Molly, conmovida por la situación, miró a Florence por encima de la cabeza de Psyche. Y lo que vio en sus ojos hizo que el desdén de Keegan pareciera a su lado la más rendida alabanza.

—Supongo que será mejor que me vaya a la cama —dijo, como si a alguien pudiera importarle que pasara en casa la noche.

—Sí, será lo mejor —contestó Florence.

—Puedo ayudar a Psyche a acostarse...

—Yo me ocuparé de Psyche —la interrumpió Florence.

Molly salió a toda velocidad, evitando el ascensor. Subió los tres pisos corriendo, esperando llegar agotada al final.

Pero no lo consiguió.

Miró a Lucas y dejó entreabierta la puerta que comunicaba las dos habitaciones. Se dio una ducha y se acercó a su ordenador para consultar su correo electrónico.

Craso error. En aquel momento no era mucho más popular en Los Ángeles que en Indian Rock.

Comenzó a pasear nerviosa.

Oyó que el ascensor subía y se detenía en el último piso.

Se asomó al pasillo y le sorprendió ver allí a Florence, sin Psyche.

—No está bien —dijo Florence—. Tiene unos dolores terribles. Hay que llevarla a la clínica. Yo ya he llamado al médico y él va directamente hacia allí.

Molly no vaciló. Salió volando a su habitación, cambió el pijama por unos vaqueros y una camiseta, se calzó un par de sandalias y agarró el bolso.

—¿Puede cuidar de Lucas? —le preguntó a Florence cuando salió de nuevo al pasillo.

—Por supuesto que sí —respondió Florence—. Puede ir en mi coche. Psyche no sería capaz de subir al monovolumen. Llámeme en cuanto sepa algo, cualquier cosa.

—Lo haré —le prometió Molly.

Le dirigió a Lucas una última mirada, corrió al ascensor y estuvo a punto de cerrar la puerta en las narices a Florence cuando ésta se reunió con ella.

Psyche continuaba en la cocina, gimiendo y doblada de dolor.

Molly se dio entonces cuenta de que no sabía dónde estaba la clínica.

Florence le dio la dirección y entre las dos consiguieron llevar a Psyche al garaje y meterla en el coche. Si Florence no hubiera abierto la puerta del garaje, Molly probablemente la habría atravesado sin pensárselo.

—Me duele —gimió Psyche—. Dios mío... me duele mucho.

Molly tenía el corazón en un puño.

—Aguanta —musitó mientras aceleraba por el camino de la casa para llegar cuanto antes a la carretera.

—¿Y si éste es el final? —se lamentó Psyche entre gemidos de dolor—. No he podido despedirme de Lucas...

—¡Ni se te ocurra pensar en eso! —le pidió Molly, girando el volante de aquel enorme coche familiar. Tenía la sensación de estar conduciendo un tanque—. ¿Es que no hay una ambulancia en este maldito pueblo?

Psyche soltó una carcajada, a pesar de que debía estar sufriendo un dolor terrible.

—Tendría que venir desde Flagstaff —contestó.

Volvió a doblarse de dolor y soltó un grito que le heló a Molly la sangre en las venas.

Cuando por fin llegaron a la clínica, había todo un equipo médico esperándolas. Habían preparado también una camilla. Pero tanto el médico como las dos enfermeras parecían más viejos que la propia clínica.

El pánico de Molly creció.

El médico, un hombre de pelo gris y rostro amable, levantó a Psyche con delicadeza y con una fuerza que Molly jamás le habría supuesto. A los pocos segundos, la había tumbado en la camilla.

—Tranquilízate, cariño —le dijo a Psyche—. ¿Te acuerdas de cuando tenías trece años y te operé de apendicitis? Yo me ocupé de ti en ese momento, ¿verdad?

Molly se quedó completamente paralizada. Estaba en la puerta de la clínica y no era capaz de moverse.

De hecho, continuaba en el mismo lugar cuando minutos después llegó un Jaguar. Pasó tan cerca de ella que estuvo a punto de pillarle los pies.

Keegan salió del coche vestido con unos vaqueros viejos y una camiseta que apenas había tenido tiempo de meterse por la cintura.

—¿Qué ha pasado? —preguntó, como si pensara que Molly había intentando envenenar a Psyche.

Seguramente le había llamado Florence, pensó Molly ausente. Pero consiguió contestar.

—Psyche... Tiene mucho dolor...

—¿Y tú estás aquí fuera porque...?

Una furia feroz se levantó en el interior de Molly, una furia acompañada de algo más, de un sentimiento que no estaba preparada para reconocer, y menos aún para analizar.

—Porque hace una noche preciosa —contestó con un gesto de exasperación.

—Oh, cierra la boca —respondió Keegan mientras se dirigía hacia la entrada de la clínica.

Molly tuvo que esforzarse para poder mantenerle el paso.

—¿Y si se muere?

Keegan se detuvo nada más cruzar la doble puerta de cristal y la miró con el ceño fruncido.

—Habrá que superarlo. Psyche tiene un cáncer terminal. Esto no va a ser un camino de rosas.

—¿De verdad tienes que ser tan desagradable? —susurró Molly, sin intentar siquiera contener las lágrimas.

En algún lugar del interior de la clínica, Psyche gritó.

Keegan salió corriendo en aquella dirección.

Molly corrió tras él.

En ese momento sonó su teléfono móvil.

Molly lo sacó rápidamente del bolso, lo abrió y ladró un ansioso «¿diga?».

—Estás despedida —era Denby Godridge.

Aunque sólo había pronunciado dos palabras, era evidente que estaba borracho.

—¿Denby? —respondió Molly—. Vete al infierno.

Y tras haber expuesto tan profesional argumento, colgó el teléfono.

La mujer que estaba tras el escritorio de recepción le dirigió una mirada de desaprobación.

Molly se acercó a ella.

—Dígame cómo se encuentra Psyche.

—Tiene un cáncer terminal —fue la respuesta de la recepcionista.

Era una mujer de unos treinta años, con ligero sobrepeso y, evidentemente, de la zona.

—Gracias por la noticia —respondió Molly con ironía—. Pero acabo de oírla gritar y me gustaría saber qué está pasando aquí.

—¿Es usted miembro de la familia?

—No, soy una... amiga.

—No puedo darle ninguna información sin el permiso de la señora Ryan.

—Keegan McKettrick está con ella. ¿Cómo es posible que él haya podido pasar sin necesidad de ningún permiso?

—Porque él es Keegan McKettrick.

Molly tomó aire, resopló y volvió a tomar aire.

—Mire, empecemos de nuevo, ¿de acuerdo?

—De acuerdo —contestó plácidamente la mujer.

—Hay una mujer en casa de Psyche que está esperando a que la llame para contarle cómo está Psyche. Necesito decirle algo.

—¿Se refiere a Florence?

—Me refiero a Florence.

—En ese caso, iré a ver qué puedo averiguar.

—No sabe cuánto se lo agradecería.

La mujer desapareció entonces en las entrañas de la clínica.

Antes de que hubiera vuelto, llegó un hombre rubio y atractivo con aspecto de acabar de levantarse precipitadamente.

Regresó entonces la recepcionista.

—El médico ha pedido una ambulancia —informó a Molly y al hombre que estaba a su lado—. Se la llevan a Flagstaff.

—Dios mío —musitó el hombre rubio.

Y desapareció tal como lo había hecho Keegan minutos antes.

—Supongo que él también es un McKettrick —dijo Molly con ironía, mientras sacaba de nuevo el teléfono.

–Supongo que tiene razón.

Molly marcó el número de casa de Psyche. Florence contestó al primer timbrazo.

–Quiero saber cómo está mi niña –le ordenó.

–Se la van a llevar a Flagstaff.

–¡Dios santo! –exclamó Florence.

Keegan salió entonces de la parte de atrás de la clínica seguido del hombre rubio.

Empujó las puertas abatibles con tanta fuerza que estuvieron a punto de salirse de sus goznes.

–Maldita sea –dijo la recepcionista–, como se les ocurra ponerse a discutir, estaremos aquí trabajando todo el fin de semana.

Molly se dirigió hacia la puerta.

Bajo las luces del exterior, vio a Keegan empujar al hombre rubio. Éste le devolvió el empujón.

–¿Molly? –preguntó Florence, que continuaba al otro lado de la línea.

–La mantendré al tanto –contestó Molly, y colgó el teléfono.

La recepcionista pasó en ese momento por delante de ella.

–¡Keegan! –gritó–. ¡Jesse! Haced el favor de comportaros u os juro por Dios que llamaré a Wyatt Terp para que os saque a los dos de la clínica.

CAPÍTULO 6

Jesse le sonrió a Keegan y se apoyó contra la camioneta que tenía aparcada delante de la clínica.

—Estoy seguro de que es capaz de llamarle —le advirtió a su primo.

Señaló con el pulgar hacia la entrada, desde donde Carrie Johnson, la recepcionista del turno de noche, los miraba sombría y con los brazos en jarras.

Keegan sabía que su primo tenía razón. Carrie era una mujer de palabra. Más aún, aunque Terp era amigo de la familia, lo que implicaba que su grado de tolerancia hacia la conducta de los McKettrick era bastante alto, aquel hombre de ley debía de estar de un humor pésimo tras haber tenido que doblar el turno para poder mantener a raya a todos los juerguistas que celebraban el Día de la Independencia.

—No sabes cuánta razón tienes —contestó Carrie, caminando hacia ellos—. ¿Qué demonios os pasa, por el amor de Dios? Tenéis aquí dentro a una mujer enferma de gravedad y os dedicáis a pelearos como cuando estabais en el instituto.

Keegan enrojeció. Era dolorosamente consciente de que Molly Shields estaba siendo testigo de aquel episodio, de que le estaba viendo hacer el ridículo. Pero a pesar de todo, continuaba teniendo ganas de pelea.

Jesse alzó ambas manos en un gesto de reconciliación.

—Mira —le dijo a Carrie, desplegando todo su encanto—, Keeg está un poco estresado, eso es todo. Te prometo que nos portaremos bien.

—Ya sé yo lo que valen tus promesas —replicó Carrie.

Había salido en una ocasión con Jesse cuando estaban ambos en el instituto y, por lo tanto, tenía sobradas razones para dudar de su palabra. Sin embargo, parte de su enfado desapareció; ésa era precisamente la magia de McKettrick. Cuando la ponía en funcionamiento, no había nadie que se le resistiera.

—Sabes que nunca me cansé de ti —le dijo a Carrie con inmensa dulzura y una mirada intensa.

«Podría colgar la corona de santo de uno de sus cuernos de diablo», pensó Keegan, luchando a su pesar para contener una sonrisa. Todavía estaba enfadado con Jesse porque se había puesto de parte de los McKettrick de Texas y no le había dicho nada, pero, al mismo tiempo, no podía evitar admirar a aquel canalla por su valor.

—Sigues siendo tan estúpido como siempre —contestó Carrie con total escepticismo—. Y como me obliguéis a salir otra vez, os arrepentiréis.

Y sin más, se volvió y regresó de nuevo al interior, sin ser consciente de que acababa de ser camelada por un auténtico maestro.

Molly, que estaba bajo la farola que había en la entrada de la clínica de Indian Rock, vaciló un instante. Casi inmediatamente, cuadró los hombros y avanzó hacia ellos. Desde aquella distancia, daba la sensación de que quisiera decir algo, pero le faltara el valor para hacerlo.

Keegan estaba desesperado por ignorarla.

—¿Quién te ha llamado? —le preguntó a Jesse.

—Devon —contestó su primo—. La has dejado en el camino de la entrada de casa de Rance. Tenías tanta prisa por llegar aquí que ni siquiera la has acercado a la puerta, así que estaba asustada. Tenía miedo de que te mataras en el coche.

Keegan continuaba siendo consciente de la presencia de Molly, aunque no hizo ningún gesto que así lo indicara, deseando que entendiera la indirecta y no continuara acercándose.

—Puedes irte ya a casa si quieres —le dijo a Jesse.

—No pienso irme a ninguna parte hasta que no sepa cómo está Psyche —respondió Jesse.

Continuaba apoyado contra el lateral de la camioneta, en aquella ocasión con los brazos cruzados.

—Se está muriendo —respondió Keegan con rotundidad—. Ahora ya lo sabes.

Jesse apretó la mandíbula con un gesto muy propio de los McKettrick. Esperó en silencio.

—Yo sólo me estaba preguntando... —comenzó a decir Molly.

Se interrumpió en medio de la frase y permaneció en silencio bajo la fría mirada de Keegan, que se había vuelto hacia ella y parecía tristemente decidido a ponerla en su lugar.

—¿Qué se estaba preguntando, señorita Shields? —preguntó con una fría formalidad.

Jesse se tensó ligeramente, incómodo con aquella situación, pero decidió no decir nada. Al menos de momento.

Molly se irguió y alzó la barbilla.

—Me estaba preguntando si pensabas ir al hospital con Psyche —contestó con valor—. Creo que no debería estar sola, y Lucas y Florence están en casa, de modo que creo que debería volver con ellos.

Jesse se apartó de la camioneta y se acercó a ella. Después de taladrar a su primo con la mirada, le dijo a Molly:

—Vuelve a la casa. Es posible que Florence y el niño te necesiten. Keegan y yo seguiremos a la ambulancia hasta Flag y nos aseguraremos de que instalen a Psyche como es debido. Si ocurre algo, avisaremos.

Para profunda vergüenza de Keegan, a Molly se le llenaron los ojos de lágrimas.

—Gracias —le dijo a Jesse.

Y aquella gratitud hizo que a Keegan le entraran ganas de empujar otra vez a su primo.

Molly le dirigió a Keegan una mirada insondable, se metió en el coche, lo puso en marcha y se alejó de allí.

—Eres toda una fuente de problemas, ¿sabes? —musitó Jesse, mientras la observaba marcharse.

Keegan era demasiado orgulloso para hacer lo mismo, pero estaba deseando llenarse los ojos de Molly Shields, llenar su corazón, llenar la soledad de su alma estéril.

Pero era muy poco probable que lo hiciera.

Keegan apenas se limitó a fruncir el ceño. Había confiado plenamente en Jesse durante toda su vida, hasta aquella noche, cuando Cheyenne le había contado en el parque que su primo pensaba votar a favor de la propuesta de Texas. Que votaría para permitir que McKettrickCo pasara a manos de unos desconocidos.

Pero Jesse no parecía dispuesto a dejarle en paz.

—¿Qué demonios te pasa, Keeg? Sabes tratar a una mujer mucho mejor de lo que has tratado a Molly. Me extraña que el viejo Angus no se haya levantado de su tumba para agarrarte por el pescuezo.

—¿Desde cuándo eres un experto en caballerosidad? —se burló Keegan—. A lo mejor tienes que escribir un libro.

Necesitaba distanciarse de lo que le estaba ocurriendo a Psyche, aunque sólo fuera durante unos minutos. Habría sido capaz de pelear con Jesse sólo para distraerse, para tener tiempo de poner sus sentimientos bajo control.

En ese momento entró en el aparcamiento una ambulancia con las luces encendidas, pero sin hacer sonar la sirena.

Jesse posó la mano en su hombro.

—Tendrás que aguantar sobre este toro hasta que deje de sonar el timbre, Keeg —dijo con voz queda, utilizando una metáfora del mundo de los rodeos—. Aguanta con la fuerza de los McKettrick.

Keegan sintió que los ojos le ardían.

—Sí, la fuerza de los McKettrick —respondió malhumorado.

—Cásate con ella.

Keegan, que había pasado la noche en el hospital de Flagstaff, sentado junto a la cama de Psyche, se incorporó bruscamente y parpadeó varias veces.

Psyche le estaba observando. Estaba tan blanca como la almohada en la que apoyaba la cabeza. La máquina del oxígeno sonaba rítmicamente y varios monitores zumbaban presagiando lo peor.

Intentando animarla, Keegan esbozó una sonrisa.

—¿Sabes? Juraría que te he oído decir...

—Cásate con ella.

—No —contestó Keegan, después de buscar sin éxito una contestación más amable.

—¿Ni siquiera si es ésa mi última voluntad?

—Vamos, Psyche, juega limpio.

—¿Por qué voy a jugar limpio? Me estoy muriendo.

Alargó la mano, tomó la de Keegan y la apretó con una fuerza que parecía imposible en su condición. Sonrió.

—Estoy a punto de marcharme para siempre —continuó suspirando apenas—. El futuro de mi hijo está en juego y Lucas necesita un padre y una madre.

—No estoy enamorado de ella —dijo Keegan, imaginando que eso debería importar.

Debería haber sabido que no bastaría. Al fin y al cabo, estaba tratando con una especie diferente; Psyche era una mujer.

—Nunca te había visto tan afectado por algo —Psyche se interrumpió, suspiró y esbozó una pesarosa sonrisa—. En lo que se refiere a Molly, parece que no sabes si dar media vuelta y salir corriendo o atraparla contra la pared y darle un beso hasta dejarla sin sentido.

Justo en ese momento, entró Jesse en aquel ambiente tan deprimente con una nueva oleada de energía. Llevaba una taza de café en la mano y tenía tal mal aspecto como Keegan se sentía. Cualquiera diría que habían terminado dándole una paliza.

—Lo siento en el alma, pero tengo que interrumpir esta fascinante conversación —los interrumpió animado mientras se acercaba a la silla de Keegan—. Florence y Molly han venido a hacer una visita. Y traen a Lucas.

A Psyche se le iluminó el semblante, pero la mirada que le dirigió a Keegan antes de desviarla hacia la puerta fue una súplica en toda regla.

Molly fue la primera en entrar con Lucas en brazos.

Florence la siguió.

—Mi pequeño —susurró Psyche, tendiéndole los brazos al niño.

Keegan tuvo que desviar la mirada para no emocionarse.

—Ven a tomar un café —le propuso Jesse.

Le acompañó al pasillo y se dirigió con él hacia la zona de los ascensores.

—No quiero ningún maldito café —gruñó Keegan.

Jesse esbozó una lánguida sonrisa.

—Bueno, he estado buscando, pero en este hospital no hay manera de conseguir whisky, así que tendrás que conformarte con el café.

Entraron en uno de los ascensores y bajaron en silencio a la primera planta.

Al lado de la farmacia, había una cafetería y Keegan terminó comprando un café. Salieron luego a un soleado jardín vallado con paredes de estuco, con bancos, árboles y una fuente en el centro.

Keegan tomó una bocanada de aire fresco, pero la paz que se respiraba en aquel ambiente parecía eludirle.

Jesse permanecía a cierta distancia, con un pie apoyado en uno de los bancos. Excepto por la presencia de un hombre en una silla de ruedas con un periódico en el regazo y hablando con un compañero invisible, Jesse y Keegan tenían todo aquel jardín para ellos solos.

—Dime qué te pasa, Keeg —pidió Jesse al cabo de un largo rato.

—Muy bien —contestó Keegan—. Cheyenne me contó ayer lo que piensas votar mañana en la gran reunión. Estás dispuesto a vender McKettrickCo al mejor postor. Muchas gracias.

—Así que era eso lo que te pasaba —concluyó Jesse, dando un sorbo a su café.

—Podrías habérmelo dicho.

—No me parecieron ni el lugar ni el momento oportuno para decirte nada —volvió a beber un sorbo de café y le miró pensativo—. Por lo menos ahora entiendo por qué intentaste pegarme un puñetazo ayer por la noche.

—¿Por qué creías que lo estaba haciendo?

Jesse se encogió de hombros con cierta indiferencia, pero su mirada era astuta y directa.

—Por Psyche.

Keegan se inclinó ligeramente, aunque de forma inconsciente.

—Psyche —repitió.

Jesse se terminó el café, arrugó el vaso de cartón y lo lanzó a la papelera.

—Vuelvo al rancho —le dijo a Keegan—. ¿Vienes conmigo? Puedo acercarte hasta tu coche, pero supongo que Molly y Florence también podrían llevarte si quieres quedarte un rato.

—Sí, claro —se burló Keegan—. Eso es justo lo que más me apetece, irme con ellas.

Devon continuaba todavía con Rance y seguro que estaba preocupada por él. Tenía que volver cuanto antes al rancho.

—¿Por qué la odias tanto? —preguntó Jesse—. Me refiero a Molly.

—Ya te lo dije —contestó Keegan.

El periódico resbaló del regazo del hombre y Jesse corrió inmediatamente a recogerlo.

—No, se lo dijiste a Rance y Rance me lo dijo a mí —le corrigió Jesse.

—Bueno, en ese caso, acabas de contestar tú mismo a tu pregunta. Y no la odio. Sencillamente, no confío en ella.

Jesse se cruzó de brazos.

—Umm. A lo mejor es que todavía no has superado lo que te hizo Shelley.

—No, Dios mío. ¡Más psicología de vaquero!

—Sí, y éste es mi diagnóstico: estás actuando como un mojigato dogmático y estúpido, Keeg. Psyche tiene razón. Parece que no sabes si hacer el amor con Molly o salir corriendo —se interrumpió y volvió a sonreír—. Conozco la sensación.

Keegan se encendió inmediatamente. Arrojó el vaso con el café que le quedaba a la papelera.

—Esto no tiene nada que ver con lo que te pasó a ti con Cheyenne —aseveró.

—Yo no estaría tan seguro si estuviera en tu lugar —contestó Jesse. El hombre de la silla de ruedas dejó caer de nuevo el periódico y Jesse volvió a recogerlo—. Nadie me irritaba tanto como Cheyenne, así que supongo que podrás imaginarte mi sorpresa cuando descubrí que lo que sentía no era otra cosa que pasión.

—Sí, me lo imagino —contestó Keegan secamente.

En ese momento salió una enfermera del interior del hospital y se llevó al anciano.

—Voy a buscar mi camioneta. Si quieres venir conmigo, será mejor que vayas a despedirte de Psyche.

Keegan asintió. No le gustaba dejar a Psyche y tampoco le entusiasmaba la idea de volver a ver a Molly. Desgraciadamente, no tenía elección.

—No —le susurró Molly a Psyche con vehemencia.

Quería evitar que Florence, que estaba en el baño, las

oyera. Lucas dormitaba en el regazo de Psyche con el pulgar en la boca. A Molly le desgarraba el corazón verle aferrarse de esa manera a su madre adoptiva. Era como si pudiera intuir que se estaba alejando de él.

—No pienso casarme con Keegan McKettrick.

Psyche bajó la mirada hacia Lucas y le acarició el pelo con su delgada mano.

—Puedo hacer que ésa sea una condición para la adopción —se le ocurrió de pronto.

A Molly se le heló la sangre en las venas.

—Incluso en el caso de que estuviera dispuesta a aceptar al irritable Keegan McKettrick como marido —replicó Molly precipitadamente al oír la cadena del baño—, algo que es imposible; pero incluso en ese caso, repito, es probable que él prefiriera ser electrocutado.

—Exactamente —corroboró Keegan desde el marco de la puerta.

Molly se lo quedó mirando fijamente. Acababa de quedarse sin habla.

Keegan se acercó a la cama de Psyche, se inclinó sobre ella, le dio un beso en la frente y acarició a Lucas con el dorso de la mano. Ignoró deliberadamente a Molly, y a ella le sorprendió lo mucho que su indiferencia le dolió.

—Tengo que volver al Triple M —anunció—. Devon me está esperando —alzó la mirada por encima de Molly para establecer contacto visual con Florence—. Avísame si ocurre cualquier cosa.

—Vete —le dijo Psyche, frunciendo ligeramente el ceño.

Al parecer, tampoco a ella le había hecho ninguna gracia que la ignorara.

—Pero todavía no estoy muriéndome. Ya has oído lo que han dicho esta mañana los médicos. Lo único que tienen que hacer es cambiarme la medicación. Es probable que mañana mismo esté de nuevo en casa.

Molly advirtió el dolor que por un instante reflejó el rostro de Keegan, y fue como si ella misma lo estuviera sintiendo. De pronto, tenía una necesidad imperiosa de posar la mano en su mejilla, en su hombro. De hacer cualquier cosa para aliviar su dolor.

Cualquier cosa para calmar el sufrimiento de la inminente pérdida de una mujer de la que estaba enamorado.

Molly suspiró y se alejó hasta la ventana. No quería que la vieran temblar.

Había ido a Arizona a petición de Psyche, no para intentar enmendar el gran error de su aventura con Thayer. No, sus sentimientos no habían sido tan nobles. Había hecho aquel viaje porque necesitaba desesperadamente ver a su hijo. No sabía que aquella mujer estaba gravemente enferma, ni que estaba dispuesta a devolverle al maravilloso niño que había adoptado dieciocho meses atrás.

Molly quería a Lucas, quería criar a su hijo.

Pero no quería que para ello Psyche tuviera que morir.

Posó la cabeza contra el frío cristal de la ventana mientras sufría en silencio por aquella mujer a la que apenas conocía.

Sintió una mano en el hombro y se tensó creyendo que era la de Keegan. Se volvió, dispuesta a hacerle retroceder, pero, paradójicamente, la invadió una gran desilusión al ver que era Florence la que estaba allí.

—¿Puede bajar a Lucas? —preguntó Florence con voz queda. El cansancio y la resignación parecían haberla ablandado—. Psyche está agotada. Necesita descansar.

Molly miró a su alrededor y advirtió que Keegan no estaba. Debería haberse sentido aliviada, en cambio, se sentía como si se hubieran llevado algo vital de aquella habitación. Algo en lo que podrían haberse apoyado tres mujeres tristes y un niño que estaba a punto de perder a su madre.

Asintió y apartó a Lucas de los brazos de Psyche.

El niño gimoteó un poco, pero después se acurrucó contra Molly con un suspiro que a ésta le desgarró el corazón. Era tan pequeño. ¿Sería consciente de que estaba a punto de perder a la persona más fundamental de su vida?

—Mamá —dijo.

Molly le hizo un gesto a Psyche, se volvió y salió corriendo de allí, sintiendo que todo se derrumbaba a su alrededor.

De alguna manera, consiguió llegar al ascensor y presionar el botón para bajar. Había visto el jardín cuando había llegado con Florence al hospital; era un rincón con flores y una fuente. Un oasis, un refugio.

Se quedaría allí hasta que Florence bajara, se dijo.

Encontraría la manera de hacerse fuerte.

Pero no acababa de sentarse en uno de los bancos con Lucas en el regazo, cuando llegó Keegan. Era evidente que no esperaba encontrarla allí. Por lo menos eso indicó su expresión. Aquel obvio disgusto fue, de alguna manera, una compensación para el impacto de haberse encontrado con él de forma tan inesperada.

—Estoy buscando a Jesse —dijo.

—Bueno, pues no está aquí.

Si hubiera tenido un ápice de decencia, Keegan se habría ido en aquel momento. Podría haberse dado por satisfecho con aquel sobresalto. Pero no, al parecer, quería sangre.

—Mañana firmaré los papeles —dijo, observándola atentamente, como si estuviera pendiente de su reacción.

A lo mejor creía que iba a ponerse a llorar y a tirarse de los pelos porque había fracasado su sórdido plan.

¿Qué le habría pasado a aquel hombre para que fuera tan receloso? Tenía que ser algo más que el hecho de haberla visto un día con Thayer.

—Si llevara un bigote con las puntas hacia arriba, ahora mismo me retorcería una de ellas, como si fuera el malo de una película de dibujos animados.

Y Keegan le hizo llevarse un sobresalto más agudo que cualquiera de los que hasta entonces había sufrido. Porque sonrió. Esbozó una auténtica sonrisa.

Los cielos se abrieron. El eje de la tierra se desplazó. ¡Keegan había sonreído!

—Psyche sigue empeñada en esa historia del matrimonio —le informó.

Entonces fue Molly la que sonrió.

—A lo mejor es por culpa de la medicación —contestó.

Keegan respondió riendo, y el sonido de su risa resultó peligrosamente agradable, sensual y seductor. De pronto, Molly se imaginó a sí misma desnuda en una cama junto a aquel hombre, con la piel empapada por el sudor de la pasión y la espalda arqueada, mientras le daba la bienvenida a su cuerpo.

Caramba, pensó, ¿qué demonios le estaba pasando a su libido? Era la segunda vez que la cercanía de Keegan parecía dispararla.

Estaba tan ocupada intentando luchar contra aquella bomba que acababa de visualizar que no oyó lo que dijo Keegan a continuación. Temiendo que pudiera ser algo que exigiera una respuesta inmediata, se disculpó:

—Lo siento, no te he entendido.

—He dicho que se parece a ti —dijo Keegan, señalando a Lucas.

Aquella frase conmovió a Molly de manera extraña. Se clavó en su corazón con la fuerza de un dardo. Estrechó con fuerza a su hijo.

—Gracias, creo. ¿No tenías que irte?

—Estoy esperando a Jesse. Supongo que o bien se ha ido sin mí, o ha aparcado la camioneta en el otro extremo de la ciudad cuando ha ido a buscar el desayuno esta mañana.

—Has pasado aquí toda la noche.

Molly no sabía muy bien lo que aquella información le hacía sentir. Por una parte, sentía un inmenso alivio por Psyche. Estaba conmovida también por aquella caballerosidad. Y quizá sentía también cierta envidia, porque no había nadie en su vida capaz de hacer por ella algo parecido. Dormir durante toda la noche en la silla de un hospital para asegurarse de que estaba bien.

En otro tiempo, quizá lo hubiera hecho su padre. Pero

desde que había vuelto a beber, era absurdo esperar de él un gesto como aquél.

Keegan asintió.

—Toda la noche —le confirmó.

—¿Jesse también se ha quedado?

—Sí, Jesse también se ha quedado.

Sonó entonces un claxon. Hizo un sonido extraño y, en otras circunstancias, Molly se habría echado a reír divertida por aquella inesperada falta de sofistificación.

—¿Es Jesse? —preguntó.

—Sí, es Jesse.

Keegan se volvió para marcharse, pero antes de comenzar a caminar, giró de nuevo hacia Molly.

—¿Molly?

—¿Qué?

—A lo mejor tenías razón. A lo mejor debemos intentar llevarnos bien por el bien de Lucas.

Molly sintió un escozor ya familiar en los ojos y un nudo cada vez más grande en la garganta.

—De acuerdo.

El claxon volvió a sonar, y con más insistencia en aquella ocasión.

—Será mejor que te vayas —le aconsejó Molly.

Keegan asintió y salió del jardín. Se oyó la puerta de una camioneta. En las profundidades del bolso de Molly sonó el teléfono. El sonido despertó a Lucas de su siesta. El niño abrió los ojos y comenzó a moverse en su regazo para que le dejara bajar y arrancar las cabezas de varias petunias.

Para cuando Molly consiguió atraparle, el teléfono ya había dejado de sonar, pero lo sacó de todas formas para ver quién la llamaba. Si era Denby Godridge o algún otro maniático de aquella antigua vida llena de emoción y glamour, tendría que esperar.

Pero era el número de su padre.

Molly vaciló un instante. Era temprano, así que a lo mejor todavía no estaba borracho.

Pero también podía estar en un coche de policía, o de camino a un hospital. Esperó para que tuviera tiempo de dejar un mensaje en su buzón de voz y escuchó después.

–*Eh, cariño* –decía su padre–. *Soy papá* –parecía estar sobrio, lo cual resultaba bastante alentador–. *Llámame, ¿quieres? Llevo tiempo queriendo saber cómo te van las cosas por Arizona.*

«Llevo tiempo queriendo saber cómo te van las cosas por Arizona».

Molly le había llamado dos veces desde que había llegado. Le había hablado de Lucas y de Psyche. Le había dicho también que regresaría a Los Ángeles para recoger parte de sus cosas, pero que pensaba instalarse durante un tiempo indefinido en Arizona.

Por lo menos hasta que Lucas fuera a la universidad.

Evidentemente, su padre no sólo no se acordaba de lo que le había contado, sino que tampoco recordaba que le hubiera llamado siquiera.

En teoría, debería estar acostumbrada, pero aun así fue como recibir un puñetazo en el estómago.

Marcó el teléfono de su padre. Éste había perdido muchos años atrás la casa que tenía en Los Feliz y vivía en un apartamento de Santa Mónica que le había comprado Molly con su primera comisión importante. Era el nombre de ella el que figuraba en las escrituras.

–¿Molly? –dijo su padre.

Molly lo imaginó intentando leer su nombre en el identificador de llamadas antes de contestar. Su padre necesitaba gafas, pero era demasiado presumido para llevarlas.

–Hola, papá, ¿estás yendo a las reuniones de Alcohólicos Anónimos?

Su padre contestó ofendido:

–¿Te parece que estoy borracho?

–No –contestó Molly.

No perdía de vista a Lucas, que estaba sentado a sus pies, jugando con las llaves de su descapotable. De pronto, Molly echó de menos su coche. Y echó también de menos a su padre, por problemático que éste fuera. De modo que decidió no mencionar las llamadas anteriores.

—¿Dónde te has metido? —preguntó su padre—. Estaba muy preocupado. Llevo mucho tiempo sin saber nada de ti.

Molly se mordió el labio.

—He estado muy ocupada.

—¿Hiciste algo especial para el Cuatro de Julio?

—Estuve en un picnic —contestó Molly—: Hubo fuegos artificiales.

Su mente voló un instante a la noche anterior, a los minutos que había pasado junto a Keegan, contemplando aquel despliegue de colores en el cielo.

—¿Cuándo vas a volver?

—No voy a volver, papá, por lo menos para quedarme.

En voz baja, volvió a hablarle de Psyche, de Lucas, y de la promesa que había hecho.

—Eso es una estupidez —contestó su padre bruscamente—. Tienes un negocio que atender en California. Tienes una casa, tienes un...

—Padre —terminó Molly por él cuando se interrumpió—. Y lo sé, papá, créeme. Pero he leído el acuerdo que ha redactado Psyche y es inamovible. Si no prometo quedarme aquí y criar a Lucas en la que fue la casa de la familia, no podré adoptarle.

—Esa mujer está a punto de morir —dijo Luke Shields—. Cuando no esté aquí, a ella le dará igual lo que hagas, así que podrás volver con el niño a casa.

Molly cerró los ojos un instante. ¿Quién era ese hombre que se hacía pasar por su padre durante aquellos cíclicos lapsos de sobriedad? El verdadero Luke Shields era un hombre honesto y generoso. Se preocupaba por los demás, no pensaba en sí mismo.

—No puedo hacer eso, papá. He hecho una promesa y voy a cumplirla. Me han dado la oportunidad de recuperar a Lucas, a tu nieto, y no voy a desperdiciarla.

—¿Y qué me dices de mí? ¿Esperas que me vaya a vivir a Indian Rock o como se llame ese sitio?

Molly sintió un escalofrío. Quería a su padre, por supuesto, pero no quería que estuviera cerca de Lucas cuando estaba borracho.

—Indian Rock —dijo con cuidado, intentando imprimir cierta energía a su voz—. Pero no te gustaría, es un pueblo muy pequeño y está muy lejos de todo —entre otras cosas, de sus bares favoritos—. Pero no te preocupes. Lucas y yo podremos ir a verte en cuanto el niño haya tenido tiempo de acostumbrarse a...

—¿Y qué se supone que voy a hacer yo hasta entonces?

—Papá, esto no tiene que ver contigo, sino con Lucas.

—No, todo esto tiene que ver contigo —replicó su padre—. Lo estropeaste todo enredándote con un hombre casado y quedándote embarazada. Afortunadamente, al final hiciste algo sensato, que fue dar a ese niño en adopción. Pero después, ha bastado que la esposa engañada te enseñe el aro para que te precipites a pasar por él.

—Papá —Molly estaba haciendo un gran esfuerzo para no perder la paciencia. Pero no era fácil. Keegan McKettrick ya había acabado con una buena parte de ella—, Psyche se está muriendo.

—¿Y eso es problema tuyo?

Por la mejilla de Molly escapó una lágrima que se secó rápidamente con el dorso de la mano. Lucas continuaba a sus pies, mostrándole las llaves del coche y riendo.

—¡Montar! —exclamó—. ¡Montar!

Era una de las pocas palabras que Molly le había oído decir.

Le sonrió al niño y repitió:

—Montar.

—¿Qué? —preguntó su padre de malos modos.

—Estaba hablando con Lucas —le explicó Molly con delicadeza.

Luke se aclaró la garganta; una mala y una buena señal

al mismo tiempo. Eso significaba que iba a dejar pasar el tema, pero que tenía otro preparado para presionarla.

—Escucha, cariño, ando un poco mal de dinero. Ya sabes como es esto.

Sí, Molly sabía cómo era. Demasiado bien lo sabía. Como policía retirado, Luke tenía una pensión decente. No tenía que pagar hipoteca, tenía muy pocos gastos y aun así, siempre andaba corto de dinero.

—Ya hemos hablado de esto. Tú, yo y tu apoyo de Alcohólicos Anónimos, ¿te acuerdas? Cuando te doy dinero te convierto en una persona dependiente.

—Mira, Molly, no me vengas ahora con esas tonterías, ¿de acuerdo? Se me ha estropeado el coche y...

Molly suspiró.

—Estás bebiendo otra vez.

—No —respondió Luke con vehemencia—. Ya sabes lo que es vivir en Los Ángeles sin coche. Es completamente imposible.

Así que era imposible. ¿Y se suponía que le estaba diciendo la verdad?

—Envíale a Joanie las facturas por fax —dijo Molly con cansancio—. Si es verdad lo que dices, te enviará un cheque.

—Cariño, no es una reparación lo que este coche necesita. Le he echado el ojo a una camioneta...

—De acuerdo, en ese caso, envíale por fax tu carné de conducir —le interrumpió Molly—. Joanie llamará al Departamento de Vehículos de Motor. Si no te han dejado sin carné... —tuvo que morderse el labio para no añadir «otra vez»—, podrás comprarte esa camioneta.

—¿Qué eres? ¿Una especie de policía?

—No, papá —respondió Molly con delicadeza—. El policía eres tú.

Su padre le colgó el teléfono con tanta fuerza que Molly respingó.

Cerró el móvil, lo guardó en el bolso y se volvió al sentir algo tras ella. Florence estaba en la entrada del jardín, mirándola con preocupación.

Molly consiguió esbozar una sonrisa.

—¿Psyche ya está preparada para ver de nuevo a Lucas? —preguntó.

Florence negó con la cabeza. Continuaba mirándola pensativa.

—No, está dormida. Es posible que podamos volver mañana a casa. El médico acaba de estar con ella y ha dicho que no pueden hacer mucho más por Psyche aquí. Me han dado un número de teléfono para que nos alquilen una cama de hospital e instalársela en casa.

—¿La van a dar de alta? —Molly no se lo podía creer.

De pronto, a Florence se le llenaron los ojos de lágrimas.

—Quiere morir en casa —dijo—. Voy a pedir que instalen la cama en la galería, en la parte de atrás de la cocina, para que pueda ver el jardín.

—Oh, Florence —Molly se acercó a la anciana.

Florence se sentó en otro banco y le tendió los brazos a Lucas. El niño corrió hacia ella riendo y haciendo tintinear las llaves de Molly.

—Si me haces el favor de ir a buscar el coche, me quedaré con Lucas —dijo la anciana, tuteándola.

Molly asintió, pero no se fue inmediatamente. Tenía la sensación de que Florence quería decirle algo más. Algo importante.

—¿Estás bien? —le preguntó.

Florence no la miraba.

—Lo estaré, a no ser que rompas la promesa que le has hecho a Psyche y te lleves a ese niño a California. He oído lo que estabas diciendo sobre ir de visita cuando ella muera.

Molly tardó un momento en asimilar el hecho de que Florence había oído parte o toda su conversación con su padre. Intentó recordar todo lo que había dicho, pensando en posibles malentendidos.

—Criaré a Lucas en Indian Rock, Florence —le prometió.

—Más te vale —replicó Florence—. Cuando la pobre Psyche muera, yo me iré a vivir a Seattle con mi hermana, pero Keegan McKettrick continuará por aquí. Puedes contar con ello. Si intentas marcharte y regresar a tu mundo, te agarrará antes de que hayas salido del pueblo.

Una nueva tristeza se extendió sobre Molly como una niebla húmeda y fría que le calaba hasta los huesos. Durante unos instantes, había llegado a albergar la esperanza de que Florence estuviera dispuesta a establecer una especie de tregua, incluso en el caso de que no pudieran llegar a ser amigas.

En ese momento, comprendió que para Florence seguía siendo una extraña, una forastera.

Y eso no iba a cambiar.

—Espérame aquí. Ahora mismo voy a por el coche.

CAPÍTULO 7

El burro permanecía satisfecho en un cubículo del establo construido para dar cobijo a un animal tres veces más grande que él, comiendo feliz bolitas de alfalfa. Parecía gustarle el Triple M, por lo menos hasta entonces.

Devon, subida en una de las tablas de la puerta del establo, lo observaba en silencio al lado de Keegan. De pronto, suspiró.

–Seguro que hace un montón de caca –se lamentó.

Keegan, que se había duchado, afeitado y cambiado de ropa después de haber ido a buscar a su hija a casa de Rance, se echó a reír ante aquella ocurrencia.

–Sí –se mostró de acuerdo–, así que será mejor que vayas a buscar la horca y la carretilla.

–Pareces muy cansado, papá –señaló Devon muy seria, estudiando su rostro–. Si quieres dormir un rato, a mí no me importa.

Pero Keegan estaba demasiado cansado para dormir. Y a lo mejor era demasiado cobarde. Cuando aquella noche se había quedado dormido junto a la cama del hospital, se había despertado bruscamente, empapado en un sudor frío y jadeando asustado, huyendo de un sueño que no había vuelto a tener desde hacía años.

En él veía un avión cayendo en picado hacia el suelo.

Sabía que sus padres iban en él. Oía el rugido de la explosión y veía la bola de fuego descendiendo contra el cielo azul, sentía el calor abrasando su piel. Intentaba llegar hasta ellos a pesar de que sabía que era inútil, que no podría salvar a sus padres, y la bola se convertía en algo tan sólido como un muro.

—¿Papá? —dijo Devon.

Keegan le sonrió.

—Tu madre vendrá a buscarte dentro de unas horas. Ya dormiré más tarde.

Devon hundió ligeramente los hombros bajo su camiseta amarilla.

—Me gustaría quedarme. Me gustaría vivir siempre contigo. Podría ocuparme de las tareas del rancho, como Rianna y Maeve. Me encantaría dar de comer a Spud y limpiar el establo.

Keegan posó la mano en la nuca de su hija y se la apretó suavemente. Las tardes de los domingos que pasaba con ella se convertían en momentos tristemente agridulces. Disfrutaba de cada segundo que pasaba a su lado, pero aun así, era en todo momento consciente de que se acababa el tiempo que podían pasar juntos. En aquel momento, le dolió también que su hija pensara que tendría que ganarse el derecho a quedarse allí.

—Siento haber estado tanto tiempo fuera esta vez —le dijo Keegan.

Era mucho más lo que quería, lo que necesitaba decir, pero no fue capaz de encontrar las palabras adecuadas.

Devon saltó de la puerta y se abrazó a él.

—No has podido evitarlo. Tu amiga está muy enferma.

Antes de que Keegan hubiera podido contestar, oyeron el motor de un coche. A los pocos segundos, el sonido de una puerta al cerrarse.

Keegan frunció el ceño y miró el reloj.

Devon se tensó y se abrazó con más fuerza a su padre.

—Es demasiado pronto para que sea mamá —protestó.

—Podría no ser ella —razonó Keegan.

Pero estaba tan seguro como Devon de que se trataba de su ex mujer, de que en cuanto salieran del establo, encontrarían el Lexus de Shelley aparcado en la entrada. El ronroneo de aquel motor era inconfundible.

—Podemos fingir que no estamos aquí —susurró Devon—. A lo mejor así se va.

Keegan le revolvió el pelo a su hija y se separó delicadamente de ella.

—Me temo que no tendríamos tanta suerte, pequeña —contestó, y salió junto a ella.

Por un momento, la luz del sol le deslumbró, pero no tardó en reconocer a Shelley caminando con los tacones por el corral. Tenía el pelo recogido en lo alto de la cabeza y llevaba un traje pantalón de color gris. Desde luego, no era la indumentaria habitual para sus raras visitas al rancho.

Al ver a su ex marido, le dirigió una sonrisa radiante.

Keegan se preguntó, como invariablemente le ocurría durante aquellos encuentros, qué podía haber visto en ella. ¿Cómo era posible que hubiera pasado por alto su frialdad, los cálculos, las dinámicas frías y egoístas que dictaban su conducta? El sexo podría haber sido una fácil justificación, pero la verdad era que tampoco había sido así.

El sexo con Shelley no había sido una experiencia particularmente grata.

—Llegas pronto —la acusó Keegan, consciente de que Devon estaba justo tras él.

Shelley sonrió a modo de disculpa y extendió las manos.

¿Qué demonios se proponía?

Keegan esperó en silencio.

Shelley inclinó la cabeza hacia un lado para ver a Devon, que estaba tratando de esconderse.

—Ve a saludar a Rory, cariño —le pidió—. Tengo que hablar un momento con tu padre.

—No quiero ir a hablar con Rory —replicó Devon.

—Vamos, no pasa nada —la animó Keegan.

Rory estaba en el Lexus, agachado tras el volante, como si prefiriera que nadie reparara en su presencia.

A regañadientes, Devon cruzó el prado que la separaba del coche. La ventanilla del conductor se bajó entonces.

Shelley miró hacia atrás, estuvo pendiente de la conversación entre su novio y su hija durante varios segundos y se volvió de nuevo hacia Keegan con la misma sonrisa deslumbrante.

Keegan se cruzo de brazos.

Shelley se sonrojó ligeramente.

—Rory me ha dado una sorpresa: ha comprado unos billetes para París como regalo de cumpleaños.

—Sí, ha tenido que ser toda una sorpresa —contestó Keegan, arrastrando las palabras.

Shelley pasó por alto aquella pulla.

—Son billetes de primera clase —le aclaró—. Su hermana trabaja en una agencia de viajes.

—Y siempre está mi American Express para gastos accidentales, como la comida o la habitación del hotel —dijo Keegan sin perder la paciencia.

A pesar de su aparente calma, una repentina subida de adrenalina hacía latir su corazón a toda velocidad y sentía el palpitar de la sangre en los oídos.

—Bueno, al fin y al cabo es mi cumpleaños —dijo Shelley—. Aunque, por supuesto, no esperaba que lo recordaras.

—Ya hemos hablado de esto, Shelley —le recordó—. No voy a permitir que saques a Devon del país.

Shelley bajó la voz hasta convertirla en un susurro casi desesperado después de mirar de nuevo a su hija.

—De eso es precisamente de lo que quería hablarte. Rory sólo ha podido comprar dos billetes.

Ahí estaba, ésa era la razón por la que había experimentado aquella subida de adrenalina. Shelley iba a preguntarle si Devon podía quedarse con él. Keegan estaba exultante, pero no quería demostrarlo, y tampoco quería que Shelley fuera consciente de la buena noticia que le estaba dando.

—Esperaba que Devon pudiera quedarse aquí hasta que volviéramos. Contigo —le aclaró Shelley.

—¿Cuándo pensáis volver? —quiso saber Keegan.

—Yo... no estoy segura —contestó Shelley.

Keegan era consciente de que su ex estaba deseando arrancarle la cabeza, pero no podía permitirse el lujo de ser desagradable. Aquella situación le encantaba.

—No estás segura.

—Los billetes están abiertos. Rory y yo queremos empezar a buscar casa, aprovechando que estamos allí, y Devon está de vacaciones, así que...

—De acuerdo —contestó Keegan.

—¿De acuerdo? —la sonrisa luminosa tembló ligeramente y Keegan distinguió una oleada de genio a duras penas contenido nublando su mirada. Estaba a punto de explotar—. ¿Y eso qué significa exactamente?

—Significa que Devon puede quedarse.

La verdadera Shelley salió entonces a relucir. Miró a su ex marido con los ojos entrecerrados y puso los brazos en jarras.

—Has disfrutado de la situación, ¿verdad? Te ha encantado hacerme sufrir.

—Inmensamente —contestó Keegan con sinceridad.

—Canalla.

Keegan sonrió.

—Sí, ésa es una opinión que tendré que valorar.

—Aun así, tendrás que seguir pagándome la pensión de la niña.

—Por supuesto —contestó Keegan.

—Y no se te ocurra cancelarme la tarjeta de crédito en cuanto salga de aquí.

—Jamás haría nada parecido.

—Y un infierno. Keegan, te estoy haciendo un favor al dejar que Devon se quede aquí. Podría haberla dejado con mi madre y lo sabes.

—Tu madre vive en Boise y, por lo que tengo entendido, el avión a París sale de Phoenix esta noche alrededor de las ocho. No tendrías tiempo de ir a dejar a Devon a casa de tu madre.

Shelley estaba roja de frustración.

—¿Por qué no puedes hacernos las cosas más fáciles? —musitó furiosa.

Keegan desvió la mirada hacia Rory y se volvió de nuevo hacia Shelley.

—Creo que tú eres fácil por los dos. De hecho, deberían tatuarte esa palabra en el trasero.

—¡No tengo por qué estar aquí escuchando esas groserías, Keegan!

—No, claro que no. Puedes volver al coche, dirigirte hacia Phoenix y volar a la Cuidad de la Luz con tu amantísimo novio.

—No soy una mujer fácil —le espetó Shelley—. Rory y yo estamos enamorados, aunque, por supuesto, eso es algo que tú jamás podrás comprender.

Keegan se llevó una mano al corazón.

—No sabes cuánto me gusta veros enamorados.

—¡Púdrete, Keegan!

—Bueno, eso es algo que gracias a ti, y a la ayuda de tus abogados, ya he hecho.

Rory debía de haber mencionado el viaje a París y el hecho de que Devon no estaba invitada, porque de pronto se puso a saltar de alegría. Aquel tipo musculoso salió del coche, teniendo siempre cuidado de no mirar hacia Keegan, y abrió el maletero. Sacó un par de maletas y las dejó en el suelo.

Entre tanto, Shelley fulminó a Keegan con la mirada una vez más, se volvió después y comenzó a caminar hacia Devon.

Keegan observó cómo se abrazaban madre e hija. Rory estaba ya de nuevo en el coche, con el motor en marcha.

Por un instante, Keegan disfrutó imaginándose acercándose al coche, sacando a Rory de detrás del volante y dándole un buen puñetazo. Por supuesto, jamás haría una cosa así: en primer lugar, porque estaba Devon allí, en segundo lugar, porque aquél no era el estilo de los McKettrick y, en tercer lugar, porque en el fondo, le estaba agradecido a aquel cabeza de chorlito por haber llevado su trabajo como entrenador personal a una nueva dimensión.

El día que había descubierto a Rory y a Shelley disfrutando de un ejercicio muy particular en el gimnasio que tenían en casa, esperaba sentir furia.

Pero, en cambio, lo que había sentido había sido júbilo, seguido de una oleada de alivio.

Shelley le dio a Devon un último abrazo y se metió en el Lexus. Rory y ella se marcharon, dejando a la niña mirándolos feliz y envuelta en una nube de polvo.

Keegan caminó sonriente hacia ella. Agarró las maletas y comenzó a caminar hacia la casa.

Devon caminaba tras él bailando de alegría.

—¿Puedo ir a decirles a Rianna y a Maeve que voy a quedarme? —le suplicó—. ¿Podemos cenar perritos calientes? Y si limpio cada día el cubículo de Spud, ¿me subirás la paga?

Keegan se echó a reír.

—Sí a lo de los perritos calientes y a lo de subirte la paga. Pero en cuanto a lo de cruzar el arroyo, será mejor que llames antes.

Una vez en el interior del rancho, Devon corrió al teléfono.

Keegan la observó en silencio. De pronto, estaba tan cansado que apenas podía mantener los ojos abiertos, pero, al mismo tiempo, era más feliz de lo que jamás habría creído posible llegar a serlo. Psyche se estaba muriendo. McKettrickCo iba a cambiar para siempre. Pero Devon iba a quedarse unos días con él. Todavía era posible que ocurrieran cosas buenas.

Devon estuvo hablando por teléfono durante un par de minutos y después le tendió el teléfono a Keegan.

—Hola —le saludó Emma.

—Hola —respondió él.

—Por lo visto, tenemos buenas noticias en el frente infantil —señaló Emma.

—Las mejores —contestó Keegan.

—Cheyenne me ha dicho que habéis pasado la noche en el hospital, pendientes de Psyche Ryan.

Keegan bostezó.

—Sí, es cierto.

—Mañana tenemos la gran reunión —le recordó Emma—. En McKettrickCo.

Aquel recordatorio le incomodó, pero Emma no tenía la culpa y no iba a pagarlo con ella.

—¿Esta conversación tiene alguna finalidad particular? —preguntó con cariño.

Emma se echó a reír.

—Sí, y es ésta: Rance y yo nos ocuparemos de Devon esta noche. Creo que tienes que intentar dormir.

—¿Emma?

—¿Sí?

—Eres un ángel.

Emma respondió con una carcajada.

—Díselo a Rance, ¿quieres? Llevamos tres días discutiendo por culpa del color de la cocina y creo que dentro de poco me va a tirar al arroyo.

—Se lo diré —le prometió Keegan.

—Mira, ahora mismo tendrás oportunidad de hacerlo. Está cruzando el puente para acercarse a tu casa.

Devon, que había desaparecido por la escalera de atrás en cuanto le había pasado el teléfono a su padre, bajó a toda velocidad con el oso de peluche, el pijama y el cepillo de dientes.

Keegan se despidió de Emma y colgó el teléfono.

Devon corrió entonces hacia la puerta de atrás.

—¡Ya está aquí! —gritó—. ¡Y viene a caballo!

Keegan siguió a su hija al exterior. Por supuesto, allí estaba Rance, montando uno de sus cada vez más numerosos caballos. Aquél era negro con tres patas blancas.

Al ver a Keegan, inclinó el borde de su sombrero vaquero y sacó un pie del estribo para que pudiera apoyar Devon el suyo. Se inclinó después hacia delante y la ayudó a subir tras él, con el oso de peluche, el pijama y todo lo demás.

Keegan debería haber dejado que se fueran tranquilamente, pero no fue capaz de contenerse.

—¿Mañana vas a votar lo mismo que Jesse? —le preguntó a Rance.

Rance se ajustó el sombrero y se volvió en la silla. Devon le rodeó la cintura con los brazos y se inclinó hacia él, instándole a marcharse.

—Voy a votar exactamente lo que me plazca —fue la respuesta de su primo—. Y tú procura dormir un poco, porque lo de mañana puede ser un infierno con todos esos McKettrick metidos en la misma habitación.

Y sin más, comenzó a cabalgar hacia la casa.

—¿Rance? —volvió a llamarle Keegan.

Rance volvió la cabeza.

—¿Qué?

—Deja que Emma pinte la cocina del color que le apetezca.

Rance se echó a reír y sacudió la cabeza.

—¿Una cocina de color rosa? Antes soy capaz de suicidarme.

Keegan reconsideró lo que acababa de decir.

—¿De color rosa?

—Sí, de color rosa —confirmó Rance—. Esa mujer está obsesionada con ese color.

—Un hombre tiene que poner ciertos límites —decidió Keegan.

Rance asintió.

—Y el límite está justo en el rosa —respondió, arrastrando las palabras.

Devon le hizo un gesto de despedida a su padre. Para ser una niña con tantas ganas de estar con él, parecía tener mucha prisa por marcharse.

Keegan le devolvió el gesto.

—Sé buena —le recomendó a su hija.

Hubo algo en su tono de voz que hizo que su primo le mirara con especial atención.

—Estoy bien, de verdad —insistió Keegan.

Rance tardó un buen rato en desviar la mirada. Sin embargo, al cabo de unos minutos, cabalgaba con Devon hacia el puente. En el otro lado, el reflejo del sol del atardecer teñía de naranja las ventanas.

Keegan sintió un nudo en la garganta.

La brisa llevó hasta él la voz de Devon.

—¡Más rápido, tío Rance! —le suplicaba.

Rance gritó azuzando a su caballo y comenzó a trotar.

Keegan esperó a que cruzaran el puente para meterse en la casa. Permaneció durante un rato en el umbral de la puerta, pensando en la historia de aquel lugar, dejando que traspasara sus poros y llenara los afilados bordes de su corazón.

Encontraba consuelo en saber que Angus McKettrick había levantado el corazón de aquel rancho con sus propias manos. Que había criado tres hijos y una hija en esas mismas habitaciones.

Habían cocinado en la vieja cocina de leña que conservaban todavía en la cocina. Aunque continuaba funcionando perfectamente, en realidad, ya sólo se utilizaba como fuente de calor y para crear un ambiente acogedor en las frías mañanas del invierno. Una vez a la semana, le limpiaban el polvo y continuaba brillando como el primer día.

Cuando era niño, Keegan a veces oía las compuertas de la cocina resonar en medio de la noche, cuando no había nadie en el piso de abajo. Oía también el tintineo de las herraduras de los caballos chocando contra una estaca metálica. Su padre les había dicho entonces que eran Angus y sus hombres los que estaban allí, intentando ganar la partida.

—Los estás asustando —había protestado su madre.

Pero Keegan jamás habían sentido miedo. Le gustaba la idea de compartir aquella sólida casa con aquéllos que la habían construido y habían luchado para asegurarse de que permaneciera en manos de la familia.

Los recuerdos continuaban fluyendo incluso después de haber ido a la nevera en busca de algo que fuera remotamente comestible. Necesitaba mejorar sus habilidades como comprador, algo que rara vez se molestaba en hacer.

Una vez solo en casa, se entregó a los recuerdos. Durante los días de verano, su madre y la madre de Rance y de Jesse preparaban conservas en la cocina con los melocotones y las peras que cultivaban en el huerto que había junto al arroyo, un huerto que en aquel momento estaba abandonado y cubierto de maleza. Rance, Jesse, Keegan y a veces también Meg, entraban y salían constantemente, cerrando de un portazo la pantalla de la puerta lateral del porche.

—¡Ya basta de portazos! —gritaba alguna de las madres.

Keegan se enderezó con una cerveza en la mano y cerró el refrigerador. ¡Qué no daría por volver a oír aquella puerta!

Pero ya nadie utilizaba el porche. Y tampoco nadie guardaba la fruta en frascos de reluciente conserva. Las mujeres no se reunía en la cocina a reír y a hablar, siempre dispuestas a cuidar de un niño ruidoso y quemado por el sol, con heridas en las rodillas o con alguna picadura de mosquito.

Keegan abrió la cerveza y bebió.

Maldita fuera. Con los años, se estaba convirtiendo en un sentimental.

Justo en ese momento, oyó el ruido de una de las compuertas de la cocina.

Estuvo a punto de atragantarse con la cerveza. Inmediatamente, dio media vuelta.

Por supuesto, no había nadie. Seguramente era la casa que continuaba asentándose sobre sus cimientos. O quizá hubiera sido un ligero temblor de tierra, de esos que apenas se notaban.

Pero la luz que se encendió de pronto en la cocina le hizo tensarse de nuevo.

Cuando se volvió y vio entrar a Rance, deseó inmediatamente que no advirtiera su expresión asustada.

—¿Te apetece otra cerveza? —preguntó Rance inmediatamente.

Mientras lo decía, colgó el sombrero en el perchero de la puerta, como habían hecho durante generaciones los hombres de la familia.

Keegan se tensó.

Primero Jesse, que se había ofrecido inmediatamente a acompañarle a la clínica, y en ese momento Rance, que acababa de cruzar el arroyo fingiendo que aquello se trataba de una visita informal.

—¿Me estás espiando o algo parecido? —preguntó Keegan, y en un tono no muy educado.

Rance corrió al refrigerador, se sirvió él mismo una cerveza y le quitó el tapón. Bebió un buen trago antes de contestar.

—Qué va, no eres tan interesante.

—Entonces, ¿qué estás haciendo aquí?

—Sólo se me ha ocurrido que podría venir a intentar fastidiarte un poco —se interrumpió y bebió otro trago—. Y parece que lo he conseguido.

Keegan se acercó a la mesa y se sentó en uno de los bancos.

—Misión cumplida, ya puedes marcharte.

Rance agarró el respaldo de una silla perteneciente a los emocionantes tiempos del pasado, la giró y se sentó a horcajadas sobre ella, al estilo vaquero.

—Me iré cuando me apetezca —respondió.

—Devon va a quedarse aquí unos días —dijo Keegan.

Rance asintió.

—Lo sé.

En ese momento, sonó el móvil que llevaba en el bolsillo de la camisa, destrozando por completo su imagen de vaquero. Esbozó una mueca y contestó malhumorado. Mientras escuchaba a la persona que había al otro lado de la línea, no apartaba la mirada de Keegan.

Keegan bebió un sorbo de cerveza y esperó.

—Sí —dijo Rance—, está aquí.

Continuó escuchando en silencio.

—Si quieres que te diga la verdad, tiene un aspecto horrible —Rance sonrió al ver fruncir el ceño a Keegan—. Supongo que ya lleva por lo menos tres cervezas.

Keegan resopló enfadado.

—Si vas a seguir hablando de mí, por lo menos podrías poner el altavoz del teléfono para que pueda defenderme.

Rance se encogió de hombros, apretó un botón y dejó el teléfono móvil encima de la mesa.

—Ahora te oímos todos —le advirtió a su interlocutor.

—Siempre me ha gustado tener público —contestó Jesse.

—Vosotros dos, ya podéis dejar de hacer continuamente de niñera —gruñó Keegan.

Rance entrelazó los dedos sobre la desgastada superficie de la mesa y miró a Keegan con expresión solemne.

—Sería mejor que estuvieras aquí —le dijo a Jesse—. Me gustaría poder hablar contigo en persona.

—Dame veinte minutos —le pidió Jesse—. Supongo que estás en la casa del rancho, ¿verdad?

—Mira, no tiene sentido... —gruñó Keegan.

—Sí —contestó Rance por encima de la voz de Keegan.

Jesse colgó el teléfono.

Keegan apoyó entonces los codos sobre la mesa y hundió las manos en su pelo.

Rance se levantó, regresó a la nevera y volvió a la mesa con otras dos cervezas.

—No creas que no sé lo que está pasando aquí —dijo

Keegan, fulminando a su primo con la mirada–. Jesse y tú queréis contarme las razones por las que McKettrickCo tiene que cotizar en el mercado y yo no quiero oírlas.

Rance volvió a sentarse a horcajadas en la silla.

–¿Cómo está Psyche? –preguntó.

–Continúa muriéndose –contestó Keegan.

Y estuvo a punto de atragantarse con sus propias palabras, como le había ocurrido antes con la cerveza, cuando le pareció oír repiquetear la puerta del horno.

Rance no cambió de expresión.

–¿Han conseguido controlarle el dolor?

–Sufre más de lo que nos está dejando ver.

–Y tú también –observó Rance.

–Psyche no se merece esto.

–Nadie se lo merece, Keeg.

–Hazme un favor, ¿quieres, Rance? Llama a Jesse y dile que no venga. No tengo ganas de hablar con nadie.

–Ya ha salido de su casa y sabes que nunca lleva móvil. Además, necesitamos sentarnos a hablar, Keeg, y tenemos que hacerlo antes de la reunión de mañana.

–¿Para qué? Jesse y tú ya habéis tomado una decisión. Yo estoy en completa minoría. Y no te preocupes, sé que lo superaré.

–¿Estás seguro?

–Completamente.

Rance se levantó de nuevo de la silla y volvió a la nevera, aunque todavía no había terminado la cerveza. Rebuscó en el interior y sacó un cartón de huevos, un pedazo de queso y unas cebollas.

–Siéntete como si estuvieras en tu casa –dijo Keegan con ironía.

Rance se echó a reír y dejó la comida encima del mostrador para lavarse las manos en el fregadero.

–Maldita sea, estás tan sociable como uno oso que se acabara de clavar una astilla en el trasero.

–¿Qué piensas hacer?

—Una tortilla —contestó Rance.

Sacó una sartén de hierro, un viejo recuerdo del pasado, la puso sobre uno de los quemadores de la cocina, echó una cucharada de mantequilla y encendió el fuego.

—A diferencia de otros que andan por aquí, trabajo cada día, y estoy hambriento.

Keegan renunció. Mientras Rance cocinaba, esperó en un obstinado silencio. Ni siquiera se molestó en discutir lo obvio, que él también trabajaba cada día. Cuando no estaba con Devon, vivía para McKettrickCo.

Jesse apareció justo a tiempo de servirse un plato y sentarse a la mesa, enfrente de Keegan. Se echó sal en la tortilla y se puso a cenar como si alguien le hubiera invitado.

—Esa compañía te está matando, Keeg —le dijo a su primo—. ¿Cuándo saliste a montar por última vez?

Keegan estaba furioso, pero también tenía hambre, y descubrió que Rance no era un mal cocinero. Se llenó la boca de tortilla para no tener que contestar.

—A lo mejor necesita dinero —le sugirió Rance a Jesse.

—Sí —se mostró de acuerdo Jesse—, es difícil empezar a tener menos de veinte o treinta millones.

—Míralo de este modo, Keeg —Rance sonrió de oreja a oreja—. Tus ahorros duplicarán su valor en el momento en el que McKettrickCo comience a cotizar en bolsa. Podrás pagarle a Shelley el doble de lo que le das ahora. Ella estará tan ocupada comprando que será como si no existiera.

Keegan se inclinó sobre la mesa y dijo en voz baja, como si quisiera compartir con ellos un gran secreto:

—Eso no me hace sentirme mejor.

—Ahora mismo —observó Jesse—, prácticamente no se te puede ofrecer nada mucho mejor que eso.

—Perder McKettricCo tampoco va a hacerme sentirme mucho mejor —le espetó Keegan.

Jesse suspiró y miró a Rance.

Parecían estar comunicándose algo en silencio, algo que Keegan no terminaba de comprender, y aquello le dolió.

—Muy bien —dijo entonces Rance en tono decidido.
—¿Muy bien qué? —preguntó Keegan.
—Votaremos lo mismo que tú —anunció Jesse.
—A pesar de que no nos parece la opción más acertada.
Keegan los miró alternativamente.
—¿Y por qué estáis haciendo esto?
—Porque cada vez somos más blandos —se lamentó Rance.
—Eh, habla por ti —le advirtió Jesse. Fijó entonces su mirada sobre Keegan—. Tu problema es que pasas demasiado tiempo pensando. Eso no es saludable.

Keegan exhaló un enorme suspiro.
—Gracias.
Y se dio entonces cuenta de que en realidad no les estaba agradeciendo que cambiaran el sentido del voto, sino el que estuvieran a su lado.

Continuaron comiendo en silencio y, cuando terminaron, llevaron los platos y los cubiertos al fregadero.

Keegan se alegró entonces de haber obedecido a sus primos.

CAPÍTULO 8

Molly estaba sentada en la cama, parpadeando. Dos pisos abajo, alguien estaba llamando a la puerta.

A su lado, Lucas se estiró, abrió los ojos y la miró sorprendido. Se había despertado en medio de la noche y Molly le había cambiado el pañal y le había metido en la cama con ella.

Miró el despertador de la mesilla.

Eran las ocho y media.

Era una pena. Normalmente, se levantaba como muy tarde a las seis. Sin embargo, aquel día no se encontraba bien y le habría gustado poder seguir durmiendo.

El timbre de la puerta volvió a sonar, retumbando en toda la casa.

—Nos hemos dormido, muchachito —le dijo a Lucas mientras se ponía precipitadamente la bata—. Nos hemos quedado completamente dormidos.

Lucas se echó a reír y fue gateando hasta el borde de la cama, ajeno como todos los niños de su edad a las leyes de la gravedad.

Molly le atrapó antes de que se cayera y le mordisqueó el cuello. Estaba empapado, así que tendría que cambiarle.

Quienquiera que fuera, podría esperar.

¿Pero dónde estaba Florence?

Repentinamente asustada, agarró a Lucas con fuerza, pasó un momento por el cuarto del niño para buscar un pañal limpio y corrió al ascensor.

En cuanto llegaron a la planta baja, se dirigió a toda velocidad hacia la puerta.

En el porche había un repartidor que parecía a punto de marcharse.

—Traemos una cama. La tengo en la furgoneta —dijo en cuanto vio a Molly.

—Le diré dónde tienen que colocarla —contestó Molly, mientras se colocaba en la cadera a un empapado Lucas.

El hombre asintió.

Por la mente de Molly pasaron entonces todo tipo de pensamientos sobre robos y violaciones, no en vano, era una adicta a los programas de televisión sobre casos policiales. Miró por encima del hombre para asegurarse de que realmente había una furgoneta. Los asesinos en serie se servían de cualquier tipo de artimañas.

Pero sí, había una furgoneta, y en una de las puertas ponía: *Acme, Mobiliario Clínico*. A pesar de la gravedad de la situación, sonrió para sí, preguntándose si el Correcaminos y el Coyote andarían por alguna parte.

Molly abrió entonces la pantalla.

—Sígame —le dijo en su tono más profesional.

Una vez en la parte de atrás de la casa, en el lugar en el que Psyche quería pasar sus últimos días contemplando el jardín, el repartidor se marchó tras dejar el portapapeles con el albarán encima de la mesa en la que Psyche y Keegan habían almorzado juntos varios días atrás.

Todavía estaban allí las peonias blancas que Keegan le había llevado, como centinelas diminutos dispuestos a soportar una solitaria vigilia, desaliñados, pero alzando valientemente la cabeza.

Molly tragó saliva, cambió a Lucas en el diván que había al final de la galería y corrió con él en brazos a la cocina para tirar el pañal.

Encontró allí a Florence, llevando su familiar bata de franela de color rosa.

—No sé qué me ha pasado hoy —se lamentó—. Normalmente me despierto al amanecer, pero hoy he dormido como si me hubiera muerto para el mundo —respingó al oír sus propias palabras.

Molly no hizo ningún comentario. Se limitó a recorrer la habitación con la mirada. Encontró uno de los varios parques que tenía Lucas en casa y le dejó allí con un juguete. Se lavó después las manos y miró a Florence por el rabillo del ojo mientras ésta preparaba un café.

—Será mejor que llame al hospital —dijo Florence—, para asegurarme de que van a traer a Psyche a casa.

El repartidor regresó con un compañero. Entre ambos empujaban la cama del hospital sobre aquel suelo de incalculable valor.

Lucas se levantó en el parque y los miró con curiosidad.

—Hay un loco allí afuera —comentó uno de los trabajadores.

Molly le miró con el ceño fruncido.

—Es un loco, dice que quiere despedir a su agente. Como si fuera un actor de Hollywood o algo así. Si quiere saber mi opinión, está completamente borracho.

—Maldita sea —musitó Molly.

—Llamaré a Wyatt —dijo Florence, dirigiéndose ya hacia el teléfono.

—Es inofensivo —le aclaró Molly—. Ocúpate de Lucas y yo me encargaré de ese hombre.

Tal como esperaba, Denby Godridge estaba en la puerta, vestido con unos pantalones negros y un jersey de cuello alto del mismo color. El pelo lo llevaba revuelto. Su barriga había aumentado desde la última vez que Molly le había visto y tenía la nariz más roja y venosa que normalmente.

—Vengo a despedirte —dijo sombrío.

—Entra antes de que puedan verte los vecinos —musitó Molly.

Denby tenía los ojos inyectados en sangre.

—¡Estás despedida!

—Sí, ya lo sé —contestó Molly. Le agarró del brazo y tiró de él para que se metiera en el porche—. Lo he entendido, Denby. Me has despedido, no quieres saber nada de mí, nuestra relación ha pasado a la historia, ¿tienes algo más que añadir?

Denby pareció desconcertado durante un primer momento, pero no tardó en reaccionar. Soltó una bocanada de su alcohólico aliento y dijo con vehemencia:

—No.

—Por favor, no me digas que has venido conduciendo en este estado.

—¿En qué estado?

—Es evidente que estás bebido, Denby. Estás borracho...

—Ahórrame los adjetivos, si no te importa —replicó Denby con desdén, e hinchando el pecho con indignación—. ¡Soy el ganador de un Pulitzer!

—Entonces compórtate como tal —susurró Molly—. Haz el favor de demostrar un poco de clase.

Denby pareció reaccionar a sus palabras, algo que no ocurría últimamente.

—Pues sucede que he venido en un avión privado, y que aquí tengo una limusina esperándome —le aclaró—. Gracias a Dios, son lujos que puedo permitirme en este momento de mi vida.

Molly suspiró aliviada. Por lo menos Denby no había supuesto una amenaza para nadie en la carretera.

Volvió a aparecer uno de los repartidores y rodeó a Denby para poder salir. Evidentemente, Florence había firmado la entrega.

—Sígueme —le ordenó Molly a Denby con firmeza.

Le condujo hasta la cocina.

Florence se le quedó mirando fijamente.

—¿Es que nunca ha visto a un ganador del Pulitzer? —le espetó Denby.

—Cuida tus formas —le advirtió Molly—, si no quieres que te eche de aquí.

—¿Quién es este loco? —quiso saber Florence.

Molly sirvió una taza de café, la dejó en la mesa y le ordenó a Denby que se sentara. Sorprendentemente, éste obedeció.

—Denby Godridge —contestó Molly a la razonable respuesta de Florence—, te presento a Florence Washington.

—Encantado —dijo Denby.

—No sé si puedo decir lo mismo —replicó Florence muy digna.

Denby se enervó, pero, afortunadamente, en ese momento sonó el teléfono y Florence tuvo que correr a contestar, permitiéndole a Molly unos minutos de descanso antes de tener que dar una explicación. Evidentemente, Psyche no le había contado a la señora Washington que Molly era una agente literaria.

Mientras tanto, Denby bebía el café con al aspecto de un hombre que se sentía rodeado de estúpidos, pero estaba dispuesto a conservar las formas.

Molly hizo una lista mental de todas las posibles maneras de deshacerse de él. Un lanzallamas, quizá. O una bomba, preferentemente nuclear. O la proverbial horda de caballos salvajes, aunque nunca aparecía cuando se la necesitaba.

—Muy bien —oyó decir a Florence por teléfono—. Aquí te esperaremos, Keegan.

Molly se quedó helada. Por supuesto, Keegan estaba a punto de llegar. Había documentos que firmar, y, además, ella necesitaba a otro canalla orbitando a su alrededor.

—Van a trasladar a Psyche en avión desde Flagstaff —anunció Florence tras colgar el teléfono.

A Molly se le cayó el alma a los pies. No podía olvidar que los malos modos de Keegan no se extendían nunca a Psyche. Keegan quería a Psyche. Por un instante, una nube de consternación ensombreció el casi siempre animoso espíritu de Molly.

—¿Tienen que trasladar a alguien en avión? —preguntó Denby, arqueando sus pobladas y blancas cejas.

Denby adoraba el drama y probablemente ya estaba pensando que podría utilizar lo que estaba ocurriendo en aquella casa en lo que quisiera que en aquel momento estuviera escribiendo.

—Sí —contestó Molly—. Ya ves, Denby, hay personas en este mundo que tienen problemas más graves que el no aparecer en una lista de éxitos.

—Tú eres mi agente. Deberías mostrar cierta comprensión.

—No soy tu agente. Me has despedido por lo menos tres veces.

—Estoy desolado por esta caída en las ventas —se lamentó Denby.

—Bueno, pues supéralo —contestó Molly.

Sirvió cereales en un cuenco para Lucas y añadió leche. Denby tenía una esposa que le adoraba. Era un hombre rico, propietario de una casa en el muelle de Seattle, y ésa era sólo una de sus residencias.

—Vuelve a casa y ponte a escribir —le recomendó Molly.

Justo en ese momento, un hombre negro vestido con uniforme de chófer cruzó la puerta del comedor. Era una versión envejecida de Denzel Washington con algunos rasgos de Morgan Freeman.

—Perdón —dijo, mientras se quitaba la gorra—. No pretendo molestar, pero...

—Pase y tómese un café —le invitó Molly, inclinándose sobre el parque y dándole a Lucas una cucharada de cereales.

Cuando Lucas abrió la boca, a Molly le recordó a un pajarillo esperando a que su madre le diera una lombriz.

El chófer inclinó la cabeza educadamente, casi con timidez, para saludar a Florence.

Florence se atusó disimuladamente el pelo y se alisó la bata.

Molly sonrió para sí. Un raro lujo últimamente en aquella casa.

—Wilkins —le dijo Denby al chófer, que seguramente le había acompañado en el avión para hacerse después cargo de la limusina que los esperaba en el aeropuerto—, no me aprecian en este lugar.

Wilkins asintió para darle las gracias a Florence, que se había apresurado a servirle el café, y se sentó inmediatamente.

—A mí me parecen personas muy hospitalarias —respondió.

Molly se devanaba los sesos intentando recordar cuándo había visto a Wilkins en otra ocasión.

—Eso es porque tú eres un chófer de limusinas y yo sólo un escritor —dijo Denby.

—Denby —le advirtió Molly—, cállate.

Wilkins se echó a reír.

—Se está muy bien aquí —dijo, pero Molly advirtió que miraba a Florence al hablar, no a Denby—. A lo mejor me quedo por aquí una temporada.

Molly habría jurado que había electricidad en el ambiente.

Florence se excusó y regresó a su dormitorio.

Denby terminó el café.

Lucas terminó el cereal.

Florence regresó llevando un vestido de flores y con el pelo ahuecado. Hasta Molly llegó una vaharada de perfume.

Wilkins miró al ama de llaves sin disimular su admiración.

—¿Ha estado en Seattle alguna vez? —le preguntó.

—Pues la verdad es que voy a ir a vivir allí con mi hermana —respondió Florence con timidez.

Molly sacudió la cabeza. ¿De verdad acababa de ver a Florence Washington batiendo con coquetería las pestañas? ¿Sería posible?

Wilkins le dirigió a Florence una sonrisa radiante. Sacó una tarjeta.

—Vaya, qué casualidad. Resulta que yo vivo en Seattle. Trabajo como chófer para el señor Godridge, entre otros selectos clientes. Si alguna vez necesita un chófer, no dude en llamarme.

Florence tomó la tarjeta, se acercó al mostrador y la dejó debajo del tarro de las galletas.

—¿Qué está pasando aquí? —preguntó Denby.

—Vuelve a funcionar la magia negra —respondió Wilkins resplandeciente.

Florence volvió a servirle café y Molly podría haber jurado que se estaba ruborizando, aunque resultaba difícil afirmarlo con aquella piel de color caoba.

—Al parecer, todavía ocurren cosas buenas en el mundo —le susurró Molly a Lucas.

Lucas se puso de puntillas.

—Un beso —dijo, y apretó los labios.

Y Molly tuvo que contener las lágrimas mientras le besaba con entusiasmo.

Keegan sentía el estómago en la garganta.

Estaban en la sala de reuniones de McKettrickCo, una habitación en la que a duras penas cabían.

Habían ido los McKettrick de Texas.

Los McKettrick de Nueva York también.

Por supuesto, estaban los McKettrick de San Francisco y Chicago.

Incluso algunos que vivían en Europa.

Al viejo Angus le habría sorprendido ver de qué manera podía llegar a multiplicarse un matrimonio de cinco hijos.

Jesse permanecía a la derecha de Keegan, Rance a su izquierda. Estaban tan cerca que sus hombros se rozaban. Megan, sentada al lado de Sierra, miró a Keegan a los ojos.

—La fuerza de los McKettrick —le dijo, moviendo los labios.

Keegan le devolvió el favor.

Eve McKettrick, la madre de Sierra y de Meg, entró en ese momento en la habitación. Era una mujer muy atractiva, de pelo rojo y ojos verdes. Keegan la recordaba ayudando a embotar las conservas en la cocina del Triple M, y gritándoles para que dejaran de salir corriendo y de batir la puerta.

Pero aquel día era toda una mujer de negocios. La gerente de una de las mayores corporaciones del país con intereses financieros en prácticamente todas las capitales del planeta.

Eve iba tomando notas de la reunión, pero no necesitaba hacerlo. Su memoria era casi tan legendaria como su visión para los negocios.

—Creo que ya hemos discutido suficientemente esta cuestión —dijo—. Ha llegado la hora de votar y tomar una decisión definitiva.

Se produjo un movimiento alrededor de la mesa; se oyeron murmullos y el susurro de los documentos al ser removidos, pero nadie decía nada.

—Yo abriré el punto —continuó Eve—, pero creo que ya está todo más que hablado y que todo el mundo tiene una opinión.

El silencio que siguió a aquella frase le recordó a Keegan al tenso silencio que precedía siempre a la tormenta.

—Los que os oponéis a ese acuerdo tal como ha quedado establecido en los informes que os hemos dado previamente, ¿podríais levantar la mano?

Interpelar a los disidentes era una forma un tanto brusca de hacer las cosas, pero así era Eve.

Keegan fue el primero en contestar, seguido por Jesse y por Rance.

Después levantaron la mano Sierra y Meg.

Otra media docena de manos se alzaron.

A Keegan se le hizo un nudo en la boca del estómago.

Esos votos no eran suficientes.

—¿A favor? —preguntó Eve, después de sostenerle a Keegan la mirada durante varios segundos.

Aquello fue una victoria aplastante.

McKettrickCo saldría a bolsa con una oferta inicial que les haría a todos ridículamente ricos.

—En ese caso, está decidido —dijo Eve, bajando la mano lentamente.

Jesse presionó su hombro contra el de Keegan, y también lo hizo Rance.

Éste sintió que el suelo se ablandaba bajo sus pies, al tiempo que notaba la sangre latiéndole en los oídos.

Muchos de los descendientes de Angus McKettrick comenzaron a abandonar la habitación.

Pero Meg y Sierra permanecieron sentadas con la espalda rígida.

Eve se acercó a Keegan y le miró directamente a los ojos.

—Lo siento, Keegan —le dijo.

Keegan consiguió asentir. Eran muchas las cosas que quería decir, pero todas ellas parecían acumulársele en la garganta.

Eve le acarició la cara con unos dedos tan fríos como ligeros. Cuando habían muerto sus padres, había sido Eve una de las primeras en acercarse a él. Le había ofrecido un hogar en su mansión de San Antonio. Al final, Keegan había preferido quedarse en el rancho y se había criado con los padres de Jesse y los de Rance hasta que había ido a la universidad.

—Es lo mejor —le aseguró Eve.

Y, sin más, se volvió y abandonó la sala de reuniones.

A una señal de Jesse o de Rance, Meg y Sierra también se marcharon. Meg cerró las puertas suavemente tras ella.

—Hemos perdido —se oyó decir Keegan a sí mismo con una voz que apenas reconocía.

—Sí, de momento, eso parece —dijo Rance con voz queda.

Como si pudiera cambiar con el tiempo.

Jesse tenía a Cheyenne, y tenía el póquer. Era un campeón mundial.

Rance tenía a Emma y un par de niñas que vivían bajo su techo y que no tenían que dividir su tiempo en dos casas, como le pasaba a Devon. Además, se estaba transformando en un auténtico ranchero.

Y Keegan era un padre a tiempo parcial que no tenía nada constructivo que hacer entre fin de semana y fin de semana. Sin McKettrick, no sabía qué iba a ser de su vida, qué motivo tendría para levantarse por las mañanas cuando Devon estaba en casa de su madre.

Jesse colocó una silla enfrente de la de Keegan y se sentó.

—Piensa en Devon. Ahora podrás dedicarle todo el tiempo que quieras como padre.

Rance sacó del bolsillo del traje una petaca plateada que no había vuelto a utilizar desde que había dejado la corporación para convertirse en un vaquero.

Keegan miró la petaca y sacudió la cabeza.

Rance la guardó.

—Queremos salir a montar durante la puesta de sol —le dijo—. Pensábamos ir hasta la colina de Jesse con las mujeres y las niñas y algunos de nuestros parientes. Devon también quiere venir, y, por supuesto, vendrá, pero estoy seguro de que se sentiría mucho mejor si nos acompañaras. ¿Quieres sumarte a la excursión, Keegan?

Keegan pensó entonces en Psyche y en los documentos que se suponía deberían firmar aquella tarde; los documentos que le convertirían en el albacea de Psyche y, aunque no de forma oficial, en el tutor de Lucas.

Pensó en el niño e, inevitablemente, pensó en Molly.

—Tengo cosas que hacer —dijo rotundo.

Rance posó la mano en su hombro.

—Lo sé —replicó—, me lo ha comentado Travis. Pero será cuestión de un par de horas como mucho —tomó aire y lo tomó lentamente—. Te vendrá bien salir a montar, Keeg, volver a recuperar lo que verdaderamente eres: un McKettrick de la cabeza a los pies.

Keegan sintió que se le llenaban los ojos de lágrimas.

—Sí —dijo Jesse—. Es eso lo que eres. Pero llevas tanto tiempo sentado detrás de un escritorio, en vez de a lomos de un caballo, que lo has olvidado. Necesitas salir a montar, Keeg, sentarte alrededor del fuego a inventar historias y dormir bajo las estrellas. Y tu hija lo necesita más que tú.

Lo haría, decidió entonces Keegan. Iría con esos cabezotas a montar. Por Devon. Y porque se volvería loco si tenía que pasar la noche solo en el rancho.

Asintió muy tenso.

—¿Te apetece ir a tomar una cerveza? —propuso Jesse.

Keegan negó con la cabeza.

Si empezaba a beber en ese momento, no podría parar.

Rance y Jesse se marcharon entonces, aunque era obvio que lo hacían a regañadientes.

Keegan se quedó solo en la sala de reuniones y dejó que sus problemas fluyeran. Uno a uno.

Psyche.

McKettrickCo y su cambio de identidad.

Pero tenía todavía a Devon.

Y Lucas se convertiría en el hijo que nunca había tenido.

Pisaría con fuerza, apretaría los dientes y saldría adelante, decidió.

Al fin y al cabo, era un McKettrick.

Significara eso lo que significara.

Para cuando Psyche llegó a casa, en una ambulancia que fue a buscarla a la pista de aterrizaje que había a la salida del pueblo, Wilkins ya había conseguido llevarse a Denby. Le había metido en la limusina que habían alquilado y habían ido hasta Phoenix, desde donde volverían volando a Seattle.

Molly se había duchado, se había maquillado y se había vestido con un elegante traje chaqueta de color negro. Al fin y al cabo, tenían que firmar unos documentos oficiales y quería que supieran que se estaba tomando en serio aquel acuerdo.

Antes de ocuparse de ella misma, había bañado a Lucas y después, a pesar de sus movimientos constantes y sus risas, había conseguido enfundarle un par de pantalones azules con una camisa a juego que llevaba un patito en el bolsillo. Tenía el pelo mojado y peinado, pero aun así se le seguía rizando alrededor de las orejas.

Mientras cruzaba la puerta de la casa en la camilla, Psyche parecía tan frágil como la pelusilla del diente de león, pero cuando vio a Lucas, resplandeció.

Los celadores de la ambulancia, a indicación de Florence, la colocaron en la cama que habían instalado en la galería, detrás de la cocina, y salieron.

La cama contaba con barandillas laterales, así que Molly colocó a Lucas al lado de Psyche y permaneció a una prudente distancia, dispuesta a agarrarlo en el caso de que fuera necesario.

—¿Tiene hambre? —le preguntó Florence a Psyche, desesperada por hacer cualquier cosa para ayudar—. Si quiere, tengo una sopa de pollo recién hecha.

Psyche negó con la cabeza y le acarició los rizos a Lucas.

—Sólo quiero tener a mi hijo en brazos —dijo con un hilo de voz.

A Molly se le llenaron los ojos de lágrimas.

—¿Sabe? Hemos tenido una mañana de lo más emocionante —se dispuso a contarle Florence. Estiró las sábanas de la cama y le palmeó el pie a Psyche—. Se ha presentado un escritor en la puerta de casa gritando que era todo un premio Pulitzer —a esas alturas, Molly ya le había explicado a qué se dedicaba—. Por un momento, he pensado que tendría que llamar a Wyatt para que lo sacara de aquí, pero el señor Wilkins ha sabido manejar perfectamente la situación.

Psyche le dirigió a Molly una mirada interrogante y esbozó una sonrisa.

—Es un antiguo cliente —le explicó Molly—, pero no volverá.

—¿Quién era? —quiso saber Psyche.

Al mismo tiempo, acercó el pulgar al vial y presionó el botón rojo con el pulgar.

—Denby Godridge —contestó Molly, mientras se preguntaba por la intensidad del dolor de Psyche y la eficacia de los calmantes.

—Me encantan sus libros —dijo Psyche.

Molly rió, pero su risa se pareció peligrosamente a un sollozo.

Lucas comenzó a saltar en la cama y empujó a Psyche al hacerlo.

Ésta cerró los ojos con una mueca de dolor.

Florence sacó al niño en silencio, lo llevó a la cocina e interrumpió sus protestas con la promesa de una galleta.

—Estás llorando —dijo Psyche, mirando a Molly con atención—, no lo niegues.

—Es muy difícil verte... así —sollozó Molly.

Psyche esbozó una sonrisa cargada de ironía.

—Tampoco es muy fácil desde este lado —dijo.

Molly miró la bolsa de medicamento suspendida de un soporte al lado de la cama.

—Supongo que te duele mucho.

—La verdad es que estoy completamente drogada.

Molly no pudo menos que sonreír.

—En ese caso, eres una actriz muy convincente. Ni siquiera arrastras las palabras.

Psyche suspiró.

—Acerca una silla, Molly. Tengo que decirte algo.

Molly arrastró una de las sillas que había alrededor de la mesa en la que todavía descansaban las peonias y se sentó. De pronto, sintió miedo. Supo instintivamente lo que Psyche estaba a punto de decir. Había decidido no seguir adelante con la adopción y entregarle el niño a Keegan.

Esperó, enferma de tensión. Por desesperada que estuviera, no iba a exigirle a Psyche una explicación en un momento como aquél.

–No estaba segura de si debía volver o no –le explicó Psyche–. Esta mañana, en el último momento, he tomado una decisión y he llamado a Travis Reid –se interrumpió y miró a Molly durante varios seguros, con una mezcla de cansancio y cabezonería–. Les he preguntado si querrían adoptar a Lucas y criarlo como si fuera su propio hijo. Al principio se ha mostrado un poco sorprendido y, obviamente, tenía que consultarlo con Sierra, pero al final, han aceptado.

Molly esperaba que el suelo se disolviera, que la tierra se abriera bajo sus pies y la silla cayera al vacío.

–¿Por qué? –gimió.

–Quiero que mi hijo tenga una verdadera familia, Molly. Una madre, un padre, hermanos...

–Pero tú...

–Sí, lo sé, lo prometí. Pero retiro mi palabra.

Molly no podía respirar. No podía moverse. Ni siquiera podía hablar.

Era consciente de que Lucas estaba parloteando en la habitación de al lado. Y desde el interior de la casa, llegó hasta ella un estrépito.

–Travis y Sierra ya tienen un hijo –continuó diciendo Psyche–. Se llama Liam y será un hermano maravilloso para Lucas.

Molly se aferró a la silla, temiendo desmayarse si no se sujetaba con todas sus fuerzas.

Y entonces lo comprendió. Aquélla era la venganza de Psyche... Le había hecho creer que tenía oportunidad de recuperar a Lucas y después había tirado de la proverbial alfombra que tenía bajo sus pies.

Sí ésa era su forma de desquitarse, de enseñarle a no acostarse con el marido de otra mujer.

El ruido sonaba cada vez más cerca. Y más alto.
—¿Dónde está?
Oyó preguntar Molly a una voz familiar en la cocina.
—En la galería —contestó Florence.
Casi inmediatamente, cruzaba Keegan la puerta.
—¿Qué demonios está pasando aquí? —le preguntó a Psyche—. Travis acaba de decirme...
Psyche sonrió.
—¿Qué te ha dicho Travis? —le preguntó.
—Que quieres que Sierra y él adopten a Lucas.
Psyche apenas asintió.
Keegan bajó la mirada hacia Molly y frunció el ceño.
—Acabo de explicárselo a Molly —le aclaró Psyche—, así que a ti te haré la versión resumida. Quiero que Lucas tenga una familia, un verdadero hogar, no sólo una madre y un albacea.
Keegan abrió la boca y volvió a cerrarla. Se aferró al marco de la puerta con tanta fuerza que se le pusieron los nudillos blancos. Su hija miraba a su alrededor con los ojos abiertos como platos.
—Vamos a ir de excursión a caballo —anunció la pequeña—. Haremos un fuego y dormiremos al aire libre.
Se hizo un tenso silencio.
Molly estaba tan destrozada que lo único que podía hacer era concentrarse en no vomitar.
Psyche buscó a Devon con la mirada y preguntó:
—¿Tú eres Devon?
Devon asintió y pasó por delante de su padre para acercarse a la cama de Psyche.
—Siento mucho que estés enferma —le dijo—. Si estuvieras bien, podrías venir a acampar con nosotros. Vamos a ser un montón.
Psyche sonrió y le acarició la melena.
—Me encantaría poder ir con vosotros —dijo con nostalgia. Elevó hacia Keegan su triste mirada—. Keegan, tienes una hija guapísima.

Keegan se aclaró la garganta.

—Devon —dijo con calma—, ¿por qué no vas a la cocina y ayudas a la señora Washington a cuidar a Lucas?

La niña vaciló un instante. Evidentemente, era consciente de que se la estaban quitando del medio. Al final obedeció, pero no sin antes mirar preocupada por encima del hombro.

—¿Quieres llevarte a Lucas a la excursión? —le preguntó Psyche a Keegan. Se aferraba con sus manos huesudas a las sábanas.

—Psyche, sólo es un bebé.

—¿Cuántos años tenías tú cuando empezaste a montar a caballo? —le desafió Psyche.

Molly observó cómo iba tomando forma la respuesta en el rostro de Keegan. No parecía el mismo de siempre, por lo menos, no parecía el Keegan que Molly conocía. Tenía el aspecto de un hombre desolado. Casi roto. Pero también se adivinaba en su interior una fuerza resistente como el cemento.

—Mi padre me montó a caballo en cuanto fui capaz de sostenerme sentado —admitió Keegan, pero sólo tras una extraña batalla interior que tensó los músculos de su cuello e hizo parecer todavía más dura su mandíbula.

—Hace mucho tiempo que Lucas es capaz de sentarse —dijo Psyche—, y no quiero que sea un niño asustadizo. Cuanto antes empiece a montar y a hacer ese tipo de cosas, mejor.

Keegan relajó la mandíbula, pero manifestó entonces todas sus reservas.

—Psyche, esta conversación es absurda, además, estábamos hablando de otra cosa. Estábamos hablando de...

—De la posibilidad de que Lucas tenga una familia. Una madre, un padre y un hermano.

Se interrumpió y miró a Keegan y a Molly alternativamente. Desde la cocina llegaba hasta a ellos la voz de Devon, que le hablaba a Florence con entusiasmo de la inminente excursión.

—O a lo mejor, una hermana.

A Molly le dio un vuelco el corazón al comprender lo que se proponía.

Psyche sonrió, claramente satisfecha de sí misma.

—Maldita sea, Psyche —protestó Keegan—. Travis es un buen hombre, pero no tienes tanta relación con él como conmigo. Y para ti Sierra es una completa desconocida.

Miró a Molly, como si quisiera añadir algo, pero al final decidió no decirlo.

—Vete de excursión —dijo Psyche serena—, y llévate a Lucas, y a Molly, por supuesto. Piensa en esta situación detenidamente. Dijiste que querías educar a Lucas, Keegan, ¿verdad? Pues aquí tienes una oportunidad de hacerlo: lo único que tienes que hacer para ello es casarte con su madre.

CAPÍTULO 9

«Piensa en esta situación detenidamente. Dijiste que querías educar a Lucas, Keegan, ¿verdad? Pues aquí tienes una oportunidad de hacerlo: lo único que tienes que hacer para ello es casarte con su madre».

Keegan se aflojó el nudo de la corbata con un movimiento brusco.

—Esto es chantaje —le dijo a Psyche—. No estoy enamorado de Molly y ella no está enamorada de mí. Teniendo en cuenta ese nimio detalle, ¿qué clase de hogar podríamos ofrecerle a Lucas? Y pensaba que querías que tu hijo creciera en esta casa. Travis y Sierra acaban de hacerse una casa y no van a mudarse aquí.

Psyche toqueteaba nerviosa el vial. Las venas resaltaban sobre sus manos y estaba mucho más demacrada, a pesar de que sólo habían pasado cuarenta y ocho horas desde la última vez que la había visto

Psyche miró a Molly, que permanecía en silencio al lado de la cama y miró de nuevo a Keegan para contestar.

—Quiero que Lucas crezca en Indian Rock, o por lo menos cerca de aquí. En cuanto a lo que has dicho sobre que Molly y tú no estáis enamorados... bueno, podrías esforzarte para que las cosas fueran de otra manera, ¿no te parece?

—Psyche, esto es una locura...

—Para mí, éste ya es el canto del cisne, Keegan. No me puedes pedir que actúe de forma racional.

Molly permanecía con la cabeza gacha, aferrada a los laterales de la silla. Keegan sintió una fiera punzada de compasión por ella, que desapareció tan pronto como había llegado.

—Ahora —continuó diciendo Psyche—, dejadme en paz, por favor. Necesito llorar y me gustaría poder hacerlo en privado.

Keegan no se movió inmediatamente. Pero cuando lo hizo, agarró a Molly de la mano y la hizo levantarse. La arrastró hasta la cocina, donde Lucas, Devon y Florence los vieron pasar boquiabiertos, cruzó con ella un comedor y al final la condujo al estudio que había justo en la entrada.

Molly no opuso resistencia en ningún momento, lo cual fue causa suficiente de preocupación para Keegan, aunque en aquel momento no estuviera en condiciones de pensar en nadie. Cuando todavía estaba intentando asimilar las implicaciones que tendría en su vida la pérdida de McKettrickCo, de pronto tenía que enfrentarse a un nuevo cambio.

Instó a Molly a sentarse en una antigua butaca de cuero y arrastró otra idéntica para sentarse frente a ella. Una vez sentado, sus rodillas casi se rozaban.

—No te atrevas a acusarme de haber puesto a Psyche en esta situación —lloró Molly, en una repentina explosión de sentimientos que llevaba minutos conteniendo.

Estaba tan pálida y la desolación de sus ojos era tan vívida que Keegan descubrió que no podía dejar de creerla. Estaba tan sorprendida y desconcertada por el curso que habían tomado los acontecimientos como él.

—¿Necesitas un vaso de agua? ¿Quieres tomar algo? —le preguntó.

Molly negó con la cabeza y se secó las mejillas con el dorso de la mano.

Si estaba actuando, había que reconocer que era una gran actriz.

Keegan posó las manos en los muslos y tomó aire. Pero no le ayudó lo más mínimo.

—Es por la aventura que tuve con su marido —musitó Molly con inmensa tristeza—. Ésta es la venganza de Psyche.

Keegan suspiró.

—No, Psyche no es de esa clase de personas.

—¿Ah, no? —preguntó Molly.

Tenía los ojos hinchados y la nariz roja, y todavía le costaba respirar con normalidad.

Keegan reprimió las ganas de sentarla en su regazo y abrazarla hasta que se sintiera mejor.

—No —contestó, pero Molly no parecía oírle.

—Debería haberme imaginado que era una trampa —se reprochó—. Que jamás me dejaría recuperar a Lucas.

—Psyche no es de esa clase de gente —volvió a decir Keegan, con más vehemencia en aquella ocasión.

Molly se aferraba a los brazos de la butaca como si quisiera levantarse, pero no tuviera fuerzas para intentarlo siquiera.

—Yo no sabía que Thayer estaba casado —musitó.

—Si no lo sabías —replicó Keegan—, deberías haberlo sabido.

Molly asintió con tristeza.

—Tienes razón. ¿Eso te hace más feliz, Keegan? ¿Estás satisfecho? ¿O debería pintarme una A de adúltera en la camiseta y llevarla durante el resto de mi vida?

Keegan encontró un macabro placer en aquella imagen, con la camiseta en versión mojada, pero al instante siguiente se avergonzó de sí mismo.

—Todos cometemos errores —dijo, aunque en un tono poco comprensivo.

—¿Incluso tú? —le desafió Molly.

Sacó al mismo tiempo un puñado de pañuelos de papel

de la caja que había sobre el escritorio que en otro tiempo había pertenecido al padre de Psyche.

—Sí, incluso yo —respondió Keegan.

Molly se secó los ojos, un esfuerzo inútil, teniendo en cuenta que la máscara de ojos corría ya por todo su rostro, y se sonó la nariz con tal vigor que Keegan tuvo que hacer un esfuerzo para no sonreír.

—¿Qué voy a hacer? —preguntó en tono lastimero.

—¿Qué vas a hacer tú? Porque a mí me parece que somos dos los que tenemos un problema.

—¿Cómo puedes decir una cosa así? —le reprochó Molly—. Por lo que tengo entendido, el abogado de Psyche y su esposa viven en Indian Rock. Tú podrás ver a Lucas cuando quieras. Pero a mí se me han quitado del medio.

Keegan recordó el beso que le había dado a Molly en el parque el cuatro de julio y, de forma completamente incomprensible, deseó repetirlo. Como aquél era el peor momento para ello, no cedió a aquella necesidad. Pero no podía negarla.

—¿Keegan?

Keegan se obligó a prestar atención a lo que le estaba diciendo.

—Yo también quiero a Lucas —reconoció—. Es casi como sí...

Se produjo un ligero cambio en su rostro, apenas perceptible, pero suficientemente elocuente.

—¿Cómo si Psyche y tú lo hubierais tenido juntos?

—Sí, algo así —admitió.

—La quieres mucho, ¿verdad?

—Sí, la quiero mucho.

—Y por eso quieres también a Lucas.

Keegan asintió.

—Sí, supongo que sí —contestó.

A pesar de lo importante de la conversación, Keegan no podía evitar pensar en la mirada herida de Molly ante su respuesta.

Molly asintió, se sorbió la nariz y tiró los pañuelos usados a la papelera.

—Por supuesto, sería una estupidez que tú y yo nos casáramos.

Keegan pensó en su enorme casa vacía, excepto cuando Devon iba a visitarle, y en lo mucho que odiaba dormir solo en la cama de matrimonio. Muchas veces dormía en el sofá del salón o se quedaba a dormir en el sofá de la oficina. Si por él hubiera sido, habría sido capaz de dormir en un banco del parque cubierto de periódicos.

Por supuesto, lo de dormir en la oficina había dejado de ser una opción.

A lo mejor se acostumbraba a dormir en el establo, en un saco de dormir.

—Sí, una completa estupidez —se mostró de acuerdo.

Molly comenzó a llorar otra vez.

Keegan estaba sobrecogido por los sentimientos contradictorios que la imagen de Molly llorando despertaba en él. Y terminó haciendo lo que minutos antes había decidido no hacer: tomar a Molly de la mano y sentarla en su regazo.

Molly se resistió en el primer momento, pero casi inmediatamente cedió y permitió que la abrazara.

Keegan estaba alarmado por lo mucho que le gustaba tenerla entre sus brazos.

—¿Qué voy a hacer? —repitió Molly, contra su hombro.

Keegan sentía la camisa empapada por las lágrimas y sopesó el inevitable efecto de la máscara de ojos sobre ella. Decidió inmediatamente que le importaba un comino echar a perder aquella camisa; al fin y al cabo, tenía muchas otras idénticas.

—Lo que vas a hacer es ir a buscar ropa para ti y para Lucas y venir con nosotros de excursión.

Molly alzó la cabeza y le miró a los ojos.

—¿Qué?

Keegan sonrió de oreja a oreja.

–¿Qué te pasa, urbanita? ¿Tienes miedo? ¿Te dan miedo las serpientes y los insectos?

Molly sonrió en medio de las lágrimas.

–No –respondió con cierta energía–, no tengo miedo.

–¿Has montado a caballo alguna vez?

–Una vez, cuando tenía nueve años. Monté en un poni de una feria que había en la playa de Santa Mónica.

–En ese caso, eres una experta –respondió Keegan.

Estaba desconcertado por lo bien que se sentía cuando su vida se estaba derrumbando ante sus propios ojos.

–Pero eso no quiere decir que no vaya a terminar con agujetas –dijo Molly preocupada.

–Yo también terminaré con agujetas –admitió Keegan, a costa de su orgullo.

Era un McKettrick, se suponía que tenía que tener mano con los caballos... y con las mujeres.

–¿Tú no montas? Pero Psyche cree que puedes enseñar a Lucas...

–Yo no he dicho que no sepa montar –respondió Keegan–. Es sólo que hace tiempo que no lo hago –la instó a levantarse–. Ve a por tus cosas. Lucas y tú podéis venir al rancho con Devon y conmigo.

Claramente recelosa, Molly estuvo pensando en ello durante varios segundos, al final asintió.

No tardó en descubrir que se necesitaba tiempo para reunir todo lo que un niño podía necesitar durante una excursión.

Media hora después, tenía todo el equipaje en el maletero, Lucas estaba instalado en una sillita, en el asiento trasero del Jaguar, Devon ocupaba solícita su sitio al lado del bebé y Molly iba junto al asiento del conductor.

Molly estaba perfecta con los vaqueros y la camiseta, pero aquellas zapatillas de deporte no iban a serle de mucha utilidad cuando estuviera a lomos del caballo. De todas formas, pensó Keegan, en su casa tenía botas de diferentes formas y tamaños, de modo que insistiría en que se las probara hasta encontrar algunas que le sirvieran.

—¿Vendrán Travis y Sierra a la excursión? —preguntó Molly cuando salieron del pueblo.

—Travis es un Reid —le aclaró Keegan—, y Sierra una McKettrick. Y sí, vendrán. Probablemente también tengamos unos cuantos forasteros.

—¿Forasteros?

—Más McKettrick en realidad —le explicó Keegan—. Hoy hemos tenido una reunión muy importante y es posible que algunos anden todavía por aquí.

Esperó el momento de sentir la ya habitual presión en la boca del estómago que acompañaba al recuerdo de que su carrera profesional en la corporación había terminado para siempre, a menos que estuviera dispuesto a trabajar para unos desconocidos, algo que no pensaba hacer.

Curiosamente, no sintió absolutamente nada.

Molly le miró muy seria.

—Quiero conocerlos. Me refiero a Travis y a Sierra.

Keegan miró por el espejo retrovisor y vio el reflejo de Devon, que estaba enseñándole a Lucas uno de sus juguetes y haciéndole reír. No quería hablar de las condiciones de la adopción de Lucas delante de su hija.

Cuando miró a Molly de reojo antes de concentrarse de nuevo en la carretera, comprendió que ésta le había visto mirar por el espejo retrovisor y era consciente de su preocupación.

Molly se movió ligeramente en el asiento, se volvió y le dirigió a Devon una sonrisa.

—Estoy segura de que montas muy bien.

Algo pareció caldearse en el interior de Keegan.

—No tan bien como Maeve —contestó Devon orgullosa—, pero no se me da nada mal.

—¿Quién es Maeve? —preguntó Molly, como si pensara que debiera recordar el nombre, pero no fuera capaz de hacerlo.

—Mi prima —contestó Devon—, o algo así. En realidad, somos primas lejanas, creo. Como papá, tío Jesse y tío

Rance. Se llaman primos, pero en realidad lo que son todos es McKettrick.

—Oh —Molly frunció el ceño ligeramente confundida—. ¿Qué significa eso de ser un McKettrick?

Devon tomó aire. Al igual que todos los niños de la familia, conocía perfectamente la historia del clan.

—Hace mucho tiempo, un hombre llamado Angus McKettrick se estableció en un pedazo de tierra al que ahora se conoce como Triple M. Ése es nuestro rancho...

A Keegan se le hizo un nudo en la garganta al oírle decir «nuestro rancho». Probablemente, algún día tendría que explicarle a su hija que ella no llevaba sangre de los McKettrick, y estaba temiendo ya que llegara ese momento.

—Al cabo de un tiempo —continuó Devon con una confianza conmovedora—, tuvo cuatro hijos: Holt, Rafe, Kade y Jeb. Sierra y Meg son parientes de Holt. Tío Rance es des...

—Descendiente —la ayudó Keegan con voz queda.

—Descendiente de Rafe —siguió Devon—. Tío Jesse es descendiente de Jeb, y papá... Bueno, Kade era su tatatatarabuelo, o una cosa así. Todos ellos tenían su propia casa, por supuesto: Holt, Rafe, Kade y Jeb, quiero decir. Y lo mejor de todo es que ahora hay un McKettrick viviendo en cada una de ellas.

Keegan miró a Molly de reojo.

—¿Te ha quedado claro?

Molly sonrió con cierta tristeza, o al menos eso le pareció a Keegan.

—Suficientemente claro.

Pasaron por delante de la casa de Holt y Devon así lo señaló. Más tarde, al pasar por delante de un buzón inclinado, situado en la base de un montículo, le explicó:

—Tío Jesse vive al final de ese camino. Nuestra casa está cerca de un arroyo, pero no tienes que preocuparte. Me aseguraré de que Lucas no se caiga ni nada parecido.

—No sabes cuánto te lo agradezco —contestó Molly.

—Maeve y Rianna viven justo al otro lado —siguió informándola—. Al otro lado del arroyo, quiero decir. Pero nuestra casa es la más antigua. La construyó el propio Angus.

—También tenía una hija —intervino Keegan, encontrando un particular consuelo al hablar de su árbol genealógico—, Katie McKettrick, la hija pequeña de Angus. Ya adulta, se casó con un senador de los Estados Unidos. Las mujeres de esta familia no pierden el apellido al casarse, y ésa es una tradición que comenzó con ella.

—Caramba, tenía que ser todo un personaje.

Keegan sonrió.

—Por lo que cuenta la leyenda familiar, era una auténtica luchadora. Era perfectamente capaz de defenderse sola, a pesar de que cuando nació tenía ya cuatro hermanos mayores.

—¿Cómo es tu familia, Molly? —preguntó Devon con la generosa inocencia de una niña que intentaba asegurarse de que nadie se sintiera desplazado.

Molly suspiró.

—Mi madre murió cuando yo tenía quince años —contestó—, y mi padre es un policía retirado.

—¿Eres hija única? —insistió Devon.

—Devon... —le advirtió su padre.

—No pasa nada —le tranquilizó Molly, y miró después a Devon—. Sí, soy hija única.

—Yo también —la informó Devon en tono melancólico—, y papá también.

Keegan se mordió el labio inferior.

Devon continuó con su interrogatorio.

—¿Alguna vez has deseado tener hermanos? —le preguntó a Molly.

—Constantemente —respondió ella, mirando a Keegan.

—Yo también —repitió Devon—. ¿Y tú, papá? ¿Alguna vez has querido formar parte de una familia numerosa?

Keegan miró a su hija a través del espejo retrovisor.

—Siempre he tenido a Jesse y a Rance. Para mí, ha sido

como tener dos hermanos. De hecho, toda la familia McKettrick está muy unida.

–Tenéis mucha suerte –le dijo Molly.

–Lo sé.

Quizá lo hubiera olvidado durante algún tiempo, pero sabía que era un hombre afortunado. Pertenecía a una familia con una sólida herencia, tenía una hija, un hogar, y una larga historia comenzada en aquella tierra muchos años atrás, una historia en la que también él tenía un papel protagonista.

Llegaron al final de la carretera y cruzaron el puente de madera que cruzaba el arroyo. Aquella construcción la habían levantado los McKettrick allá por los años cuarenta y era tan sólida y robusta como las casas, los establos y las colinas que los rodeaban.

Su propia casa, algo tan familiar, le pareció de pronto a Keegan completamente nueva.

–Antiguamente –le explicó Devon–, todo el mundo tenía que buscar un paso en el arroyo para que los caballos pudieran cruzar.

Keegan sonrió. ¿Qué importancia podía tener que Devon no fuera su hija biológica? Continuaba siendo una McKettrick de los pies a la cabeza.

–Realmente, estás al corriente de la historia de la familia –la alabó Molly con lo que parecía auténtica admiración.

Mientras hablaba, estaba contemplando la casa del rancho y Keegan se preguntaba qué pensaría de aquel rústico edificio de dos plantas, con numerosas ventanas, paredes de madera y chimeneas de piedra.

En realidad, habría preferido que la opinión de Molly no le importara, pero no podía negar que le inquietaba.

–Ahí vive el tío Rance –señaló Devon, siempre dispuesta a hacer de guía–. ¿Quieres ver a nuestro burro? Se llama Spud, está en el establo.

En cuanto el coche se detuvo, Devon salió a toda velocidad y corrió al cubículo de Spud.

Keegan sonrió.

—Dentro de un rato se cansará —la tranquilizó con voz queda.

—Espero que no —replicó Molly—. Es encantadora.

Salió del coche y comenzó a desatar a Lucas, que se movía impaciente, deseando escapar de su asiento.

Keegan permanecía tras ella, admirando la perfecta forma de su espalda.

—Supongo que será mejor que vayamos a saludar al burro —dijo Molly.

Se enderezó y se volvió con el niño en brazos.

El sol estaba justo detrás de ella, enmarcando al niño y a la mujer en un halo de oro radiante.

Keegan tuvo que aclarase la garganta.

—Supongo que sí —se mostró de acuerdo.

Devon estaba ya sentada a horcajadas en la puerta del establo cuando entraron ellos. Al igual que la mayor parte de los niños criados en ranchos, estaba más acostumbrada a trepar que a abrir las puertas. Keegan era así de niño, y también lo habían sido Rance y Meg.

—Hay una nota del doctor Swan —gritó, mostrando una hoja de papel amarillo que habían clavado en la pared del establo—. Dice que le ha puesto una inyección para la sarna y que hay que arreglarle las pezuñas. A Spud, quiero decir, no al veterinario.

Molly se echó a reír. Continuaba llevando a Lucas en brazos, pero la fragilidad que Keegan había creído intuir anteriormente, había vuelto a aflorar. Molly estaba a punto de perder a un hijo con el que acababa de reencontrarse y, a pesar de que él desaprobara y desconfiara de los motivos de aquel encuentro, no podía menos que compadecerla.

Devon continuaba hablando sin parar.

—Es una suerte que tío Rance y tío Jesse tengan un montón de caballos —señaló, ya en el cubículo de Spud—. Este establo, con solo un burro, es una mierda.

—Devon, cuida tu lenguaje —la regañó Keegan.

—¡Tú dices «mierda» constantemente! —replicó la niña.

Molly le dirigió una sonrisa con la que parecía estar preguntándole cómo iba a salir de aquélla.

—Yo digo muchas cosas que preferiría no oírte decir a ti —fue la respuesta que le dio Keegan a su hija.

Estuvieron admirando a Spud durante un buen rato y después Devon decidió que debería ir a la casa. Iban a salir de excursión y tenía muchos preparativos que hacer. Keegan se preguntó en silencio si pensaría llevarse el oso de peluche.

Molly, Lucas y Keegan se dirigieron a la cocina mientras Devon subía a toda velocidad las escaleras.

La primera dejó a su hijo en el suelo y giró inmediatamente hacia la cocina de leña. Acarició con la mano la superficie metálica y se volvió hacia Keegan.

—¿Todavía la usáis? —preguntó.

—A veces —contestó Keegan, extrañamente complacido por el hecho de que lo hubiera preguntado—. Cuando nieva, no hay nada mejor que encender la cocina de leña para crear un ambiente acogedor.

—Es maravillosa —susurró Molly, y parecía que lo estaba diciendo en serio.

A la mente de Keegan acudió entonces el recuerdo de Shelley. Después de casarse, pasaba el menor tiempo posible en el rancho. Y la primera vez que había visto aquella cocina había sacudido la cabeza y había preguntado que por qué no la habían llevado al vertedero más cercano.

—Es una casa increíble —dijo Molly admirada.

De pronto, Keegan se descubrió deseando enseñarle todas las habitaciones de la casa.

Sobre todo una en particular.

—Gracias —graznó nervioso—. A mí me gusta.

Devon comenzó a lanzar vaqueros, camisetas y botas escaleras abajo.

Keegan sacudió la cabeza y Molly sonrió.

—¿Cuántos años tiene? —preguntó.

—Casi once —contestó Keegan. Deslizó después la mirada por la silueta perfecta de Molly, hasta llegar a sus pies—. No puedes llevar ese calzado a la excursión —le advirtió—. Necesitas botas.

—¿Quién va a encargarse de dar de comer a Spud mientras estamos fuera? —preguntó Molly, tras contestar al comentario de Keegan con un ligero asentimiento.

Keegan, que se dirigía ya hacia el pasillo en el que estaba el armario con el calzado, se detuvo. No fue la pregunta la que le hizo detenerse, sino el nerviosismo que detectaba en ella a pesar de la aparente alegría de su tono.

Maldita fuera. Molly no había vuelto a montar a caballo desde que tenía nueve años.

Probablemente estaba asustada.

Keegan le indicó con un gesto que le siguiera.

Molly levantó a Lucas en brazos, se lo colocó en la cadera y avanzó hacia Keegan. Cualquiera que la viera, pensó Keegan, pensaría que llevaba años tratando con niños.

—Rance tiene un par de vaqueros que trabajan para él —respondió a la pregunta sobre la alimentación de Spud—. Les pediré que se acerquen por aquí para asegurarse de que a Spud no le falte ni comida ni bebida.

Molly le observó mientras él abría la puerta del armario e inspeccionaba las botas que allí guardaban. Comenzó a lanzar las botas fuera del armario, de una en una y a pares, de forma muy parecida a la de su hija, cuando minutos antes lanzaba la ropa para la acampada por las escaleras.

Al cabo de unos minutos, se volvió con un par de botas negras cosidas en azul. Keegan creía recordar a Meg con ellas puestas cuando tenía unos doce años. De niña, Meg solía pasar los veranos en el Triple M, con Keegan y sus parientes.

—Hay problemas en su casa —le había explicado su madre en una ocasión, cuando Keegan había preguntado por qué Meg no regresaba a San Antonio en otoño para comenzar el curso.

Años después, Keegan había conocido la verdad de aquella historia. A pesar de su fortaleza, Eve McKettrick, la madre de Meg, había tenido que enfrentarse a muchos problemas en aquella época: estaba recuperándose de un accidente que había estado a punto de matarla y la había convertido en una adicta a los analgésicos y al alcohol. Sufría además porque su ex marido había secuestrado a Sierra, que en aquel entonces tenía aproximadamente la misma edad de Lucas. De hecho, Eve y Meg habían vuelto a reunirse con Sierra muy recientemente.

—Pruébate éstas —dijo, ofreciéndole a Molly las botas—. Creo que te quedarán bien.

Molly tomó las botas con la mano libre.

Keegan comenzó entonces a guardar las botas que antes había sacado del interior del armario. La próxima vez que llegara un novato, pensó, sacudiéndose el polvo de las manos, estaría mejor preparado.

Aunque era poco probable que volviera a encontrarse con alguien con tan poca experiencia en la vida de un rancho como Molly Shields.

Molly se llevó las botas a la cocina, dejó a Lucas en el suelo y se sentó en uno de los bancos de la mesa. Se quitó las zapatillas de deporte y se puso una de las botas.

Keegan se agachó a su lado y le presionó los dedos de los pies con el pulgar, como si fuera el dependiente de una zapatería atendiendo a un cliente. Encontró tan divertida la situación, que terminó soltando una carcajada.

—¿Qué pasa? —preguntó Molly un poco recelosa, apartando el pie.

—Estaba pensando en mis posibles salidas profesionales —contestó él.

Molly le miró perpleja.

Keegan se descubrió entonces contándole, para su más absoluta sorpresa, que McKettrickCo iba a salir a bolsa, sin intentar disimular lo que sentía por aquel giro empresarial. Si lo hubiera pensado con antelación, no habría compartido con ella aquella información. Era un asunto privado, absolutamente personal, una herida demasiado reciente para que nadie la tocara.

—Te entiendo perfectamente —dijo Molly, mirando con tristeza a Lucas, que continuaba jugando a sus pies.

Todavía en cuclillas, Keegan alzó la mirada hacia ella.

—Yo también habría echado mucho de menos mi trabajo —le aclaró—, si Psyche no hubiera cambiado de opinión sobre la adopción, quiero decir. Me gustan la emoción y los desafíos que entraña mi trabajo —tragó saliva—. Por supuesto, nada es comparable con poder criar a Lucas. E incluso estaba comenzando a gustarme vivir en Indian Rock.

Keegan se levantó, se sentó en el banco y le pasó el brazo por los hombros. ¿Qué sentido tenía aquella oleada de comprensión?, se preguntó. Debería alegrarse de que Molly se marchara. La verdad era que él tenía casi tantas ganas como Molly de formar parte de la vida de Lucas, pero sabía que Sierra y Travis le criarían como si fuera hijo suyo; Lucas se sentiría a salvo y feliz junto a ellos.

—Hazte un favor, Molly —le recomendó—. No pienses ahora mismo en eso. Intenta concentrarte en la excursión.

Molly parpadeó perpleja y tragó saliva.

—¿Cómo no voy a pensar en eso? —susurró con inmensa tristeza—. Acabo de reencontrarme con Lucas, y estoy a punto de perderlo otra vez.

—Es posible que Psyche cambie de opinión.

—Sabes que no lo hará —contestó Molly.

—Está intentando manipularnos para que hagamos lo que ella quiere —dijo Keegan—, pero en cuanto se dé cuenta de que no puede salirse con la suya, renunciará.

A Molly se le llenaron los ojos de lágrimas. Sacudió la cabeza.

—Se está muriendo, Keegan. La gente no se dedica a esa clase de jueguecitos cuando tiene un pie en la tumba. Sobre todo cuando está en juego el bienestar de su propio hijo —se interrumpió y se mordió el labio. Miró hacia las escaleras y volvió a mirar a Keegan–. ¿Qué harías tú en su lugar? ¿Qué harías si estuvieras a punto de morirte, si tuvieras que buscar un hogar para Devon?

–Devon seguiría viviendo con su madre –contestó Keegan–, como hasta ahora.

–¿Y si no tuvieras esa opción? ¿Si estuvieras en la situación en la que está Psyche en este momento? ¿Qué harías?

Keegan suspiró.

–Querría que pudiera crecer con un padre y una madre –fue la respuesta de Keegan–. Yo lo hago lo mejor que puedo, y creo que también Shelley. Pero aun así, ésta sigue siendo una situación muy difícil para Devon.

Molly asintió.

–Sé lo que es crecer en una casa monoparental, pero mi padre y yo continuamos siendo una familia cuando mi madre murió. Hay millones de personas en el mundo criando solas a sus hijos, y muchas de ellas están haciendo un gran trabajo.

–No lo discuto –dijo Keegan–, pero no es la situación ideal.

Molly consideró en silencio sus palabras y asintió, pero, a los ojos de Keegan, no con demasiada convicción.

–Tengo entendido que Florence se ocupó de Psyche durante la mayor parte de su infancia, ¿cómo eran sus padres?

Keegan relajó entonces su expresión.

–Ricos –contestó–. Gente cultivada. Su padre escribía libros sobre mitología griega y romana, de ahí su nombre, y daba conferencias por todo el mundo. Su madre le acompañaba en sus viajes y, sobre todo, se aseguraba de que no les faltara nunca un buen cóctel.

Molly cerró los ojos.

–Eran alcohólicos.

Keegan asintió sombrío.

–Así que ella está intentando ofrecerle a Lucas lo que nunca ha tenido –dedujo Molly.

–Bingo.

–Mi padre... –comenzó a decir Molly.

Pero antes de que hubiera podido terminar la frase, regresó Devon, bajando las escaleras con estrépito y desbordante de emoción.

–¡Ya está todo el mundo en casa de tío Rance! –gritó–. He visto todas las camionetas y los caballos desde la ventana de mi dormitorio. ¿A qué estamos esperando? ¡Vamos!

CAPÍTULO 10

Molly, calzada con las botas que Keegan le había prestado, hacía todo lo posible por seguir su consejo y concentrarse en la excursión, en vez de pensar en la inminente pérdida de Lucas, pero no le estaba resultando fácil.

Keegan, por su parte, había cambiado los pantalones del traje y la camisa por unos vaqueros viejos y una camisa de algodón azul antes de dar de comer a Spud. Y aquella nueva imagen de Keegan era algo que Molly también tenía que asimilar.

Mientras cruzaban el puente para reunirse con el resto de los McKettrick, recordó algo que le había dicho Psyche en una ocasión: «espera a que lo veas a caballo».

A Molly se le tensó el estómago al anticipar aquella imagen.

Intentó razonar consigo misma. Keegan era Keegan, ya fuera vestido de traje o con vaqueros y botas. Y seguía siendo Keegan montado a caballo.

Keegan aparcó el Jaguar fuera del camino, tarea nada fácil teniendo en cuenta la colección de camionetas, remolques y coches que ocupaban ya los alrededores del establo.

Devon salió del coche y corrió para reunirse con las dos niñas a las que Molly había conocido en la librería, y a las que había vuelto a ver en el parque durante las celebraciones del Cuatro de Julio.

Molly salió lentamente y se tomó su tiempo en liberar a un inquieto Lucas de la silla. Mientras tanto, Keegan llevó todo el equipaje a una camioneta que, al parecer, tenía como misión cargar con todo el equipaje extra.

Jesse McKettrick se acercó sonriente y llevando a un precioso caballo pinto tras él. Molly también se acordaba de Jesse, por supuesto, le había visto en el picnic con su mujer y había vuelto a coincidir con él en la clínica, cuando habían tenido que ingresar a Psyche por culpa de un repentino empeoramiento.

Jesse le sonrió a Molly de una manera que la ayudó a tranquilizarse y a dejar de sentirse como una intrusa, después, se volvió hacia Keegan, que acababa de regresar de la camioneta.

—Ahora veremos si todavía te acuerdas de montar a caballo —se burló Jesse.

Tras aquel desafío, Keegan se acercó al caballo y se agarró al saliente de la silla con una mano al tiempo que posaba un pie en el estribo y se alzaba con tal agilidad y elegancia que, a pesar de todas sus prevenciones, Molly se quedó sin respiración. Su imaginación no le había hecho justicia.

Keegan continuó en el caballo, de espaldas al sol que comenzaba a descender por el horizonte.

—¿Satisfecho? —le preguntó Keegan a Jesse.

—A lo mejor —admitió Jesse—. Pero no estamos cerca de la cumbre y hemos elegido el camino más largo. Es posible que para cuando lleguemos, estés suspirando por una bañera con agua caliente.

Keegan se echó a reír. Después, se acercó a Molly a caballo y se inclinó para que ésta le tendiera a Lucas.

Molly abrazó con fuerza al niño y después se lo tendió.

Lucas gritó entusiasmado y Keegan le sentó con delicadeza delante de él. El niño movía los brazos y las piernas emocionado.

Keegan le sonrió a Molly.

—Seguro que él no llega dolorido al final del trayecto. Tiene buenos amortiguadores.

Pero Molly estaba en ese momento ocupada grabando en su recuerdo la imagen de Keegan y Lucas juntos a caballo. Cuando volviera a Los Ángeles, a su antigua vida, sería una imagen dolorosa, pero, paradójicamente, también podría encontrar en ella algún consuelo.

Mientras tanto, Jesse fue a buscar otro caballo; un caballo bayo, ya ensillado y bastante más pequeño que el que montaba Keegan.

Jesse esperó en silencio mientras Molly examinaba al animal, incapaz de disimular sus dudas. También era consciente de que Keegan estaba observándola, con Lucas bien sujeto en su regazo.

—No sé ni cómo montar —admitió Molly.

—Yo te ayudaré —se ofreció Jesse.

Y así lo hizo.

Una vez estuvo a lomos del caballo, Jesse le ajustó con destreza los estribos a ambos lados y Keegan, cuyo caballo estaba pegado al suyo, le enseñó a manejar las riendas.

Devon trotaba sobre un caballo rubio con la crin y la cola de color negro. Maeve, sí, tenía que ser ella, porque Devon le había dicho que montaba muy bien, iba a su lado, a lomos de una yegua blanca.

Devon le dirigió a Molly una sonrisa.

—Quedas muy bien a caballo —alzó la mano para chocarla con la de Molly.

Molly liberó una de las manos con las que se aferraba a las riendas para cumplir con ella.

A su alrededor, todo el mundo iba montado en una suerte de caos organizado. Había risas, muchas de ellas para liberar tensiones.

Keegan, mientras tanto, observaba a Molly en silencio y con lo que podría haber sido, pero seguramente no era, admiración. Lucas permanecía bajo la firme protección del brazo de Keegan, un poco más tranquilo, pero todavía emocionado. Parecía sentirse a salvo y pensar en ello provocó un nudo de nostálgico anhelo en la garganta de Molly.

En cuestión de minutos estaban todos fuera; una auténtica horda de jinetes y caballos levantando un montón de polvo, así era cómo los veía Molly. En realidad, probablemente no fueran más de veinticinco personas, pero todos parecían conocerse entre sí.

La dureza de la silla y la larga distancia no le permitían olvidar ni por un momento que ella era la extraña. La urbanita, como le había dicho Keegan en casa de Psyche, cuando la había animado a aceptar el desafío.

«¿Tienes miedo?».

Molly intentaba adaptarse a la silla y a la situación.

«Gallina», pensó.

Keegan permanecía cerca de ella mientras cabalgaban a un paso afortunadamente lento, en medio del grupo, pero quizá no lo hiciera por ella, sino para que Lucas no la perdiera en ningún momento de vista.

Molly empezó a relajarse... un poco. Vio a Emma, la mujer que llevaba la librería del pueblo, montando al lado de un hombre de pelo oscuro con un cuerpo perfecto; sin lugar a dudas, se trataba de Rance. Jesse y su flamante esposa iban delante de ellos, ambos tan cómodos a lomos de un caballo como si hubieran nacido sobre él. Un joven de unos veinte años cabalgaba junto a ellos sonriente, dejando caer sus piernas sin vida a sendos lados de la silla.

Keegan debió verla observándole, porque, para horror de Molly, que se arrepintió al instante de haberle mirado tan fijamente, se inclinó hacia ella y le aclaró:

—Ése es Mitch, el hermano pequeño de Cheyenne.

Molly se avergonzó de sus propios temores. Si Mitch era capaz de montar, también podía hacerlo ella.

—Parece estar muy contento —comentó.

Keegan asintió.

—¿Y si se cae?

—Jesse no lo permitirá —respondió Keegan—. No se separa de Mitch en ningún momento, pero evita que Mitch se sienta vigilado.

Molly miró con atención; Jesse iba charlando animadamente con Cheyenne, pero estaba en estado de alerta; se notaba en la ligera tensión de sus hombros y en el hecho de que mantenía libre la mano derecha, que llevaba apoyada en la cadera.

—¿Qué problema tiene Mitch? —preguntó Molly, preparándose de antemano para que le contestara que no era asunto suyo.

—Tuvo un accidente cuando era más joven —contestó Keegan.

Molly le vio tensar la mandíbula de forma casi imperceptible.

—Hasta ahora estaba trabajando para McKettrickCo, formaba parte de un programa de capacitación diseñado por Cheyenne. Pero ahora que la compañía ha salido a bolsa, es posible que se quede sin empleo. Y no será el único.

Molly miró a Keegan con atención.

—Pero la nueva junta directiva también necesitará empleados, ¿no?

Keegan asintió, pero permanecía sombrío.

—En realidad lo odias, ¿verdad? —preguntó Molly.

Inmediatamente deseó no haberlo hecho, porque el semblante de Keegan se oscureció y su mirada recuperó su habitual dureza.

—¿Tener que dejar la compañía? Sí, lo odio.

—Pero podrías quedarte, ¿no? —preguntó Molly.

Sabía que se estaba adentrando en un terreno pantanoso, pero no era capaz de detenerse.

Los ojos azules de Keegan brillaron con fiereza.

—No —contestó rotundo.

—¿Por qué no? —se la estaba buscando, pensó Molly arrepentida.

—No sería lo mismo —contestó Keegan, como si estuviera mordiendo cada una de aquellas palabras.

—¿Y eso es necesariamente malo? —«cierra la boca, Molly», se advirtió, «cierra la boca».

—Hablas como Jesse y como Rance —dijo Keegan.

Delante de ellos, el caballo de Mitch pareció asustarse. Jesse lo agarró inmediatamente de las riendas. Evidentemente, si hubiera querido, podría haber pasado de su propia silla a la de Mitch casi a la misma velocidad.

Molly se preguntó qué se sentiría al saberse protegido de ese modo. Qué se sentiría al ser un miembro de un clan como el de los McKettrick, con una larga y apasionante historia y con aquella confianza que parecía inherente a ellos y que habían sabido transmitir a Devon y al resto de los niños.

Y que heredaría también Lucas si Psyche se salía con la suya. Se convertiría en un hombre como Keegan, Jesse y Rance, sería un adulto competente, satisfecho de sí mismo y, probablemente, también muy orgulloso.

Molly se mordió el labio, intentando contener la tristeza que amenazaba con invadirla.

—¿Travis y Sierra están aquí? —preguntó al cabo de un rato.

—Sí, allí.

Keegan señaló a un hombre rubio y a una mujer alta y morena de pelo corto. Entre los dos caballos, uno bayo y otro negro, cabalgaba un niño en un poni.

Molly se concentró en el niño, Liam, se llamaba.

¿Sería un buen hermano para Lucas?

Los ojos se le llenaron de lágrimas, tornando borrosa la visión de los jinetes y los caballos.

Se sobresaltó ligeramente cuando Keegan posó la mano brevemente en su hombro.

Y continuaron cabalgando. El camino ascendía cada vez más empinado entre álamos. Cruzaron otro arroyo, o quizá fuera el mismo, Molly no podía estar segura. Veía frente a ella los pinos, recortados contra un cielo intensamente azul.

Llegaron por fin a la cumbre. Molly vio entonces que otros habían llegado ya en camionetas y habían comenzado a preparar el campamento. Llegaba hasta ella el olor de la leña y la carne a la brasa sazonando el aire fresco. Habían montado también algunas tiendas, aunque no parecían suficientes para acomodar a todo el mundo.

Molly prefirió no preguntarse dónde iba a dormir aquella noche. Al mismo tiempo, una parte de su corazón pareció desplegar sus propias alas, como si estuviera separándose de ella y volando hasta Psyche para poder compartir con ella aquella experiencia.

Habían improvisado un corral con cuerdas al borde del arroyo. Comenzó todo el mundo a desmontar entre risas y a dejar los caballos a cargo de los vaqueros que los estaban esperando.

Cuando le llegó el turno a ella, Molly bajó sola de la silla, movida quizá por el orgullo, pero si no la hubiera sujetado alguien, habría terminado en el suelo.

Se volvió y se encontró frente al rostro sonriente de Sierra McKettrick. Liam, un niño serio y con gafas, permanecía a su lado.

—Tú debes de ser Molly, la amiga de Psyche —dijo Sierra, tras mirar brevemente a Keegan.

Después de que Molly asintiera, y sin ser consciente de que no hacía falta que lo hiciera, se presentó a sí misma.

Aquella mujer, pensó Molly, iba a convertirse en la madre de su hijo.

Esperó un instante, suponiendo que la odiaría con todo su ser, pero aquel sentimiento no llegó. Sierra tenía los ojos de color azul, como Keegan, y transmitía la misma seguridad en sí misma.

Sabía que Lucas estaría bien con ella. Y que ella le adoraría.

Keegan desmontó su caballo, le dio un codazo a Molly y le tendió a Lucas, que estaba empapado.

Sierra sonrió al tiempo que acariciaba al niño con la mirada.

—Hombres —dijo.

—Voy a buscar los pañales y todo lo demás —dijo Keegan, y se alejó de allí.

Sierra y Liam caminaron junto a Molly mientras ésta seguía a Keegan. Molly tenía la sensación de que Sierra tenía ganas de tener a Lucas en brazos, pero ella no estaba preparada para dejárselo, todavía no. Ya lo haría cuando se viera obligada a ello. Al fin y al cabo, Sierra tendría toda la vida para mecerle antes de dormir, contarle cuentos y ponerle tiritas en las rodillas.

De hecho, se aferraba con tanta fuerza a su hijo que Lucas terminó protestando.

Molly le dio un beso en la frente y aflojó la tensión de sus brazos.

Para cuando alcanzaron a Keegan, éste ya había localizado la bolsa de los pañales, además de una manta doblada que Molly no reconoció, unas toallitas y un jabón antiséptico.

Keegan extendió la manta en un lugar a la sombra, fuera del tráfico de gente, y Molly se arrodilló para cambiarle el pañal al niño. Keegan regresó a la camioneta y volvió con un biberón.

Era un hombre extraordinariamente eficiente, pensó Molly.

O, a lo mejor, sencillamente, un buen padre.

Aceptó agradecida el biberón y se lo tendió a Lucas, que lo agarró hambriento con las dos manos, se metió la tetina en la boca y comenzó a beber. Al verle, Molly se olvidó de Sierra, de Liam e incluso de Keegan, hasta que éste se sentó a su lado para observarla mientras ella contemplaba a Lucas.

—Le quieres de verdad —advirtió.

—Claro que le quiero —susurró Molly, a punto de llorar. Cada minuto que pasaba junto a Lucas era un tiempo precioso—. Es mi hijo.

Reparó entonces en que Sierra y Liam ya no estaban allí. Estaban solos Lucas, Keegan y ella, a pesar de lo numeroso de la reunión. Las risas, los caballos sedientos bebiendo en el arroyo y comiendo heno, el fuego de campamento y la carne en las brasas, todo parecía extrañamente distante.

Keegan se levantó, dijo algo sobre que quería ir a ver a Devon y se adentró en aquella otra dimensión, tan cercana y tan lejana al mismo tiempo.

Lucas dejó caer el biberón mientras luchaba contra el sueño.

Molly se tumbó a su lado y se quedó dormida.

Devon y otros muchos niños estaban a varios metros al este del campamento. Había caído ya la noche, estaban devorados de picaduras de mosquitos y agotados mientras continuaban sentados alrededor de la hoguera, tostando nubecitas en las llamas. Keegan sonrió al recordar episodios similares de su infancia, cuando Rance, Jesse y él recorrían el rancho tan libres y salvajes como cualquier grillo del campo.

Regresó a la camioneta, sacó otra manta y se alejó a tapar a Lucas y a Molly, teniendo mucho cuidado de no despertarlos.

Cuando se volvió para marcharse, estuvo a punto de chocar con Meg.

Meg se llevó un dedo a los labios, le agarró del brazo y tiró de él para que se alejaran de allí.

Bajo la sombra de un álamo, Jesse había organizado una partida de póquer en la que estaban participando Rance, Travis y algunos McKettrick de Texas. Cheyenne, Emma y Sierra estaban colocando la comida en las mesas plegables que habían abierto para ese propósito, y hablaban con una fluidez que le hizo recordar a Keegan otros tiempos.

Meg se detuvo al fin en el borde de una roca desde la

que podía contemplarse todo el valle y Keegan se sentó a su lado.

—Estás como si te hubieran dado una paliza en la reunión de esta mañana —comentó Meg.

Encogió las piernas y las rodeó con los brazos a la altura de las rodillas. Iba vestida con una camisa de color azul y unos vaqueros; el pelo, rubio, lo llevaba con un corte que le daba un aspecto artísticamente descuidado.

—Tenía la sensación de que iba a pasar lo que pasó. Pero supongo que, en el fondo, conservaba la esperanza de estar equivocado.

Meg le miró con atención.

—Mi madre dice que es probable que la nueva junta te haga una oferta particularmente atractiva para que te quedes.

Keegan no dijo nada. Había oído rumores al respeto desde el momento en el que se había empezado a hablar de que la empresa cotizaría en bolsa, pero no había tenido ningún interés en ellos.

Meg sonrió y le dio un codazo.

—Hablando de ofertas atractivas —comentó—, la chica a la que acabas de tapar con la manta tampoco está nada mal. ¿Cómo se llama?

—Molly Shields —contestó Keegan secamente—. Como si no lo supieras.

Los ojos de Megan brillaban de diversión, pero aun así, parecían guardar profundos secretos.

—Rance y Jesse ya están haciendo apuestas. Dicen que es la única.

—¿La única qué? —farfulló Keegan.

Megan volvió a darle un codazo, más duro en aquella ocasión.

—La única, sabes perfectamente lo que quiero decir.

—Bueno, espero que no hayas apostado.

Meg cambió entonces de tema.

—Sentí mucho enterarme de lo de Psyche, Keeg —le dijo—. Al parecer, últimamente se te acumulan las desgracias.

Keegan asintió.

—Shelley está en París, buscando casa. Quiere mudarse allí con su novio y meter a Devon en un internado.

—Pero no permitirás que se lleve a Devon a Francia, ¿verdad?

—No estoy seguro de que pueda impedírselo —respondió Keegan al cabo de un rato—. Al fin y al cabo, es la madre de Devon.

—Y tú eres el padre.

Se interrumpió bruscamente y aquellas palabras fueron seguidas por un violento silencio mientras Keegan miraba por encima del hombro para asegurarse de que su hija no podía oírle.

—Por lo que a mí concierne, sí, soy el padre de Devon, pero Shelley se propone algo, Meg. Ya ha intentando quedarse con las cuentas de Devon en un par de ocasiones y en cuanto se entere de los beneficios que va sacar McKettrickCo con esta operación, seguro que querrá su parte. Aunque para ello tenga que utilizar a su propia hija.

—¿Has hablado de esto con Travis?

Keegan negó con la cabeza.

—No concretamente. Hemos hablado de la posibilidad de intentar quedarme con la custodia en un par de ocasiones, pero ya sabes lo que pasará si lo intento. Se desatará un infierno y será Devon la que sufra las consecuencias. Además, tampoco tengo la seguridad de que pueda ganar.

—Siempre podrías ofrecerle a Shelley lo que ella más aprecia —sugirió Meg, frotándose el pulgar con el índice, haciendo referencia al dinero.

—¡Papá! —le llamó Devon nerviosa.

Meg y Keegan se volvieron y la vieron corriendo hacia ellos.

—¡Ha venido el señor Terp! Ha venido conduciendo desde el pueblo porque... porque —se interrumpió jadeante.

Keegan se levantó bruscamente y agarró a su hija por los hombros.

—¿Es Psyche? —preguntó aterrado.

Devon asintió.

—Sí, pero no es... no es lo que piensas —por fin recuperó la respiración—. ¡Ha entrado un hombre en su casa y la señora Washington se ha llevado un susto de muerte! Han tenido que llevarla a la clínica para que le examinaran el corazón. El hombre está en la cárcel y dice que conoce a Molly. La señora Terp está allí, con Psyche, pero no puede quedarse...

Keegan dejó a Devon con Meg y corrió al centro del campamento. Molly estaba ya sentada en el asiento delantero del coche particular de Wyatt Terp, un antiguo coche familiar, con Lucas en el regazo. Wyatt permanecía a cierta distancia, hablando con Rance y con Jesse.

Cuando vio a Keegan, se acercó a él.

—Siento haber interrumpido esta reunión familiar —se disculpó Wyatt—, pero no sabía qué otra cosa hacer.

—Tranquilo, Wyatt —respondió Keegan, volviéndose para mirar a Devon, que prácticamente le estaba pisando los talones—. ¿Quieres quedarte Devon, o prefieres volver al pueblo conmigo?

Devon parecía tener problemas para decidirse. Por supuesto que quería quedarse, era una niña y estaba en medio de una acampada, rodeada de caballos y primos, y había muchas más nubecitas esperando a ser tostadas en el fuego, pero también estaba dispuesta a renunciar a todo ello si su padre así lo quería.

—Yo cuidaré de Devon —se ofreció Meg.

Keegan le dio un beso en la frente a su hija.

—Dime qué te apetece hacer.

—Yo prefiero quedarme.

Keegan volvió a besarla.

—De acuerdo —dijo, y se dirigió hacia el vehículo de Wyatt.

El trayecto de regreso al pueblo no fue fácil, puesto que no había una verdadera carretera, y para cuando llegaron a casa de Rance, donde Keegan había dejado el Jaguar, Molly estaba tan cansada como si hubiera llegado corriendo detrás del coche.

Estaba tan nerviosa que apenas podía sentar a Lucas en la sillita y al final Keegan tuvo que invitarla a apartarse para hacerlo él mismo. Wyatt, que había cumplido ya con su deber, se dirigió de nuevo al pueblo.

Molly se sentó en el asiento de pasajeros y fijó la mirada en la ventana.

Keegan se sentó tras el volante, encendió el motor y estuvo comiéndose el polvo que levantaba el coche de Wyatt hasta que llegaron a los límites del pueblo.

Molly no dijo una sola palabra durante el trayecto, y tampoco Keegan habló, por lo menos para dirigirse a ella, porque sí llamó a la clínica, donde le dijeron que habían suministrado a Florence medicación y una enfermera la había llevado de vuelta a casa. Aun así, todavía estaba en estado de shock y necesitaba descanso, de modo que no podría hacerse cargo de Psyche.

Cuando pasaron por delante de la comisaría, Keegan aminoró la marcha.

—No pares —le dijo Molly.

Wyatt les había puesto al corriente de todo lo ocurrido durante el trayecto hasta la casa de Rance. Molly no había hecho ningún comentario al respecto, ni siquiera cuando había salido a relucir su nombre en relación con aquel estúpido que había terminado encerrado acusado de allanamiento de morada.

—¿Quieres decirme quién es ese tipo? —preguntó Keegan por fin.

Intentaba mantener la calma, pero por dentro estaba bullendo de furia. Por un momento, había llegado a compadecer realmente a Molly, a la que casi había llegado a considerar una persona sincera.

Keegan apretó los dientes. En cuanto Keegan aparcó enfrente de la casa de Psyche, se volvió hacia Lucas. Molly tenía ya el niño en brazos, pero Keegan se lo arrebató.

Molly siguió a Keegan en silencio por el camino de la entrada.

Keegan intentó abrir la puerta, pero la encontró cerrada.

Molly le dirigió entonces una mirada triunfante, sacó una llave del bolsillo de los pantalones y abrió.

Keegan entró con paso firme en la casa y dejó a Lucas en el parque que había en la cocina.

Psyche estaba en la galería, en la cama que allí le habían instalado. En cuanto vio a Keegan, le tendió los brazos.

—Menos mal que has venido.

Keegan le permitió abrazarse a él hasta que se tranquilizó y se recostó de nuevo sobre los almohadones.

—¿Dónde está Florence? —preguntó Molly.

—En su dormitorio —contestó Psyche—, se ha llevado un buen susto.

—¿Qué ha pasado? —quiso saber Keegan.

Había oído ya la versión de Wyatt, pero estaba interesado en conocer la de Psyche.

—Florence estaba en el tercer piso, pasando la aspiradora a las alfombras —le contó Psyche—. Ha oído un ruido y le ha parecido que procedía de la habitación de Molly, así que ha ido a investigar —se interrumpió, posó la mano en su pecho y tomó aire con dificultad—. Allí ha encontrado a un hombre con un pasamontañas, registrando los cajones del escritorio y de la cómoda. Florence se ha puesto a gritar y ha bajado los tres pisos a toda velocidad, ha venido a contarme lo que estaba pasando y se ha desmayado. Gracias a Dios, yo acababa de estar hablando por teléfono y lo tenía todavía cerca. He llamado a la policía y ha venido Wyatt, pero yo tenía la sensación de que no iba a llegar nunca. Y tenía a Florence gimiendo en el suelo y ese horrible intruso estaba en algún lugar de la casa...

Keegan le sirvió agua de la botella que tenía al lado de la cama y le acercó el vaso a los labios para que pudiera beber unos cuantos tragos.

—Según lo que ha dicho el ayudante de Wyatt —continuó Psyche cuando terminó con el agua–, el intruso ha dicho que Molly podría explicarlo todo.

Keegan fulminó a Molly con la mirada.

Molly se sonrojó y cuadró los hombros.

–¿Molly? –la urgió Psyche. Parecía confundida y asustada.

–Se llama Davis Jerritt –dijo Molly–, y es un escritor famoso.

–Dave –decía Molly una hora después, delante de la celda en la que estaba encerrado su cliente–, esta vez has ido demasiado lejos.

Keegan miraba a aquel delincuente con aparente satisfacción.

Era un hombre alto, delgado, con el pelo de color rojizo que salía disparado en todas direcciones. En aquel momento, paseaba nervioso por el escaso espacio del que disponía tras los barrotes. Evidentemente, se trataba de un loco.

–Estoy trabajando en un nuevo personaje –explicó entusiasmado–. Y ahora que estoy en la cárcel...

–Dave –le interrumpió Molly–, no estás en la cárcel. Estás en un calabozo, en Indian Rock, Arizona. Haz el favor de volver a la realidad. Estás arrestado, y ésta no es una escena de uno de tus libros. Esto es real, Dave. Te has metido en casa de una persona y, créeme, también en un buen lío.

Dave encogió sus escuálidos hombros y por fin pareció fijarse en la presencia imponente de Keegan, que se cernía sobre ellos como una nube de tormenta. Molly esperaba que Keegan se quedara con Psyche, pero cuando Florence había estado suficientemente repuesta como para hacerse cargo de ella, había decidido llevar a Molly a comisaría.

–¿Quién es este hombre? –preguntó Dave sinceramente interesado.

—Keegan McKettrick —respondió Molly, molesta con aquella distracción.

—Un admirador, supongo —dijo Dave complacido.

—Pues la verdad es que no —le aclaró Molly—. De hecho, si no fuera por esos barrotes, ahora mismo te agarraría del cuello e intentaría estrangularte.

—Ese tipo de cosas ocurren constantemente en prisión —dijo Dave comprensivo.

Molly elevó los ojos al cielo.

—¿Cuándo has tomado por última vez la medicación? —le preguntó.

—No hay suficientes drogas en el planeta como para hacer volver a este tipo a la tierra —farfulló Keegan.

—Cierra la boca —le ordenó Molly.

Inmediatamente se recordó que Keegan no era uno de sus clientes.

—El martes —contestó Dave. Le dirigió a Keegan una mirada suplicante—. Estaba investigando para mi nuevo libro. El protagonista es un psicópata, un acosador, y necesitaba saber cómo se sentía.

—Qué cantidad de tonterías —musitó Keegan maravillado.

Molly giró sobre sus talones y salió a buscar a Wyatt. Le encontró junto al dispensador de agua, con la mirada fija en un vaso.

—Dave necesita ir inmediatamente al hospital —le advirtió.

—¿Al hospital? —repitió Wyatt confundido.

—Es bipolar y no ha tomado su medicación desde el martes. Lo que nadie puede decir con precisión es desde qué martes...

—¿Tú te ganas la vida de esta forma? —quiso saber Keegan.

—Es complicado —contestó Molly—. ¿No deberías volver con Psyche?

—Ahora está bien —replicó Keegan—. Florence está con ella. Y no me puedo creer que hagas esto por un diez por ciento de la cantidad de dinero que sea.

—Un quince por ciento —le corrigió Molly—. Me llevo un quince por ciento, y un quince por ciento de lo que Davis Jerritt gana puede ser mucho dinero.

—Voy a llamar a la ambulancia —anunció Wyatt.

—Buena idea —respondió Molly, miró el reloj—. Y diles que le aten.

—¿Vas a ir a Flagstaff con él? —preguntó Keegan.

—No —contestó Molly—. Está despedido.

Y sin más, se dirigió a la puerta de la entrada y salió furiosa a enfrentarse a la noche.

Keegan no tardó en alcanzarla.

—Y yo que pensaba que mi trabajo era una locura —comentó.

Molly se detuvo y se irguió indignada sobre sí misma.

—La mayor parte de mis clientes son profesionales perfectamente cuerdos.

—Sí, claro —contestó Keegan. Maldita fuera, estaba disfrutando terriblemente de la situación—. Florence me habló de un tipo que vino a Indian Rock para despedirte por décima vez. Creo que se ha enamorado de su chófer.

Molly comenzó a reír a carcajadas. Suponía que era una reacción debida al nerviosismo.

—Vamos —la urgió Keegan, haciéndole dirigirse hacia su coche—. Te llevaré a tu casa.

—¿Y dónde se supone que es eso?

Keegan la dejó en el asiento de pasajeros e incluso se inclinó para ayudarla a atarse el cinturón de seguridad.

—Como no voy a ir ahora hasta Los Ángeles, supongo que te llevaré otra vez a casa de Psyche.

Era increíble, pensó Molly, cómo una persona podía estar riendo un momento y llorando al siguiente.

Keegan exhaló un suspiro.

—Muy bien —dijo.

—¿Muy bien? —preguntó Molly—. ¿Qué se supone que significa eso?

Keegan rodeó el coche, abrió la puerta de pasajeros y se sentó tras el volante.

—«Muy bien» significa muy bien —contestó— Y deja de intentar fingir que no estás llorando.

Molly sorbió por la nariz.

—No estoy llorando.

—Tonterías —respondió Keegan.

Molly esperaba que se dirigiera directamente a casa de Psyche, pero no lo hizo. Giró en la autopista y condujo el coche hasta un lugar llamado Roadhouse.

—Tienes hambre —le aclaró a Molly cuando ésta le dirigió una mirada interrogante.

—No, no tengo hambre —mintió ella.

—Bueno, pues yo sí.

Salió del coche, cerró la puerta y rodeó el vehículo para abrir la de Molly.

—Puedes quedarte aquí sentada muriéndote de hambre —dijo al ver que no se movía—. Pero sería una estupidez y, créeme, de esa forma no vas a evitar que me coma una hamburguesa doble con queso e ingredientes extra.

—Pero Lucas...

—Lucas está perfectamente.

Molly se desató el cinturón de seguridad y salió del coche. Keegan posó una mano en su espalda y la condujo hasta la entrada del restaurante.

—Lo siento, Keegan —musitó.

En realidad, no quería decir nada parecido. Tenía que dejar de permitir que le tendieran emboscadas como aquélla.

Una camarera los condujo hacia una mesa situada en una esquina. Keegan no apartó la mirada de la espalda de Molly. Y tampoco contestó, por cierto.

—Siento lo de Dave —le aclaró Molly—. Florence se ha llevado un susto terrible, y Psyche también. Y tú has tenido que perderte la acampada.

Keegan abrió la carta y la estudió como si en realidad no hubiera decidido ya lo que quería.

Por alguna razón, a Molly le resultaba insoportable su silencio.

—Di algo —le pidió.

—Realmente, necesitas abrirte camino en otra profesión.

De pronto, Molly sintió que los ojos volvían a llenársele de lágrimas.

—La verdad es que creía haber emprendido ya una nueva carrera —contestó—. Iba a convertirme en la madre de mi hijo.

Keegan cerró la carta.

La camarera llegó en aquel momento y Keegan pidió por los dos sin apartar la mirada de Molly.

—Esta noche me quedaré en casa de Psyche —anunció en cuanto la camarera se fue—, sólo por si acaso se le ocurre aparecer a alguno de tus clientes.

CAPÍTULO 11

Psyche, Lucas y Florence estaban profundamente dormidos en la galería cuando Keegan y Molly volvieron a la casa. Psyche en la cama, Florence en una silla y Lucas en el parque.

Aquella visión tuvo un efecto extraño en Keegan: eran como una pequeña banda de valientes, perdidos en un lugar desconocido y lleno de incertidumbres, y unidos para darse seguridad.

Molly se acercó a Lucas, seguramente con intención de llevarlo a la cuna, pero Keegan la agarró del brazo y la detuvo. Cuando Molly le miró con expresión interrogante y recelosa al mismo tiempo, sacudió la cabeza. Se llevó un dedo a los labios para pedirle que permaneciera en silencio y se dirigió a la cocina.

Molly le siguió y en cuanto estuvo allí, Keegan cerró la puerta corredera, intentando hacer el menor ruido posible.

–Siéntate –le pidió a Molly, que parecía ya a punto de rebelarse.

Molly se encogió de hombros, se acercó a la mesa y se sentó.

–¿Qué pasa? –preguntó irritada.

Evidentemente, los saludables efectos de la doble hamburguesa acompañada de todo tipo de ingredientes estaba comenzando a pasarse.

Keegan se sentó enfrente de ella. Vaciló un instante.

—Esto que voy a decirte te va a parecer una locura.

Molly se inclinó hacia delante y frunció ligeramente el ceño, desafiándole prácticamente a decir cualquier cosa en la que pudiera discrepar. Esperó en silencio.

—No sólo es que parezca una locura, sino que lo es —continuó diciendo Keegan.

Molly respondió con una sonrisa completamente inesperada.

—No creo que pueda ser peor que lo que Davis Jerritt ha hecho esta noche. En términos de locura, quiero decir.

Keegan no estaba tan seguro. Tomó aire y lo soltó lentamente.

—Podríamos casarnos.

La sonrisa de Molly desapareció. Volvió a mirarle con recelo.

—¿Esto es alguna clase de broma? —preguntó—. Porque no tiene ninguna gracia.

—No, no es una broma —contestó Keegan—. A lo mejor debería serlo, pero no lo es.

—¿Tú? —Molly le señaló con el dedo—. ¿Y yo? —se señaló después a sí misma.

—No veo a nadie más por aquí —respondió—. Sí, tú y yo.

—Pero...

Keegan fue testigo del instante en el que Molly comprendió lo que le estaba diciendo. De niña, seguramente había sido muy guapa. Como mujer, era bella hasta con los ojos hinchados después de haber llorado.

—Eso es lo que Psyche quiere —contestó—. Y podríamos criar juntos a Lucas.

Se interrumpió, como si de pronto se sintiera incómodo, y se aclaró la garganta.

—Por supuesto, no tendríamos relaciones sexuales ni nada parecido.

Molly se reclinó en la silla, cruzó los brazos en un movimiento reflejo y casi inmediatamente los dejó caer a ambos lados de su cuerpo.

—Por supuesto que no —se mostró de acuerdo, pero parecía escéptica—. ¿Por qué haces esto, Keegan?

—Por Lucas.

—Tú y yo no nos llevamos muy bien —le recordó.

Como si hiciera alguna falta.

—Eso no tiene por qué ser un problema.

—¿Que no tiene por qué ser un problema? ¿Cómo puedes decir eso? Psyche quiere que Lucas tenga una familia. Supongo que tiene la fantasía de que nos enamoremos y vivamos para siempre felices, pero tanto tú como yo sabemos que eso no va a ocurrir.

—Podemos acordar vivir bajo el mismo techo. Después, tú puedes hacer tu vida y yo la mía. Es posible que no nos queramos, pero los dos queremos a Lucas.

—¿Y qué clase de vida estaríamos ofreciéndole? —preguntó Molly—. Además, es posible que a ti no te importe pasar el resto de tu vida sin disfrutar del sexo, pero yo no estoy dispuesta a dar ese paso todavía. Entre otras cosas, porque me gustaría tener más hijos.

—De acuerdo —contestó Keegan en un gesto de generosidad—. Si quieres tener relaciones sexuales, adelante.

Molly abrió los ojos como platos.

—Caramba, gracias —respondió.

Keegan sacudió la cabeza.

—Me estás malinterpretando deliberadamente.

—Me temo que te entiendo demasiado bien —replicó Molly—. ¿Pero qué ocurrirá si uno de nosotros se enamora de una tercera persona? Tendríamos que divorciarnos y eso es lo último que Psyche quiere para Lucas. Y yo tampoco lo quiero.

—Confía en mí, no voy a enamorarme de nadie. Ya he pasado por eso —le garantizó Keegan.

—Bueno, pues yo nunca he estado enamorada... —se interrumpió de pronto y se sonrojó.

—¿Ni siquiera de Thayer? —preguntó Keegan con recelo.

Sabía que se estaba adentrando en un campo minado y tenía que ir muy poco a poco.

—Eso no fue amor —respondió Molly—. Ni siquiera fue lujuria.

—¿Qué fue entonces?

—Estupidez —contestó sonrojada.

—Mira, si el sexo es algo tan importante para ti, podríamos hacer una prueba.

Molly abrió la boca para decir algo, pero la volvió a cerrar. Tomó aire por la nariz y lo soltó lentamente.

—¿Una prueba? He conocido a algunos hombres miserables en mi vida, Keegan McKettrick, pero tú les ganas a todos.

—¿Cómo puedes estar segura de que no te gustaría? —le preguntó.

Estaba ya tan metido en harina que lo único que podía hacer era seguir avanzando y rezar para no tropezar con ninguna mina, figurativamente hablando.

Molly parpadeó.

—¿Cómo puedes ser tan arrogante y...?

Keegan alzó la mano para interrumpirla.

—Molly, te estoy ofreciendo que elijas entre volver a Los Ángeles con las manos vacías o quedarte aquí a criar a tu hijo. Piensa en ello. Una liga de baloncesto para los niños. Excursiones a caballo, un colegio pequeño... La clase de cosas que Psyche quiere para Lucas.

—Si aceptara... ¿dónde viviríamos?

—Por supuesto, en el Triple M. Este mausoleo no es un lugar adecuado para que crezca un niño.

—¿Crees que Psyche estaría de acuerdo? Ésta es la casa de su familia, y una de las condiciones para la adopción era que Lucas viviera aquí.

Se interrumpió y tragó saliva. Bajo la camiseta, se le habían endurecido los pezones de manera visible. Aunque, por supuesto, Keegan no estaba mirándole los senos. Por lo menos, no estaba fijándose en exceso.

—Además, estoy segura de que sospecharía que no es un matrimonio verdadero.

—Está convencida de que terminaremos enamorándonos antes o después. Y lo que pase entre nosotros no va a hacerle ningún daño.

Molly se mordió el labio.

—No, pero puede hacérselo a Lucas.

—Si nos comportamos como dos personas civilizadas, no tiene por qué.

—Esta idea es una auténtica locura. ¿Te la ha sugerido Dave Jerrit?

Keegan ignoró su sarcasmo.

—Te estoy haciendo una oferta, Molly: lo tomas o lo dejas. Psyche ha dejado muy claras sus condiciones.

Molly quería mostrarse de acuerdo, Keegan era consciente de ello.

Y también era consciente de cómo presionaban sus pezones la tela de la camiseta.

—No confías en mí —razonó Molly—. ¿Por qué quieres casarte conmigo?

—No quiero casarme contigo. Quieres criar a Lucas, y yo también. Así que suma dos y dos y...

—Pero es un riesgo tremendo.

—Siempre hay riesgo, tremendo o como sea.

Molly se levantó de pronto, cruzó la habitación y abrió la puerta corredera para ver a Lucas. Al parecer, continuaba profundamente dormido, porque volvió a cerrarla muy despacio y se volvió hacia Keegan.

—Quiero probar —dijo.

Keegan se quedó tan estupefacto que no fue capaz de responder.

Molly sonrió.

—¿Qué pasa, McKettrick? ¿Eres un gallina?

—Molly, no podemos...

—¿Por qué no? No podemos limitarnos a casarnos y a

criar un niño juntos. No voy a seguir adelante hasta que no sepa lo que puedes ofrecerme, vaquero.

Keegan sintió un intenso calor en su interior: en parte provocado por la indignación y en parte porque cada célula de su cuerpo estaba gritando su entusiasmo.

—¿Estás tomando la píldora? —le preguntó.

Molly negó con la cabeza.

—No, no tengo ningún motivo para tomarla. Ahora mismo no estoy saliendo con nadie.

¿Qué significaba «ahora mismo»?, se preguntó Keegan. ¿Habría otro hombre casado en Los Ángeles?

—No he traído...

—Pareces incapaz de terminar una frase —señaló Molly. Era evidente que estaba disfrutando del hecho de que se hubieran girado las tornas durante la conversación—. Si ibas a decir que no has traído preservativos, no te preocupes, tampoco quiero que te lo pongas.

—¿Por qué...? —Keegan se vio obligado a interrumpirse y tragó saliva—. ¿Por qué no?

—Porque no me importaría quedarme embarazada —contestó—. Ya sé que es imposible sustituir a Lucas, por muchos hijos que tenga, pero si al final todo este asunto termina estallándonos en pleno rostro y Psyche decide entregar a Lucas A Travis y a Sierra, podría volver a California con algo más que un corazón roto.

Keegan arrastró su silla lentamente hacia atrás y se levantó.

—Tu razonamiento sólo tiene un pequeño fallo. Si hiciéramos el amor y te quedaras embarazada, el hijo sería tan tuyo como mío y yo no iba a dejar que desaparecieras con mi hijo.

—En el caso de que te enteraras de que tienes un hijo —replicó Molly.

Vaya, así que le gustaba negociar, pensó Keegan. Probablemente era muy buena en su trabajo. Pero estaba olvidándose de algo importante. A él tampoco se le daban mal los negocios.

—Me enteraría, Molly.

Por la expresión de Molly, comprendió que ésta le creía.

Molly alzó desafiante la barbilla.

—Está bien.

Salió de la cocina y se dirigió hacia el comedor.

Keegan la siguió preguntándose en qué demonios se estaba metiendo. Y, sobre todo, en qué demonios estaba metiendo a Devon y a Lucas.

Desde el comedor accedieron al vestíbulo de la entrada.

Molly llamó al ascensor con un brillo desafiante en la mirada. Y había también algo más en sus ojos: seguramente creía que iba a arrepentirse.

Pero Keegan tenía noticias para ella: no iba a dar marcha atrás.

Llegó el ascensor y se metieron los dos guardando la máxima distancia entre ellos que aquel reducido espacio les permitía sin que tuvieran que pegarse contra las paredes.

Keegan presionó el botón del tercer piso.

El ascensor se puso en movimiento con un tumbo.

Poco después se detuvo.

Keegan abrió las dos puertas del ascensor.

Molly le miraba con los ojos abiertos como platos. Al parecer, estaba comenzando a ser consciente de que Keegan estaba a punto de ponerla en evidencia. Por supuesto, Molly siempre podía cambiar de opinión; no hacía falta decir que Keegan no iba a forzarla a hacer nada, pero tenía la sensación de que el orgullo no le permitiría a Molly dar marcha atrás. Y como había sido ella la que había dicho que quería hacer una prueba, también tendría que ser ella la que pusiera fin a aquella situación.

Molly permaneció en el interior del ascensor durante unos segundos, después pasó por delante de él, salió al pasillo, llegó a la puerta de su dormitorio y la abrió. Por supuesto, podía cerrársela en las narices, y no iba a ser él el que intentara derrumbarla.

Esperó fascinado y, no podía negarlo, también excitado como un adolescente.

Molly dejó la puerta abierta.

Keegan sonrió para sí y la siguió hasta el umbral. Una vez allí, esperó algún gesto por parte de Molly que le invitara a entrar.

Molly se quitó la camiseta por encima de la cabeza y la tiró a un lado. Llevaba un sujetador rosa de encaje, una delicada telaraña de hilo con tan poca tela como la brisa. Keegan no podía estar seguro, puesto que la única iluminación con la que contaban era la de la luz de la luna, pero le pareció distinguir un cierre delantero. Eso significaba que con un solo movimiento del pulgar podría sentir sus pechos cálidos y deliciosamente naturales en sus manos.

Keegan entró en el dormitorio, cerró la puerta y se quitó la camisa.

Molly esperó un instante y se quitó las botas.

Sonriendo en medio de la oscuridad, Keegan la imitó. Maldita fuera, pero estaba deseando que fuera el sujetador la siguiente prenda en desaparecer, e incluso contemplaba la perspectiva de ser él el que se lo quitara personalmente.

Molly se desabrochó los pantalones, se los bajó moviendo las caderas y los echó a un lado. Bajo la luz de la luna parecían de plata. Llevaba unas bragas minúsculas y rosas, como el sujetador.

A esas alturas, Keegan estaba tan excitado que el deseo se transformaba en dolor. Se desabrochó el cinturón y después los vaqueros. Y disfrutó al ver la expresión de sorpresa de Molly, visible incluso con aquella tenue luz, al darse cuenta de que no llevaba nada debajo.

Él estaba desnudo.

Ella todavía llevaba las bragas y el sujetador.

Sabía que le tocaba a ella hacer el siguiente movimiento y si una cosa podía decirse de Molly, era que siempre había tenido un espíritu deportivo. Hundió los pulgares bajo el elástico de las bragas, las bajó y se las quitó.

Keegan se acercó a ella, no porque tuviera alguna intención concreta, sino, sobre todo, porque era incapaz de no hacerlo. Enmarcó el rostro de Molly con las manos, inclinó la cabeza, y la besó.

Abrasó los labios de Molly con los suyos y con la lengua, una lengua que, a juzgar por el cariz que estaba tomando aquel beso, sabía perfectamente cómo usar.

Bastó una de las muchas posibilidades que se le ocurrían para que a Molly se le doblaran las rodillas, y podría haber llegado a perder el equilibrio si Keegan no hubiera posado sus fuertes manos sobre sus caderas desnudas y la hubiera alzado sin dejar de besarla.

Molly había lanzado un desafío en la cocina, y había vuelto a lanzarlo cuando Keegan se había detenido en el umbral de la puerta segundos antes. Esperaba entonces que retrocediera y le había sorprendido que no lo hiciera.

Keegan interrumpió el beso y se apartó ligeramente de ella. Con una agilidad de experto que a Molly le resultó tan irritante como excitante, le quitó el sujetador. En cuanto liberó sus senos, los sostuvo delicadamente entre sus manos y rozó los pezones ya endurecidos, como él mismo había notado en la cocina, con los pulgares.

Molly, que no había vuelto a estar con un hombre desde su aventura con Thayer, mucho antes de que Lucas naciera, echó la cabeza hacia atrás y gimió mientras Keegan la acariciaba. Podría haberse dicho a sí misma que cualquier hombre habría tenido el mismo efecto en ella, que todo era producto del deseo, pero sabía que no era cierto.

Le gustara o no, Keegan McKettrick era el único capaz de afectarla de aquella manera.

Keegan saboreó sus pezones.

Molly jadeó y hundió las manos en su pelo, no para apartarle, sino para estrecharlo contra ella. Sabía que se iba a arrepentir de aquello, estaba convencida, pero hasta que llegara aquel momento, quería entregarse a cada sensación.

Keegan la tumbó en la cama todavía sin hacer y se

tumbó a su lado, ágil y elegante, acercando a ella su cuerpo cálido y fuerte.

Se colocó encima de ella y Molly suspiró aliviada.

Iba a hacer el amor con ella.

No tardaría en recuperar la razón.

Keegan tomó las muñecas de Molly con una sola mano, se las levantó por encima de la cabeza y las apoyó sobre la almohada. Volvió a besarla lentamente y con una intimidad embriagadora.

«Tómame», le suplicaba Molly en silencio. Era demasiado orgullosa para pronunciar aquellas palabras en voz alta.

Pero Keegan no lo hacía. Comenzó a descender por su cuerpo sin soltarle las muñecas; le mordisqueó el cuello, la parte superior de los senos y, al final, succionó un pezón.

Molly gimió en voz alta y Keegan rió; el sonido de su risa era la seducción en sí misma y le bastó oírla para que algo se derritiera en su interior.

Keegan se dedicó concienzudamente al otro seno y guió las manos de Molly hasta el cabecero de la cama.

—Espero que seas capaz de aguantar, Molly Shields —musitó.

Más adelante ya pensaría Molly en su arrogancia. Y en su audacia.

Oh, Dios.

Le estaba besando el vientre y abriéndole las piernas con la rodilla.

Pero no, eso no iba a ocurrir. No podía estar a punto de...

Pues sí.

Descendió sobre Molly y buscó el clítoris con la boca, sin ninguna clase de vacilación.

Molly arqueó la espalda y soltó un suspiro estrangulado.

Keegan se recreó en ella, la lamió, la hizo colocar las rodillas sobre sus hombros y la devoró alternando una voracidad salvaje con una torturadora lentitud, hasta que Molly terminó suplicando y con el cuerpo empapado de sudor. Quería sentir a Keegan dentro de ella, quería que lo que estaba ocurriendo en aquel momento se prolongara eternamente.

Estaba al borde del clímax, todo en su interior estaba en tensión, a punto de explotar, pero Keegan la hizo esperar. Continuó excitándola, la llevó del nuevo hasta el límite y volvió a retirarse para besar sus muslos.

–Oh, Keegan –gimió ella.
–¿Qué? –musitó él.
–Hazlo. Por favor, ¡hazlo ya!
–¿Qué quieres que haga?
–Déjame llegar al orgasmo...
–Ummm –dijo, casi pensativo.

Y volvió a apoderarse de su sexo con los labios.

Molly soltó entonces el cabecero de la cama para enterrar las manos en su pelo, dispuesta a no dejarle marchar.

El orgasmo fue brutal, como una norme colisión, fogosa y feroz. Pareció ceder ligeramente y volvió después a atraparla para lanzarla a un lugar invisible en las alturas, un lugar en el que apenas podía respirar. Keegan la arrastró en aquella locura una y otra vez y cuando al final le bajó las piernas, Molly no era capaz de sentir nada que no fuera el eco de su liberación.

Sintió entonces la enorme erección de Keegan contra ella.

En realidad, Molly ya estaba completamente satisfecha, o, por lo menos, eso pensaba. Aquella parte sería para él; ella le seguiría el juego, fingiría incluso si tenía que hacerlo.

Keegan se hundió entonces en ella y bastó su primera embestida para que Molly comprendiera que no habría necesidad de fingir, porque estaba a punto de llegar un segundo orgasmo.

Y si creía haber llegado antes a la cumbre del placer, se había equivocado.

Cerró las piernas alrededor de la cintura de Keegan y alzó las caderas para poder recibir todo lo que él quería darle y entregarle a cambio todo lo que ella podía ofrecerle.

Keegan, apoyándose sobre sus propias manos, se hundió más profundamente en ella.

Tras varios minutos de locura, alcanzaron juntos el orgasmo con un grito atragantado que podría haber salido de la garganta de cualquiera de ellos, y que probablemente había salido de la de ambos. Keegan echó la cabeza hacia atrás y Molly sollozó y hundió las manos en la espalda de Keegan, por miedo a que la abandonara demasiado pronto.

Pero no fue así.

Molly descendió de las cumbres del placer con un orgasmo tan dulce e intenso que gemía con cada una de sus palpitaciones. Y Keegan permaneció en todo momento junto a ella, todavía erecto y hundiéndose con firmeza en su interior.

Cuando todo terminó, se tumbó a su lado, de espaldas y jadeante. Con un solo movimiento, colocó a Molly sobre él y la cubrió con la sábana sin dejar de abrazarla.

Pasó mucho tiempo antes de que alguno de ellos hablara. De hecho, Molly hasta creía haber dormido a intervalos. Había perdido por completo el sentido del tiempo.

Keegan le acarició la espalda, le presionó ligeramente el trasero y le hizo alzar la cabeza para besarla.

Estaba volviendo a excitarse; Molly notaba su erección bajo su vientre.

—Keegan —susurró—, no creo que pueda...

Keegan la invitó a sentarse a horcajadas sobre él y la penetró con una potente embestida. Al segundo movimiento, Molly ya estaba temblando. Bastó una tercera embestida para hacerla gemir.

Con la cuarta, volvió a llegar al orgasmo.

A partir de entonces, perdió la cuenta de las embestidas y de los orgasmos.

Keegan continuó abrazado a Molly hasta que estuvo seguro de que estaba dormida. Después, se levantó de la cama con una sonrisa, se puso los vaqueros y salió del dormitorio. Estaba ya amaneciendo y quería llevar a Lucas a la cuna para que Molly no se preocupara al despertarse.

Pero Lucas ya estaba despierto y vestido, jugando animado en el parque de la cocina. También estaba Florence en la cocina, removiendo algo en el fuego. Miró a Keegan de reojo.

–Vaya, vaya, señor Keegan McKettrick. Parece que no hemos tenido tiempo de terminar de vestirnos.

Keegan no salió disparado, aunque, por su puesto, si hubiera sabido que Florence estaba allí, no se le habría ocurrido entrar en la cocina con los vaqueros desabrochados.

–¿Cómo está Psyche? –preguntó.

–Todavía está durmiendo –contestó Florence.

Lucas se puso de puntillas en el parque y le tendió los brazos.

Mientras lo levantaba, algo ocurrió en el corazón de Keegan. Sin decirle a Florence una sola palabra, se volvió y subió de nuevo al tercer piso, como desde el principio pretendía.

Encontró a Molly sentada en la cama, con las mejillas sonrojadas y el pelo revuelto. Lucas comenzó a tensarse inmediatamente en sus brazos para poder acercarse a ella.

Keegan le tendió al niño, abrumado de pronto por todo lo que había ocurrido.

Agarró la camisa, los calcetines y las botas.

–La ducha está ahí –le indicó Molly, señalando hacia la puerta.

Su expresión apenas revelaba lo que estaba pensando, pero el brillo de sus ojos era suficientemente elocuente.

La prueba había sido un éxito.

La pregunta era, ¿qué camino tomar a partir de ahí?

Veinte minutos después, Keegan salía del baño de Molly, sintiéndose incómodo con la ropa del día anterior. Aliviado y desilusionado al mismo tiempo, descubrió que Molly se había ido y, por supuesto, también el niño.

Llamó a la puerta de la habitación del niño, donde había visto antes la cuna, pero también estaba vacía aquella habitación. Inmediatamente, procedió a ponerse las botas.

Encontró a Molly en la cocina, hablando con Florence mientras tomaba un café y de vez en cuando le metía a Lucas una cucharada de cereales en la boca.

Keegan la observó desde el marco de la puerta, sin atreverse a entrar.

Se había puesto unos pantalones cortos de lino blanco y una camiseta de tirantes de color verde. La melena la llevaba recogida y sujeta detrás de la cabeza. Keegan se preguntó si debería haberle advertido que Florence sabía que habían dormido juntos; porque, por supuesto, el ama de llaves era suficientemente inteligente como para haberse dado cuenta desde el instante en el que le había visto entrar en la cocina.

Molly, que parecía animada, descansada, y resplandecía de satisfacción, volvió de pronto la cabeza, como si hubiera advertido su presencia, y le descubrió en la puerta.

La cucharada de cereales se quedó paralizada en el aire.

«Maldita sea», pensó Keegan, «ya se está arrepintiendo».

No sabía qué hacer, pero no encontraba una forma elegante de retirarse.

—¿Cómo está Psyche? —le preguntó a Florence por segunda vez aquella mañana.

Molly frunció ligeramente el ceño y continuó dándole el desayuno a Lucas.

—Puedes ir a verlo por ti mismo —contestó Florence.

—¿Quieres que se lo diga? —preguntó entonces Keegan, dirigiéndose a Molly.

Molly se volvió de nuevo hacia él con las mejillas rojas como la grana.

—Me refiero a lo del matrimonio —le aclaró Keegan irritado.

¡Como si fuera capaz de salir a la galería y decirle a Psyche que había pasado la noche con Molly!

Molly frunció el ceño y asintió. Dejó de dar el desayuno a Lucas, que, en realidad, había perdido todo el interés en la comida, y dejó la cucharilla en el cuenco de cereales con un gesto brusco.

Keegan se preguntó, aunque era una pregunta absurda en aquel momento, cuándo se habría duchado. Si hubiera compartido la ducha con él, lo habría notado. De hecho, seguramente todavía estarían allí.

Molly le siguió, pero antes se limpió las palmas de las manos en los pantalones con un gesto nervioso suficientemente elocuente.

Intentando provocarla un poco, Keegan decidió tomar el camino más fácil y asumir una actitud digna y circunspecta. No señor, claro que no, no iba a ser él el que le dijera a Molly la próxima vez que se quedaran a solas que todavía podía sentir la caricia de la piel de sus muslos alrededor de su rostro.

Psyche parecía haberse recuperado de una forma casi milagrosa: tenía los ojos brillantes y las mejillas sonrosadas y estaba sentada en la cama con un libro en el regazo.

—Buenos días —los saludó sonriente.

Molly musitó una respuesta. Keegan no dijo nada.

Psyche arqueó entonces una ceja.

—Habéis tomado una decisión —concluyó.

—Sí —contestó Keegan.

Molly le dio un codazo.

—Dile lo que hemos decidido.

Keegan no pudo resistir las ganas de aguijonearla un poco.

—¿Te refieres a lo de anoche?

Molly le miró con los ojos entrecerrados. Keegan imaginó entonces que, en determinadas circunstancias, podía llegar a ser una mujer peligrosa.

—Molly y yo vamos a casarnos —anunció.

Florence debía estar escuchando a escondidas, porque se oyó un pequeño estruendo en la cocina; algo acababa de caerse al suelo, probablemente una sartén.

Inmediatamente se oyeron la risa y las palmadas de un Lucas encantado con cualquier alboroto.

—¿Cuándo? —preguntó Psyche.

—En cuanto nos prometas que nos permitirás criar a Lucas si lo hacemos —contestó Molly.

Psyche sonrió triunfante.

—Tendréis que vivir juntos, por supuesto —les advirtió.

—Por supuesto —replicó Keegan solemne.

Si lo que había pasado aquella noche era un indicativo de algo, lo único que tendrían que hacer Molly y él para que las cosas fueran bien era pasar veinticuatro horas al día en la cama.

—Entonces, está todo decidido —dijo Psyche—. Celebraremos la ceremonia en esta misma casa, dentro de tres días, que es lo que tarda en conseguirse una licencia matrimonial, ¿no?

Keegan cerró los ojos, intentando no perder la paciencia. Se recordó a sí mismo que aquella mujer sufría una enfermedad terminal y sólo estaba intentando asegurar el mejor futuro posible para el hijo que iba a dejar tras ella.

—Bueno, obviamente, necesito asegurarme de que os casáis de verdad. No puedo conformarme con vuestra palabra.

—¿Por qué no?

—Porque podrían salir mal muchas cosas. Por supuesto, no estoy dudando de vuestra integridad...

—Sólo faltaría eso —gruñó Keegan.

Psyche se limitó a sonreír.

—Vamos a vivir en el Triple M —le advirtió—, no aquí.

—Estupendo —dijo Psyche—. En ese caso, estamos todos de acuerdo, ¿verdad Molly?

Molly tenía el semblante del color de la ropa interior que llevaba la noche anterior; la esperanza y el genio hacían brillar sus ojos verdes.

—Sí —contestó.

—Si quieres invitar a alguien a la boda, deberías llamar

cuanto antes –continuó Psyche–. Y no te olvides de solicitar la licencia.

–Podrías ayudarme a elegir el vestido –le propuso Molly.

Psyche esbozó otra de sus beatíficas sonrisas.

–Siempre y cuando no sea blanco, cualquier vestido me parecerá bien, cariño –respondió.

Tomó de nuevo el libro que tenía en el regazo, lo abrió por la página en la que lo había dejado y continuó leyendo.

Molly giró sobre sus talones y salió con paso firme.

Keegan permaneció donde estaba.

–¿Tienes algo más que decirme? –preguntó Psyche, todo inocencia.

Keegan se acercó a la cama, se agarró a la barandilla y dijo:

–Sí, tengo algo más que decirte.

–¿Qué?

–Llama a Travis y a Sierra y diles que al final no van a adoptar a Lucas. Supongo que se van a llevar una gran decepción.

Psyche volvió a sonreír.

–Bueno, digamos que podrían habérsela llevado en el caso de que realmente les hubiera hecho la oferta. Le pedí a Travis que me siguiera el juego con la esperanza de haceros entrar en razón –se interrumpió. Parecía querer disfrutar de la reacción de Travis–. ¿Por qué no vas a la cocina y le dices a Molly la verdad? Todavía estás a tiempo de librarte de la boda.

Keegan se la quedó mirando fijamente.

Psyche sonrió divertida y le palmeó la mejilla.

–Pero no quieres librarte de la boda, ¿verdad?

–¿Qué te hace pensar que no? –replicó Keegan enfadado.

–Sencillamente, lo sé.

–¿Tan segura estás?

–Completamente –contestó Psyche divertida–. Molly y

tú habéis hecho el amor esta noche. Molly está radiante, también enfadada, pero está radiante. Y tú...

Keegan se sonrojó.

—Maldita sea Psyche. Eres la persona más manipuladora, taimada y...

Psyche se estiró y le rozó apenas los labios con un beso.

—No me estás dejando leer.

—¿Le has hecho pasar a Molly por todo eso para vengarte por...?

—¿Porque se acostó con mi marido? Claro que no. Aunque reconozco que el comentario que he hecho sobre el vestido de boda no ha sido inocente. Me gusta Molly, Keegan. No le entregaría a mi hijo si no me gustara.

Keegan se volvió para salir.

Lo único que tenía que hacer era entrar en la cocina y decirle a Molly la verdad: que Psyche le permitiría quedarse con Lucas tanto si se casaban como si no. Podían dejar que la prueba se convirtiese en el recuerdo de una noche memorable y continuar con sus vidas.

Pero si lo hacía, no sólo correría el riesgo de perder a Lucas, sino también el de quedarse sin Molly.

CAPÍTULO 12

Keegan necesitaba pensar.
Pero también tener a Molly desnuda contra la pared.
Necesitaba distancia, perspectiva.
Tras haber ido al juzgado que había al lado de la comisaría para pedir la licencia de matrimonio, Molly y él se habían separado. Molly había vuelto con Psyche y con Lucas y él se dirigía hacia el Triple M.
Una vez allí, se cambió de ropa, devoró un sándwich ya preparado, y con fecha de caducidad de sólo dos días atrás, y salió al establo.
Spud tenía el comedero lleno y tampoco le faltaba agua, pero aun así recibió a Keegan con un alegre rebuzno.
–Hola, amigo –le saludó Keegan.
Agarró las tijeras y una lima y comenzó a arreglarle los cascos. No era un trabajo duro, pero requería una cierta dosis de paciencia.
–Me voy a casar –le anunció al burro.
Spud le hociqueó el hombro, mostrando su compasión quizá, o más probablemente, esperando recibir a cambio un terrón de azúcar o una zanahoria.
–Se llama Molly –continuó Keegan, mientras continuaba limpiando el casco del burro evitando acercarse a la ranilla, la parte blanda de la pezuña–. Es una mujer increí-

blemente sexy, pero también tan cabezota como... bueno, como una mula. Y lo digo sin ánimo de ofender.

Spud rebuznó; sus enormes ojos desbordaban confianza.

Keegan dejó las tijeras a un lado y tomó la lima para suavizar los bordes; el sonido rítmico de la lima sobre el casco del animal fue probablemente la razón por la que no oyó la llegada de un coche. Cuando vio asomar a Devon la cabeza por la puerta del establo se llevó a una sorpresa. La niña tenía el rostro quemado por el sol y una picadura de mosquito en la barbilla, pero, por lo demás, parecía haber sobrevivido a la noche en el campo y a la excursión a caballo.

—Me ha traído Cheyenne —le explicó a su padre.

Keegan sonrió de oreja a oreja; se alegraba realmente de verla.

—¿Te lo has pasado bien?

—Genial —contestó Devon—. Estuvimos asando nubecitas. El tío Jesse nos contó historias de miedo y Maeve, Rianna y yo nos quedamos levantadas hasta muy tarde. Liam se empachó de perritos calientes y terminó vomitando por todas partes y Sierra tuvo que lavarle en el río.

—Así que todo sigue como siempre —dijo Keegan complacido.

Él también había tenido que meterse en un par de ocasiones en el arroyo siendo niño.

—Papá, ¿puedo tener un poni?

—Sí, claro, pero no en este mismo instante.

Devon miró sonriente a Spud.

—Así que le estás haciendo la manicura —observó—. Si no fuera macho, le pintaría las uñas.

Keegan se echó a reír.

—Ve a darte una ducha, anda.

Devon suspiró.

—Antes tengo que limpiar el cubículo de Spud —contestó—. Está hecho un desastre. Ha hecho caca por todas partes.

—Sí, supongo que tiene sentido que lo limpies antes de ducharte —admitió Keegan, sin dejar de sonreír mientras continuaba limando la pezuña.

Devon se alejó y regresó a los pocos minutos con la carretilla y una horca al hombro. Comenzó a recoger la paja sucia, pero, por las miradas furtivas que le dirigía, Keegan sabía que notaba que le pasaba algo. Siempre había sido una niña muy intuitiva.

Keegan se enderezó y posó una mano en el lomo de Spud.

Devon continuó donde estaba, apoyándose en el mango de la horca en actitud de espera.

—Voy a casarme dentro de un par de días —anunció Keegan.

Devon permaneció en silencio durante lo que a Keegan le pareció una eternidad, aunque probablemente no duró más de un par de segundos.

—¿Con Molly?

Keegan asintió.

—¿Va a quedarse a vivir aquí cuando Psyche se muera? ¿Con Lucas?

Keegan volvió a asentir. Aquel suspense le estaba matando. Devon podía estar a favor de aquella boda o verla como una amenaza. Su opinión en aquel asunto era de una importancia vital para él, comprendió. No había pensado mucho en ello hasta entonces, porque la mera idea de casarse con Molly o con quien fuera, era algo tan novedoso que todavía no había terminado de asimilarlo él mismo.

—¿Eso significa que Lucas será mi hermano?

—Sí, ¿te parece bien?

—Supongo que siempre has querido tener un hijo —aventuró.

—No más de lo que deseaba tener una hija —le aclaró Keegan—, pero no me importará tener un hijo también.

—¿Será un McKettrick como yo?

—Sí, será un McKettrick —confirmó Keegan—, como tú.

A Devon comenzó a temblarle el labio.

—Pero él vivirá aquí todo el tiempo y yo no. Y si le ves cada día, seguro que terminarás queriendo a Lucas más que a mí.

Keegan acortó la escasa distancia que le separaba de su hija y posó las manos en sus hombros.

—Palabra de McKettrick, Devon —le aseguró con voz queda—, jamás voy a querer a Lucas más que a ti.

Devon sopesó aquellas palabras con una expresión tan desgarradoramente seria que a Keegan se le llenaron los ojos de lágrimas.

—¿Lo prometes? —preguntó Devon.

—Lo prometo —se comprometió Keegan.

Devon inclinó la cabeza hacia atrás para mirar a su padre directamente a los ojos.

—Supongo que deberías intentar querer a Lucas tanto como me quieres a mí. Me parece lo más justo.

Keegan le rodeó los hombros con el brazo, la sostuvo contra él y le dio un beso en la frente.

—Te aseguro que lo intentaré.

—¿Y qué me dices de Molly? ¿A ella también la quieres?

Keegan era consciente de que iba a plantearle esa pregunta en algún momento y la temía. Ya estaba viviendo una mentira en lo que a Devon concernía y no podía añadir otras, ni siquiera a sabiendas de que eso les facilitaría las cosas a ambos.

—No —contestó.

Devon se apartó de él y dejó que la horca cayera al suelo.

—¡Papá! —protestó.

—La gente se casa constantemente y en todo el mundo por razones que no tienen nada que ver con el amor —se precipitó a señalar su padre.

—Tú no querías a mamá —replicó Devon sin dejarse convencer—, y mira lo que pasó. Os pasabais la vida gritando y discutiendo y al final te fuiste de casa. ¡Terminasteis divorciándoos y fui yo la que se quedó en medio!

—Soy consciente de ello, Devon. Lo siento en el alma y haría cualquier cosa para evitarte tanto sufrimiento.

Devon se agachó, tomó la horca y volvió a enderezarse.

—Entonces dile a mamá que quieres que viva aquí todo el tiempo con Molly y contigo.

La mirada suplicante de Devon le rompió el corazón.

—Se lo diré —contestó Keegan con un nudo en la garganta—, pero los dos sabemos lo que va a decir. Y por muchos problemas que haya entre Shelley y yo, es tu madre, Devon.

—Pero no quiere ser mi madre. Sólo me utiliza para fastidiarte a ti.

Era la dura y triste verdad y negarlo sería ofender a Devon. La gente subestimaba a los niños, pensó Keegan, y él era tan culpable de ello como cualquier otro. Los niños sabían cuándo se los utilizaba. Sabían si eran queridos o no y, por supuesto, también distinguían quién los quería y quién no.

Keegan la quería.

Pero Shelley no.

Era tan sencillo y tan complicado al mismo tiempo...

—Devon —dijo, porque era incapaz de decir otra cosa.

Devon irguió los hombros, agarró con fuerza la horca y comenzó a limpiar el cubículo. Una lágrima se deslizó por su mejilla, dejando un rastro blanco sobre los restos de hollín de la hoguera del campamento. Keegan se la secó con el pulgar.

—Es capaz de hacerlo por dinero, papá —le aseguró—. Si le das mucho dinero, mamá me dejará quedarme para siempre contigo.

Keegan se moría por dentro. Otra dura verdad. El hecho de que Devon supiera que su madre estaría dispuesta a venderla, el hecho de que seguramente lo hubiera sabido desde hacía mucho tiempo, le destrozaba y le enfurecía al mismo tiempo. Le habría gustado negarlo, pero no podía, no se lo permitía su conciencia después de lo mucho que le había costado a su hija expresarlo en voz alta. Seguramente llevaba mucho tiempo preparándose para ello y nadie era capaz de imaginar lo que debía haberle costado.

—Eres consciente de que todo es cosa de tu madre, ¿verdad? De que tú no tienes la culpa de nada.

Devon asintió.

—Lo sé.

Se sorbió la nariz y continuó trabajando con más diligencia que antes.

Keegan le revolvió el pelo.

—Termina con esto y después ve a ducharte —le dijo con voz ronca—. En casa no tengo nada de comida, así que tendremos que ir a Indian Rock a comprar.

Devon asintió.

Keegan continuó limando las pezuñas de Spud.

—¿Hablarás con mamá? —preguntó Devon sin mirarle.

—Claro que sí, hablaré con ella.

Después de bañar y vestir a Lucas, Molly llamó a su padre. Florence había llevado el parque a la galería y allí estaba el niño en aquel momento, haciendo compañía a Psyche.

Molly estaba sentada en el asiento que había bajo la ventana de su habitación, con la mirada fija en la cama deshecha que había compartido con Keegan McKettrick la noche anterior, e intentaba sentirse ligeramente avergonzada por lo ocurrido.

Pero no lo conseguía. Jamás había conocido a nadie que la enfureciera más que Keegan, pero jamás había hecho el amor con nadie de aquella manera. Hasta la noche anterior, estaba convencida de que los orgasmos múltiples eran únicamente una estrategia que utilizaba *Cosmopolitan* para vender más revistas.

Pero no era así, pensó mientras escuchaba los pitidos del teléfono al otro lado de la línea.

Se activó el buzón de voz de su padre. Probablemente no quería hablar con ella, porque el Departamento de Vehículos de Motor había enviado su historial a Joanie y ésta había informado a Molly de que le habían retirado temporalmente el carné de conducir. Por lo tanto, ella no le había comprado la camioneta que le había pedido y, aunque no habían vuelto a hablar desde la conversación que habían mantenido estando ella en el jardín del hospital de Flagstaff, sabía que estaba enfadado.

—*Éste es el buzón de voz de Luke* —se oyó la voz grabada de su padre—, *deja tu mensaje al oír la señal.*

A Molly se le llenaron los ojos de lágrimas. Maldita fuera, pero ya estaba harta de llorar. Eso no era en absoluto propio de ella. Siempre había sido una mujer fuerte, competente y capaz de hacerse cargo de todo. Hasta que había conocido a Thayer Ryan y éste le había destrozado la vida, al tiempo que le había dado el regalo más grande que un hombre podía entregarle a una mujer: un hijo.

Pero después le había arrebatado a Lucas; la había pillado en un momento de debilidad y había sabido aprovecharse de su sentimiento de culpa.

Casi dos años después, Psyche estaba a punto de devolverle aquel precioso regalo, pero a un alto precio.

—Papá, soy Molly —comenzó a decir—, me caso dentro de un par de días y he pensado que a lo mejor te gustaría venir a la boda. Llámame, ¿de acuerdo? Por favor, no dejes de llamarme.

Colgó el teléfono y llamó entonces a Joanie. Antes o después tendría que volver a Los Ángeles, reunir a su equipo y hacer los arreglos pertinentes para cerrar o trasladar la agencia. También tenía que poner su casa en venta y terminar de cerrar otros muchos asuntos pendientes.

Y debería despedirse de los amigos y de todos aquellos lugares que habían sido especiales para ella.

Iba a ser muy duro.

Cuándo iba a poder hacer todo aquello, era como el secreto más celosamente guardado del universo. La verdad era que no tenía la menor idea.

—Agencia Literaria Shields —canturreó Joanie—. ¿Puedo ayudarle en algo?

—Ojalá pudieras —contestó Molly.

Joanie suavizó la voz al reconocerla y adoptó un tono confidencial.

—Dave ha estado aquí esta mañana. Nos ha contado que tuvo una crisis en Indian Rock y terminó arrestado. ¿De verdad le enviaste al manicomio? Por supuesto, si lo hiciste no te culpo. Está completamente loco.

Molly suspiró. Eran muchas las cosas que echaría de menos cuando dejara de dirigir definitivamente aquella agencia, y Dave era una de ellas. Entre otras cosas, porque tenía que reconocer que había reportado importantes ingresos a su cuenta bancaria, algo por lo que siempre le estaría agradecida.

—No le envié a ningún manicomio. Estuvo en un hospital. Le ajustaron la medicación y le enviaron a casa.

—Dice que ya no quiere que seas su agente —dijo Joanie.

—Sí, ésa es su versión —replicó Molly—. La verdad es que soy yo la que no quiere seguir representándole.

Se hizo un largo silencio al otro lado de la línea.

—¿Entonces puedo ser yo su agente? —la tanteó Joanie.

Había comenzado trabajando como gerente de la oficina, pero había terminado representando a algunos clientes de los que Molly no podía hacerse cargo y había sido capaz de conseguirles buenos contratos.

Dave, definitivamente, era un pez gordo. Molly le había contratado cuando todavía estaba trabajando para otra agencia; era un autor de novela romántica cuyo primer libro se había convertido en un gran éxito de ventas. Después de una difícil negociación, Molly había sido capaz de montar su propia agencia y de hacerse un hueco en ese mundo.

—Joanie —contestó—, si eres capaz de soportar los acosos,

los dramas y todo lo que acompaña a Davis Jerrit, tú misma. Puedes llamar también a Denby. Ahora mismo está buscando un agente.

—¿Lo dices en serio? —preguntó Joanie casi sin respiración.

Joanie era una madre divorciada con dos hijos adolescentes y aunque Molly le pagaba un buen salario, tenía problemas para llegar a fin de mes. Representar a Davis Jerrit no sería fácil, pero Joanie estaba preparada para enfrentarse a aquel desafío. Y el dinero que podía ganar a cambio transformaría su vida.

Molly sonrió.

—Claro que lo digo en serio. Pero no te llamo por eso —se interrumpió, intentó buscar las palabras adecuadas y al final optó por ir directamente al grano—. Me caso dentro de dos días, Joanie, y si puedes, me encantaría que vinieras. Es una invitación personal, no tiene nada que ver con el negocio.

—¿Te casas? —preguntó Joanie estupefacta.

—Sí.

—¿Con quién, si me está permitido preguntarlo?

—Con Keegan McKettrick.

—McKettrick. Me suena ese apellido.

—Es posible que lo haya mencionado. Y probablemente habrás oído hablar de su compañía, McKettrickCo.

—¿McKettrickCo? Dios mío, Molly. ¡Ese hombre tiene que ser millonario!

—Eso no tiene nada que ver, Joanie. Yo también tengo dinero.

—¿Te has enamorado y no me has dicho nada? —Joanie estaba atónita, y parecía también dolida.

—No me he enamorado. Pero tengo que casarme con él si quiero adoptar a Lucas.

—Molly, esto es una locura. No puedes...

—Estoy completamente de acuerdo, es una locura. Pero si quiero recuperar a mi hijo, y lo deseo como nada en el mundo, tengo que hacerlo.

—Dios mío. Debe de ser un vejestorio ese McKettrick. Seguro que tiene una barriga enorme y es adicto a la Viagra.

Molly se echó a reír, recordando la velada que habían compartido. La sentía todavía como un eco que continuaba palpitando en su interior.

—No exactamente.

—Vaya, eso me tranquiliza. Mañana por la noche me tendrás allí. Tengo que ver esto con mis propios ojos.

—¿Y qué te parecería la posibilidad de ser dama de honor?

—Siempre que no tenga que ponerme un vestido de tafetán, con las mangas abulladas y volantes...

—Te prometo que no tendrás que ponerte nada de eso —le aseguró Molly sonriendo.

—¿Qué vestido te vas a poner?

Molly recordó el comentario de Psyche sobre el vestido. Por supuesto, lo había perdonado, comprendiendo que no era del todo inmerecido, pero continuaba doliéndole.

—Supongo que cualquier cosa que no sea de color blanco.

—No se te ocurra salir de compras todavía —bromeó Joanie con tierno humor—. Los refuerzos ya van de camino. Esas trompetas que oyes son las mías, que estoy al frente de la caballería.

—Tendrás que ir en avión hasta Phoenix y alquilar allí un coche. Dirígete después hacia el norte por la autopista 17. Al cabo de una hora aproximadamente, verás el desvío hacia Indian Rock. Y en cuanto llegues, llámame.

—Ahora mismo me pongo en marcha —dijo Joanie y se la oía ya tecleando en el ordenador—. Una cosa más, Molly. ¿Tu padre estará?

—Probablemente, no —contestó Molly con los ojos cerrados.

—Casi mejor —comentó Joanie con delicadeza—. Hasta mañana por la noche. Y hasta entonces, ¡mantente firme!

—Estaré pendiente del sonido de las trompetas.
Se despidieron las dos y colgaron.
Molly decidió entonces hacer algo constructivo. Hizo la cama y limpio las manchas que había dejado en el siempre resplandeciente cabecero de cobre al agarrarse desesperadamente a él mientras Keegan McKettrick demostraba la credibilidad del *Cosmopolitan*.

Devon empujaba el carrito por el supermercado; aparentemente, estaba mucho más contenta desde que Keegan había hablado con ella en el establo, pero quizá estuviera fingiendo. Llenaron el carrito de verduras frescas, carne y una cantidad razonable de comida basura. Y acababan de rodear el final del último pasillo cuando prácticamente chocaron con Molly.

Ella también llevaba un carro, en el que estaba sentado Lucas, que llevaba en la cabeza una gorra de béisbol que todavía conservaba la etiqueta y que ocultaba prácticamente todo su rostro.

Al ver a Keegan, Molly se sonrojó, pero inmediatamente se volvió hacia Devon y le sonrió.

La niña pareció deleitarse en aquella sonrisa; se inclino hacía ella como una flor en busca del sol.

—Hola, Devon —la saludó Molly.

Keegan notó que algo le cerraba la garganta.

—Por lo visto vas a casarte con mi padre —dijo Devon.

Molly miró fugazmente a Keegan; había cierto dolor en aquella mirada, pero también esperanza,

—Por lo visto, sí.

—¿Puedo ser dama de honor? —le pidió Devon.

Como siempre, no había perdido el tiempo y había ido directamente al grano. Al fin y al cabo, era una McKettrick.

Molly sonrió.

—Me encantaría —le aseguró—. Mi amiga Joanie llega mañana por la noche y queremos salir de compras al día siguiente. ¿Te gustaría venir con nosotras?

Casi inmediatamente, la expresión de Devon cambió; su sonrisa se tornó un tanto insegura. Alzó la mirada hacia su padre.

—¿Puedo ir, papá? Por favor, déjame ir.

Keegan le revolvió el pelo, todavía húmedo después de la tan necesitada ducha que se había dado tras terminar de limpiar el cubículo de Spud.

—Claro.

Molly pareció aliviada y, había que reconocerlo, también entusiasmada. Además, estaba encantadora con aquellos pantalones cortos y la camiseta.

—En ese caso, quedamos mañana.

—Muy bien, llámame y te llevaré a Devon —se ofreció Keegan.

—O Molly podría venir ahora con nosotros al rancho —propuso Devon, como si acabara de ocurrírsele—. Que traiga a Lucas y así podrá ir viendo lo que es vivir en el rancho.

Molly volvió a sonrojarse.

Keegan disfrutaba enormemente de su apuro.

—Sí, supongo que no tardaremos en trasladarnos allí —le dijo Molly.

—Vendrá justo después de la boda —añadió Keegan.

Inmediatamente, Devon se acordó de que tenía que comprar sus cereales favoritos y corrió a buscar una caja.

—¿Tienes miedo? —preguntó Keegan bajando la voz, de modo que sólo Molly pudiera oírle.

Molly le colocó la gorra a Lucas, quizá para recordarle a Keegan que estaba allí el niño.

—En realidad —contestó al cabo de unos segundos—, creo que Florence está pensando en hacer carne en salsa para cenar.

Keegan se inclinó, le besó en los labios y después le mordisqueó la oreja.

—Estoy deseando darte la bienvenida al Triple M —musitó, y le encantó verla estremecerse—. Voy a tenerte en mi cama. Voy a tenerte en mi ducha. Y después voy a llevarte a una pradera donde no hay nadie en kilómetros a la redonda y voy a hacer el amor contigo.

Molly volvió a estremecerse. Keegan bajó la mirada y vio tensarse sus pezones contra la camiseta.

—Keegan McKettrick —le amonestó Molly, ofendida y obviamente excitada—. Estamos en un supermercado. Seguro que todo el mundo nos está mirando.

Keegan respondió con una sonrisa.

En ese momento llegó Devon cargada de cajas de cereales que dejó en el carro y se dirigió después hacia las cajas registradoras.

—Vamos papá —instó a su padre—. Has dicho que ibas a hacer espagueti para cenar y estoy hambrienta.

Keegan miró a Molly a los ojos.

—Yo también —dijo.

Molly miró a Devon con cariño y se volvió entonces hacia Keegan.

—No olvides una cosa —le advirtió—: soy capaz de dar tanto como recibo.

Sin más, se alejó por el pasillo y Keegan habría jurado que meciendo su insolente trasero más de lo habitual.

Keegan preparó los prometidos espagueti después de que Devon y él recogieran la compra y le dieran de comer a Spud. Estaban cargando el lavavajillas y hablando sobre los caballos que iban a comprar para llenar el establo cuando sonó el teléfono.

Hubo algo en aquel sonido que puso a Keegan en tensión; le resultó más estridente de lo normal. Podía haberse preparado entonces para recibir una mala noticia sobre Psyche, pero sabía que el doble timbrazo correspondía a una llamada del extranjero.

Shelley, pensó inmediatamente.

Devon pareció tener la misma premonición. Palideció ligeramente a pesar de su piel bronceada y corrió a contestar.

Keegan se apoyó en el fregadero y tomó aire mientras oía responder a su hija, que a los pocos segundos estaba aceptando una conferencia a cobro revertido.

Keegan se volvió entonces.

Devon la miró a los ojos y asintió.

—Es mamá —dijo.

A Keegan se le hizo un nudo en la boca del estómago. Quería hablar seriamente con Shelley, pero no por teléfono. Y menos aún teniendo a Devon delante, pendiente de cada una de sus palabras.

—Papá va a casarse —anunció Devon.

Keegan elevó los ojos al cielo.

Devon frunció el ceño.

—Mamá quiere hablar contigo —dijo, como era de esperar.

Keegan fulminó a su hija con la mirada.

Devon sonrió y le tendió el teléfono, pero parecía preocupada.

—¿Vas a casarte? —le preguntó Shelley inmediatamente.

—Sí —contestó Keegan.

—¿Estás enamorado?

Aquélla fue una de esas veces en las que a Keegan no le importó no ser del todo fiel a la verdad.

—Sí —respondió.

Shelley permaneció en silencio.

—¿Todavía estás ahí? —terminó preguntando Keegan.

Devon estaba haciéndole gestos con las manos, instándole a continuar con la conversación.

Keegan volvió a fulminarla con la mirada. Devon pareció tranquilizarse un poco, pero no del todo.

Inesperadamente, Shelley comenzó a llorar.

—Shelley —dijo Keegan con calma, y con más amabilidad de la que había esperado sentir, teniendo en cuenta todo lo que le había hecho pasar aquella mujer y, sobre todo, lo que le estaba haciendo pasar a Devon–, tranquilízate.

–Yo siempre... yo pensaba. A lo mejor...

–Shelley –la interrumpió Keegan–, dile a Rory que se ponga.

–¡No... no puedo! Hemos discutido y se ha ido.

«Maldita sea», pensó Keegan. Le hizo un gesto a Devon para que abandonara la habitación, pero la expresión de determinación de su hija le indicaba que no estaba dispuesta a colaborar.

Shelley comenzó entonces a llorar.

–Shelley –repitió Keegan, más enérgicamente en aquella ocasión–, procura tranquilizarte.

–Estoy atrapada. Se ha llevado mi dinero y mis tarjetas de crédito. Se ha llevado hasta los billetes de avión...

Keegan tomó un papel y un bolígrafo.

–Dime cómo se llama tu hotel. Y dame el número de teléfono.

–¿Me vas a ayudar después de todo lo que te he hecho?

–Claro que te ayudaré, Shelley. Eres la madre de mi hija.

Keegan comenzó entonces a comprender lo que pasaba. Shelley estaba borracha, o fingía estarlo. Era probable que estuvieran engañándole. Pero, desgraciadamente, eso no cambiaba la situación.

–Gracias, Keegan.

–Shelley, ¿dónde estás?

Shelley le dijo el teléfono del hotel. Un establecimiento muy exclusivo con vistas al Sena que Keegan conocía bien.

–Ni siquiera me dejan volver a mi habitación...

–No te preocupes. Ahora estás en el vestíbulo, ¿verdad? –probablemente estaría en el bar, repuso una vocecilla interior.

Justo lo que necesitaba, que el lado más perverso de su cerebro comenzara a funcionar.

–Sí –musitó Shelley tras sorberse la nariz.

Comenzaba a parecer más serena.

—En ese caso, no te muevas de ahí. Yo me encargaré de que te dejen volver a tu habitación y te enviaré un billete para que vuelvas. También te pondré un giro para que tengas dinero para los taxis.

—No quiero volver a casa. Me he dado cuenta de que París es mi verdadero hogar.

Keegan apretó los dientes.

—De acuerdo, como tú quieras.

De pronto, Shelley parecía completamente sobria.

—Sólo necesito habitación para esta noche. Y dinero, porque he encontrado un piso en...

Keegan ya no era capaz de seguir controlándose.

—Shelley, ¿es que te has vuelto loca?

—No, me he puesto un poco nostálgica... cuando Devon me ha dicho que ibas a casarte otra vez, eso es todo. Yo pensaba que sería la primera en casarme. Que Rory querría...

Shelley comenzaba a subir de nuevo su particular montaña rusa emocional y Keegan sabía que le esperaba una caída infernal al otro lado de aquella cuesta. Y no se le ocurría la manera de detenerla.

—Mira, te enviaré la pensión alimenticia del mes que viene, así podrás pagar la cuenta del hotel o lo que quieras. Pero tenemos que hablar sobre Devon, y deberíamos hacerlo cara a cara.

Shelley volvió a quedarse callada.

—En ese caso, supongo que tendrás que venir a París.

—Imposible.

—Dos meses de pensión —presionó—. Con eso y con lo que le pasas a la niña tendré suficiente para pagar el piso.

Keegan cerró los ojos.

—De acuerdo, dos meses.

—Y la pensión alimenticia de Devon.

—Y la pensión alimenticia de Devon.

Devon estaba sentada a la mesa de la cocina, apoyando la cabeza en los brazos.

—¿Quién es la afortunada, Keeg? —preguntó Shelley.

—Se llama Molly. Shelley, llámame en cuanto estés de nuevo en tu habitación.

Shelley prometió que lo haría, pero había que tener en cuenta que también había prometido en su momento ser una buena esposa y una buena madre para su Devon.

Keegan colgó el teléfono sin despedirse e, inmediatamente, marcó el número de teléfono del hotel de París. Quince minutos después, había hecho los arreglos necesarios para cubrir todos los gastos de su ex esposa. En cuanto acabó, hizo otra llamada para enviarle a Shelley el doble de dinero que le había pedido.

No era un gesto de nobleza, sino la mejor forma de mantener a Shelley apartada de su vida durante una temporada.

—Papá —dijo Devon con paciencia cuando su padre colgó el teléfono—, ¿cómo puedes ser tan tonto? Es casi seguro que Rory está allí con ella. Lo único que quieren es más dinero y mamá ha sabido montarte una escena.

—Es posible —respondió Keegan—, pero no podía arriesgarme por si era verdad.

Devon le miró perpleja.

—¿Porque estuviste casado con ella?

—No, porque es tu madre.

—¿Eso también es algo de los McKettrick?

Keegan se echó a reír.

—Sí, eso también es algo de los McKettrick.

—Te he oído decirle que querías hablar con ella sobre mí. ¿Quieres pedirle que me deje contigo? —aventuró Devon.

—Sí, pero no quiero pedírselo por teléfono.

—Ya has visto que a ella no le importa mucho engañarte por teléfono.

—Déjalo ya, Devon.

El teléfono volvió a sonar.

—¿Diga? —Keegan contestó inmediatamente.

—Hola —dijo Shelley—, ya estamos... ya estoy otra vez en la habitación. Y el conserje dice que podré disponer del dinero que has enviado mañana por la mañana.

—En ese caso, ya está todo arreglado —contestó Keegan, repentinamente cansado.

—¿Keegan?

Keegan se preparó para lo peor.

Esperó en silencio.

—Sé que quieres la custodia de Devon.

Keegan no contestó. No necesitaba hacerlo. Shelley sabía que estaba escuchando muy atentamente.

—Diez millones de dólares y es toda tuya.

CAPÍTULO 13

«Diez millones de dólares y es toda tuya».

—Devon —dijo Keegan, sujetando el auricular con tanta fuerza que casi le sorprendió no haberlo hecho añicos—, sube al piso de arriba inmediatamente.

—Bueno, parece que por fin vamos a entendernos —ronroneó Shelley.

Devon quería rebelarse, eso era evidente, pero era una experta veterana en conflictos familiares y, evidentemente, conocía la expresión de su padre. Se dirigió hacia las escaleras y Keegan no dijo una sola palabra hasta que la oyó cerrar la puerta del dormitorio.

—Eres una auténtica hija de perra.

Shelley se echó a reír. A Keegan le pareció oír el tintineo de unas copas de vino al brindar. Pero no, sería champán. Rory y Shelley acababan de marcar un tanto.

Una vez más.

—Vamos, Keeg —ronroneó Shelley—. Eres un hombre rico y ahora que McKettrickCo va a salir a bolsa, lo vas a ser más todavía. Puedes gastarte diez millones de dólares.

—El problema no es el dinero —respondió Keegan.

Mantenía la voz baja por miedo a que Devon hubiera cerrado la puerta del dormitorio desde fuera y estuviera escuchándole desde el final de la escalera. O, simplemente, hubiera descolgado el otro teléfono.

—Maldita sea, Shelley, sabes que no es una cuestión de dinero. ¿Cómo puedes...?

—Siempre puedo traerme a Devon a París si lo prefieres —le interrumpió Shelley suavemente—. Puedo meterla en un internado. Puedo seguir viviendo con el dinero de la pensión y la manutención de la niña hasta que estés muerto, e incluso después. O podemos llegar ahora mismo a un acuerdo. Al fin y al cabo, Devon no es...

—Shelley —la interrumpió bruscamente—. No —«no se te ocurra decir que Devon no es mi hija».

—Supongo que no tardaré en tener noticias de Travis, ¿verdad?

—Tendrás noticias de Travis —respondió sombrío.

Se oyó un sonido extraño en el teléfono. Definitivamente, Devon estaba escuchando a escondidas.

—Muy bien —continuó Shelley. Volvió a oírse un tintineo de copas y Keegan oyó a Shelley tragar—. Ah, y felicidades, Keeg. Por tu próximo matrimonio. Espero que seas más feliz con esa tal... ¿Molly has dicho?, que conmigo.

—Sería imposible no ser más feliz con cualquier otra mujer que contigo —replicó Keegan rotundo.

—Tú procura que Travis tenga cuanto antes la documentación. No sabes cuántas ganas tengo de poder comprar ese piso.

Keegan ya no aguantaba más. Colgó el teléfono para dejar de oírla y permaneció donde estaba, sintiendo una enorme repugnancia en lo más profundo de su ser.

Devon bajó las escaleras y le miró con expresión desafiante y, al mismo tiempo, de culpabilidad.

—Ya te dije que me vendería si le pagabas bien. Entrégale todo el dinero que has puesto a mi nombre, es lo único que tienes que hacer.

Keegan dejó el teléfono en el mostrador y miró a su hija.

—No pienso entregarle nada tuyo. Y si vuelves a escuchar una conversación privada, cariño, voy a tirar por la ventana la norma de no utilizar nunca la violencia física.

—No lo dices en serio.

—Ponme a prueba —respondió Keegan.

—Tranquilízate, papá —le aconsejó Devon—. Ahora estás enfadado con mamá, pero a mí me parece bien todo esto. Acuérdate de que te dije que esto iba a pasar.

Keegan suspiró. El razonamiento de Devon era irrefutable, ¿pero cómo podía estar de acuerdo en que la vendieran como si fuera un caballo de carreras? No, Devon necesitaría ayuda profesional para digerir todo aquello, y probablemente también él.

—Si vas a vivir conmigo —le advirtió Keegan—, tendrás que atenerte a ciertas normas. Una de ellas es que no puedes escuchar mis conversaciones telefónicas, ¿entendido?

Devon se sonrojó.

—Entendido.

—Estupendo.

—Pero a nadie le han dado en una zurra en este rancho desde hace millones de años.

—Siempre hay una primera vez para todo, Devon.

—Tío Jesse y tío Rance irían a por ti.

—Puedo manejarlos perfectamente. Así que, yo que tú, rectificaría ahora que todavía estás a tiempo.

Devon se sentó en uno de los escalones, encogió las rodillas y las rodeó con los brazos. Dejando las cuestiones del ADN a un lado, sus ojos eran puro McKettrick.

—¿Y yo valgo diez millones de dólares? —preguntó tras un largo silencio.

Keegan se sirvió una taza de café, se acercó a las escaleras y se sentó a su lado.

—Yo daría mi vida por ti, Devon. Así que eso es lo que verdaderamente vales.

—Por ejemplo, si se incendiara la casa y yo quedara atrapada, ¿vendrías a buscarme sin importarte lo que te pudiera pasar?

—Claro que sí.

—Y si entrara un asesino con un hacha y...

—Devon, me temo que voy a poner una nueva norma: no más películas de miedo en la televisión.

Devon sonrió de oreja a oreja.

—¿Podemos ir mañana a Flagstaff a recoger mi ropa, mis libros y todas mis cosas?

—Lo dejaremos para después de la boda —contestó Keegan, deseando que Molly estuviera allí para así no tener que enfrentarse a otra noche de soledad en su enorme cama.

Devon parecía haber salido relativamente indemne de aquella transacción con Shelley, pero no era ése su caso. Había sido capaz de casarse con aquella mujer, por el amor de Dios. ¿Qué podía decir eso de él como persona?

Que era un auténtico estúpido.

Y no había ninguna razón para pensar que podía haber cambiado.

Keegan pasó la mañana siguiente intentando cerrar asuntos pendientes mientras el resto de la compañía continuaba trabajando como si no hubiera pasado nada. Y la verdad era que en lo que a la plantilla se refería, nada había ocurrido. Todo el mundo sabía ya que el director general no estaba planeando ninguna reducción de personal y que tampoco pretendía eliminar el programa de Cheyenne.

A Keegan le extrañó lo poco que tenía que hacer, teniendo en cuenta hasta qué punto había vivido consumido por el trabajo durante mucho tiempo.

Estaba llenando la última caja con sus cosas cuando apareció Travis en la puerta de su despacho con una carpeta bajo el brazo.

—Justo el hombre al que quería ver —le saludó Keegan.

Travis asintió, entró en el despacho y cerró la puerta.

—¿Estás seguro de que quieres seguir adelante con esto?

Aunque tenía otros muchos asuntos en mente, Keegan

sabía que Travis se estaba refiriendo a su acuerdo con Psyche. Y la verdad era que le remordía un poco la conciencia, porque todavía no le había dicho a Molly que no tenían que casarse para poder adoptar a Lucas.

—Sí —se oyó contestar—. Estoy seguro. Siéntate, Travis.

Travis acercó una silla a la mesa y dejó la carpeta sobre el escritorio de Keegan.

—Estás loco —le dijo—. Ya has tenido un matrimonio complicado, ¿por qué quieres volver a pasar por todo esto?

—Molly no es como Shelley —contestó.

A él mismo le sorprendió la vehemencia con la que la defendió.

Travis arqueó una ceja.

—¿Y por qué estás tan seguro?

Keegan apretó los dientes y volvió a relajarse. Se reclinó en la silla y entrelazó las manos por detrás de su cabeza.

—Sé lo que estoy haciendo, Travis. De momento, dejémoslo así. Ahora quiero hablarte de Shelley.

—Shelley —repitió Travis.

—Quiere diez millones de dólares.

Travis dejó escapar un largo suspiro.

—Por supuesto. Al fin y al cabo, estamos hablando de Shelley.

—Quiero que llegues a un acuerdo con ella. Quiero la custodia de Devon a cambio de ese dinero. No habrá visitas, a menos que Devon lo pida. Y una vez se haya hecho el pago, tendrá que renunciar a la pensión compensatoria y al dinero de manutención de la niña.

—¿Estás hablando en serio? —preguntó Travis estupefacto.

—Completamente en serio. Procura darte prisa con la documentación, Travis. No quiero que Shelley tenga tiempo de arrepentirse.

—Diez millones de dólares —Travis se pasó la mano por el pelo y silbó suavemente—. Y yo que pensaba que a Jesse le habían exprimido bien...

Keegan sabía lo que Jesse había tenido que pagarle a su

primera esposa, Brandi. Era una situación diferente porque sólo habían estado casados una semana y no habían tenido hijos.

—Quiero criar a mi hija —dijo.

Travis miró por encima del hombro, probablemente para asegurarse de que la puerta estaba cerrada, y dijo con voz queda.

—Pero hay un pequeño problema, Keeg. Devon no es tu hija biológica. Imagínate que Shelley consigue los diez millones y después decide que ha llegado el momento de sacar el conejo de la chistera. Podría utilizar esa información para romper el acuerdo. De hecho, incluso el padre de Devon podría intentar hacerlo.

—El padre de Devon está muerto —respondió Keegan.

Travis se enderezó ligeramente en la silla.

—Pensaba que no sabías quién era.

—Lo averigüé —contestó Keegan.

Había averiguado muchas cosas durmiendo en una cama fría y vacía la noche anterior. Y nadie necesitaba decirle que había alguna posibilidad de que Shelley intentara conseguir algo más.

—Era Thayer Ryan.

—Thayer... ¿Te refieres al Thayer de Psyche? Keeg, eso es absurdo. Sé que últimamente has estado soportando mucho estrés, pero...

—Podemos darle al acuerdo la forma de una adopción —propuso Keegan.

—Pero aun así, Shelley podría cambiar de opinión.

—No lo hará. Le daré el primer millón cuando firme los documentos y el resto cuando haya concluido el proceso de adopción. Está obsesionada con comprarse un piso en París, así que aceptará el trato

—Tendrás que contarle a Devon la verdad. Es muy posible que Shelley termine diciéndosela por despecho.

Keegan suspiró.

–Sí –respondió, sintiendo de pronto todo el peso del mundo sobre sus hombros–, lo sé.

–Y será mejor que tu teoría sobre la paternidad de Thayer Ryan sea cierta. Porque como aparezca algún tipo diciendo que Devon es hija suya, terminarás en los tribunales.

–Ya he llamado al pediatra de Devon en Flagstaff. Ni siquiera necesitan hacerle un análisis de sangre, basta con una muestra de saliva. Si Devon y Lucas son hermanos, el resultado de esos análisis será la única confirmación que necesite un juez.

Travis palideció.

–Para eso necesitarás el permiso de Psyche.

–No después de que Molly y yo nos casemos y me convierta en el padre de Lucas –replicó Keegan.

–Todo esto es demasiado frío. ¿Por qué no intentas distanciarte un poco y...?

–Ya me he distanciado todo lo que he podido –respondió Keegan rotundo–. Eres uno de los mejores amigos que he tenido nunca, Travis, pero no eres el único abogado del mundo.

–Keegan, escucha, soy yo, Travis, el que te está hablando. Hazme caso.

Keegan alargó la mano hacia la carpeta que su amigo había dejado encima de la mesa, la vio y leyó los términos de su acuerdo con Psyche.

Tenían que casarse y vivir bajo el mismo techo por lo menos durante un año. En el caso de que se divorciaran, Keegan se quedaría con la custodia total del niño.

Tomó un bolígrafo, buscó el lugar en el que tenía que firmar y rubricó el documento con trazo firme.

–Doy por terminada esta conversación –dijo Keegan.

–¿Dónde está Devon? –preguntó Travis.

–Con Emma, en la librería, ¿por qué?

–Oh, pensaba que a lo mejor ya la habías enviado a algún laboratorio –le espetó Travis.

Y sin más, salió del despacho dando un portazo.

Keegan era consciente de que era absurdo pensar que aquella conversación había terminado. Media hora más tarde, entraba Jesse en el despacho con Rance pisándole los talones.

—¿Diez millones de dólares? —gritó Rance.

—¿Es que te has vuelto completamente loco? —preguntó Jesse al mismo tiempo.

—Vaya, parece que mi abogado no respeta el principio de confidencialidad —se lamentó Keegan.

—Keegan, esto es una tontería.

—¿Por qué? Tú le diste un millón de dólares a Brandi para que saliera de tu vida. Teniendo en cuenta que estamos hablando de Shelley, no me parece excesivamente caro.

—Va a intentar machacarte, se llevará los diez millones de dólares, se quedará con Devon y le romperá el corazón a la niña en el proceso.

—¿Y qué es esa estupidez de hacerles una prueba de ADN a Devon y a Lucas? —quiso saber Jesse.

Keegan le explicó su teoría sobre la paternidad de Devon.

—Estás completamente fuera de ti —dijo Jesse cuando terminó de explicárselo—. Espera a que Shelley vuelva a casa, habla con ella entonces. Dios mío, Keeg, date al menos una oportunidad de pensar.

—Podéis apoyarme en esto o no —respondió Keegan con calma. Estaba bullendo por dentro, pero Jesse y Rance no tenían por qué saberlo—. Vosotros elegís.

Jesse dio un puñetazo en la mesa, suficientemente fuerte como para que los portafolios que había encima saltaran ligeramente.

—Piensa en Devon.

—Créeme, no estoy pensando en otra cosa.

—Shelley le dirá que no es hija tuya —intervino Rance con voz serena.

—No si se lo digo yo antes —replicó Keegan. Hubiera

preferido comer cristales, pero tenía que hacerlo–. La verdad siempre es lo mejor, ¿no es cierto?

–Keegan –repuso Jesse–, le vas a romper el corazón.

A Keegan se le llenaron los ojos de lágrimas. Tenía un nudo en la garganta.

–Lo sé –dijo.

Rance apretó la mandíbula.

–Espera por lo menos a que Psyche...

–¿Se muera? –terminó Keegan por él.

Jesse y Rance intercambiaron miradas.

–Mira –continuó Jesse intentando mostrarse razonable–, sé que estás sufriendo mucho, que no eres capaz de pensar con claridad, Keeg. Por favor, deja simplemente que se serenen un poco las cosas antes de iniciar otro conflicto.

–No puedo –dijo Keegan.

–Podríamos atarle y encerrarle hasta que recobre la cordura–sugirió Rance, y no era sólo una broma a juzgar por su expresión.

–No es mala idea.

–Intentadlo –replicó Keegan–, porque ahora mismo no hay nada que me apetezca más que destrozar a alguien miembro a miembro y cualquiera de vosotros me serviría perfectamente.

–Muy bien, a lo mejor deberías desahogarte –intervino Jesse entre dientes. Tomó el reloj que tenía Keegan sobre la mesa para ver la hora–. Quedamos detrás del establo dentro de una hora. Rance y yo lanzaremos una moneda al aire para ver quién empieza a pegarte primero.

–De acuerdo.

Jesse salió bruscamente del despacho.

Rance le siguió.

Keegan sonrió y comenzó a arremangarse la camisa.

Molly estaba dándole el almuerzo a Lucas cuando sonó el teléfono de la cocina. Florence, que estaba ocupada echando la masa en una cazuela de caldo de pollo, tomó el auricular y contestó.

Abrió los ojos como platos mientras escuchaba.

Alarmada, Molly apartó el cuenco y la cuchara y le limpió la boca a Lucas con la servilleta.

—Se lo diré —le oyó decir a Florence, sin apartar la mirada de ella—. Pero no sé si va a poder hacer algo. Sí. Gracias, Myrna —y colgó.

—¿Qué? —preguntó Molly con voz trémula.

—Tu futuro marido está a punto de pegarse con sus primos detrás del establo —le comunicó Florence—. Myrna es la madre de Wyatt y trabaja en McKettrickCo, así que está al corriente de todo lo que se cuece allí. Dice que ha llamado inmediatamente a su hijo, pero Wyatt le ha dicho que eso es cosa de los McKettrick y él piensa mantenerse al margen.

—No pretenderás decir que van a pegarse de verdad, ¿no? —preguntó Molly.

Mientras lo hacía, recordó la noche que había pasado con Psyche en la clínica. Recordó la violencia con la que se habían empujado Jesse y Keegan. Si la recepcionista no los hubiera detenido, habrían terminado a puñetazos.

Florence asintió con expresión sombría.

—Si quieres que tu futuro marido salga medio decente en las fotografías de la boda, será mejor que vayas inmediatamente hacia al rancho.

Molly se levantó. Y volvió a sentarse.

—¿Hacen esto muy a menudo? Los McKettrick, quiero decir.

—Sólo cuando están de buen humor —contestó Florence—. Pero sí, hay que reconocer que son bastante aficionados a las peleas.

Molly miró a Lucas, y miró de nuevo a Florence.

Florence le tendió las llaves de su coche.

—Adelante, yo me ocupo del niño.

—Jamás en mi vida he tenido que parar una pelea —musitó Molly asustada, pero ya se había puesto en movimiento. Le dio a Lucas un beso en la frente y agarró el bolso–. ¿Qué puedo hacer cuando llegue allí? ¿Y en qué establo están? Hay por lo menos tres establos en el Triple M...

–Tienes que interponerte entre ellos –le aconsejó Florence–. Ningún McKettrick pegaría nunca a una mujer. Y estarán en el establo que levantó Angus, el que está junto a la casa de Keegan.

–¿Y cómo puedo estar segura de que van a pegarse allí? –preguntó Molly nerviosa mientras abría la puerta del garaje.

–Es una tradición familiar –le explicó Florence–. Llevan generaciones resolviendo sus diferencias en ese establo.

–Llama a Emma y a Cheyenne –le pidió Molly mientras presionaba el botón para abrir la puerta exterior del garaje.

–Supongo que ya lo habrá hecho Myrna –fue la respuesta de Florence.

Molly elevó los ojos al cielo, se subió al coche, metió la llave en el encendido, puso el motor en marcha y salió a la calle en dirección al Triple M.

Era absurdo lo que estaba haciendo.

Si los McKettrick querían romperse la nariz y destrozarse entre ellos, no era asunto suyo.

Pero a pesar de lo convencida que estaba, continuó conduciendo y en cuanto salió de los límites del pueblo, pisó el acelerador.

¿Sabía siquiera cómo llegar a casa de Keegan? En realidad sólo había estado allí una vez, antes de la excursión a caballo.

Al pasar la salida que conducía a la casa de Jesse, que Molly reconoció por el nombre del buzón, apareció un coche tras el suyo y prácticamente fue pegado a ella. A los pocos metros, encontró otro coche ante ella. El Volkswagen giró en un desvío que probablemente Molly habría pasado por alto, volando prácticamente sobre los baches y los surcos de la carretera. Rezando para que fuera aquélla la dirección correcta, Molly lo siguió.

Cruzaron el viejo puente, que resonaba bajo las ruedas de los coches, y llegaron los tres vehículos uno tras otro, como un convoy corriendo al fragor de la batalla.

La casa de Keegan estaba justo delante de ellas y había dos camionetas aparcadas descuidadamente en el patio. El Jaguar negro de Keegan estaba entre ellas.

El Volskwagen se detuvo con un chirrido de neumáticos. Casi inmediatamente salió Emma y corrió hacia el establo, quitándose los zapatos de tacón por el camino. El otro coche, un Escalade, estuvo a punto de chocar contra Molly al frenar; al instante, salió Cheyenne corriendo a toda velocidad, con la melena negra volando al viento.

Molly salió del coche de Florence y corrió tras ellas.

En el momento en el que dobló la esquina del establo, Jesse acababa de lanzar una moneda al aire. Rance y Keegan estaban también allí. Ninguno de ellos llevaba camisa.

—Cara —estaba diciendo Rance.

—Lo siento —respondió Jesse, guardándose la moneda en el bolsillo—. Ha salido cruz.

—Espera un momento —protestó Rance—. ¿Cómo sé que me estás diciendo la verdad?

Cheyenne corrió hasta donde estaba Jesse antes de que éste hubiera podido contestar a la pregunta de Rance y se abalanzó contra su pecho.

—¡Basta ya! —gritó.

Jesse la agarró por los hombros con delicadeza y la apartó a un lado.

Rance hizo lo mismo con Emma cuando se acercó a él.

Molly miró a Keegan y el corazón se le cayó a los pies. Su semblante tenía una expresión dura, tenía las piernas separadas y los puños cerrados. Estaba decidido a pelear y no había fuerza sobre la tierra capaz de detenerle.

Desesperada, se volvió hacia Jesse y Rance.

¿Serían capaces de pelear los dos contra Keegan? ¿No se

daban cuenta de que todo lo que estaba pasando era por lo afectado que estaba Keegan por la muerte inminente de Psyche y por su incapacidad para ayudarla?

Las palabras de Florence resonaban en su cabeza: «Tienes que interponerte entre ellos. Ningún McKettrick pegaría nunca a una mujer».

Molly tragó saliva y comenzó a avanzar.

Keegan ni siquiera la miraba, pero alargó el brazo para apartarla, como habían hecho Jesse con Cheyenne y Rance con Emma.

—Keegan, por favor...

Ni se molestó en mirar en su dirección.

—Ahora no, Molly.

Alguien la agarró del brazo. Miró a su alrededor y vio que era Cheyenne, que estaba fulminando a Jesse con la mirada mientras hablaba.

—Si quieren comportarse como unos idiotas —dijo Cheyenne—, déjalos.

Molly estaba aterrada, jamás en su vida había visto una pelea y no quería que aquélla fuera la primera.

Keegan comenzó a hacerle señas a Jesse con los puños.

—Vamos, adelante, dame un buen puñetazo.

Rance empujó ligeramente a Jesse.

—Sí, dale un buen puñetazo.

Jesse contorsionó el rostro y giró hacia Rance con el puño levantado.

Rance se agachó en el último segundo y el puño aterrizó en pleno rostro de Keegan.

Molly gritó y dio un paso adelante; Cheyenne y Emma la agarraron para hacerla retroceder.

Keegan se tambaleó ligeramente, bajó la cabeza y embistió con ella contra Jesse, lanzándolo contra Rance.

Los tres terminaron aterrizando en el suelo y continuaron peleando.

Molly se llevó la mano a la boca.

—Se van a matar —musitó.

—No habrá tanta suerte —contestó Cheyenne, pero tenía los ojos llenos de lágrimas.

—Lo que necesitamos es la brigada antidisturbios.

Mientras tanto, alguien gruñó de furia y dolor en aquel nudo de hombres cabezotas que rodaba por el suelo.

Molly se acercó otra vez y presionó ligeramente a Keegan con la punta del zapato.

—¡Basta! ¡Para inmediatamente!

Keegan la miró desconcertado y aquel despiste le valió un nuevo puñetazo, en aquella ocasión en la mandíbula.

—¡Vas a salir fatal en las fotos de la boda! —le advirtió Molly.

Y de pronto, Keegan comenzó a reír. Arrodillado en el suelo, con el labio sangrando, rió con todas sus fuerzas.

Rance, que estaba en el fondo de aquel remolino de patadas y puños, se incorporó apoyándose sobre los codos. Parecía desconcertado y receloso, como si sospechara que se trataba de un truco. Jesse, se puso de rodillas como había hecho antes Keegan, echó la cabeza hacia atrás y comenzó a reír a carcajadas.

Empezó a levantarse, pero Cheyenne se acercó a grandes zancadas hacia él, le plantó un pie en el pecho y le empujó hacia atrás. Jesse tuvo que apoyarse en las dos manos para no caer y miró a su esposa tan consternado que Rance y Keegan estuvieron a punto de llorar de risa.

Era evidente que a Cheyenne no le estaba haciendo tanta gracia.

—Siéntate ahí, estúpido —le ordenó a Jesse—. ¡Y no se te ocurra moverte hasta que se hayan helado los infiernos!

Tras decir aquellas palabras, giró sobre sus talones y se alejó furiosa.

Jesse comenzó a levantarse.

—Cheyenne, espera...

—Ahora sí que está en un lío —dijo Rance con una sonrisa.

—Como si tú no lo estuvieras —replicó Emma malhumorada—. Ahora mismo voy a volver a la librería, Rance

McKettrick, porque están allí tus hijas. Y si te queda una sola neurona en la cabeza, procura mantenerte alejado de mí hasta que se te haya ocurrido una disculpa convincente.

La sonrisa de Rance desapareció.

—Emma...

Pero Emma había dado ya media vuelta y seguía el camino de Cheyenne.

Se oyó la puerta de un coche. Inmediatamente sonó un motor.

Molly rodeó el establo para ver lo que estaba ocurriendo.

Cheyenne se alejaba a toda velocidad y Jesse tenía la mirada fija en la nube de polvo que dejaba tras ella.

Emma se zafó de Rance cuando éste intentó impedir que se marchara, se metió en su Volkswagen rosa y estuvo a punto de atropellar a su marido al cambiar de sentido.

Rance gritó un juramento. Jesse y él hablaron un instante y después se dirigió cada uno de ellos hacia su camioneta.

Molly regresó entonces con Keegan, que continuaba respirando con dificultad. Keegan se tocó con el dorso de la mano el labio partido, bajó la mano y frunció el ceño al ver que tenía los nudillos empapados de sangre. Un ojo comenzaba a hinchársele y tenía un corte en la frente.

—Vas a salir horroroso en las fotografías de la boda —le advirtió Molly—. Vamos dentro para que te cure las heridas.

—Puedo cuidarme solo.

—Sí, es evidente —le agarró del brazo y le instó a encaminarse hacia el rancho—. Deberías avergonzarte de ti mismo. Eres un hombre adulto, por el amor de Dios. ¿Qué habría pasado si Devon hubiera visto esta pelea?

Keegan la miró de soslayo.

—En realidad no era una auténtica pelea. Una vez tuvimos una bronca fuera de un bar que duró más de una hora. Hizo falta que nos empaparan con una manguera de bomberos para separarnos.

–Una hora. Qué valientes. Supongo que estarás orgulloso de ti.

Keegan se detuvo en seco; Molly tiró de él para que comenzara a caminar otra vez.

–Tienes que ponerte un hielo en el labio –se lo miró con atención–. No creo que tengan que ponerte puntos.

Una vez en el interior de la casa, le presionó para que se sentara al final de la mesa. Agarró un buen trozo de papel de cocina, lo humedeció y se lo puso en la mano.

–Colócate esto en el labio, estúpido. Voy a buscar el hielo.

–¿Acabas de llamarme estúpido?

Molly estuvo abriendo cajones hasta que encontró una caja llena de bolsas de plástico.

–Haz el favor de crecer, Keegan.

Keegan abrió la boca, y volvió a cerrarla.

Molly sacó una bolsa de la caja, se acercó a la nevera y la llenó de cubitos de hielo. Tras cerrar la bolsa, cruzó la cocina y presionó la bolsa contra el labio de Keegan.

Keegan hizo una mueca de dolor.

–¿Te duele? –preguntó Molly con dulzura.

–Sí –farfulló Keegan como pudo.

–Me alegro –respondió Molly con energía.

Fue a buscar más papel de cocina y continuó limpiándole la cara a Keegan sin demasiada delicadeza.

–Tengo algo que decirte –aprovechó para anunciar Keegan.

–No estoy de humor para oír los motivos por los que estabas revolcándote por el suelo del establo, si es en eso en lo que estás pensando.

Keegan respingó cuando Molly comenzó a examinarle el corte que tenía en la frente. No, no necesitaba puntos, y era una pena. Una cicatriz en la frente le habría quedado bastante bien.

–Es sobre nuestro matrimonio.

Molly se detuvo y retrocedió. El corazón acababa de subírsele a la garganta.

–¿Te has arrepentido?

–No, pero es posible que te arrepientas tú cuando oigas lo que tengo que decirte.

–Quiero ser la madre de Lucas y para eso tengo que casarme contigo. Aunque me confesaras que te dedicas a robar bancos para sobrevivir, no cambiaría de opinión.

Keegan sonrió, pero tenía una mirada triste.

–Psyche ha estado tomándonos el pelo, Molly. En ningún momento les pidió a Sierra y a Travis que adoptaran a Lucas.

Molly parpadeó y se llevó la mano al estómago, que comenzaba a revolverse tan violentamente como cuando había sido testigo de la pelea en el establo.

–¿Aunque no nos casáramos me dejaría ser la madre de Lucas?

Keegan la miró con atención. El párpado comenzaba a amoratársele.

–Sí –contestó–. Yo seguiría siendo el albacea en cualquier caso, de modo que tendrías que tratar conmigo.

–Pero tú perderías la oportunidad de adoptar a Lucas y convertirle en un McKettrick.

Keegan apenas se limitó a asentir. Esperó en silencio.

Molly se sentó en el banco de la cocina como si de pronto le hubieran abandonado las fuerzas.

–¿Cuándo te enteraste de esto?

–Ayer.

–¿Y me lo dices ahora?

–He estado a punto de no decírtelo –confesó Keegan–. Tengo tantas ganas de criar a Lucas como tú.

Molly asimiló lentamente aquella información.

Keegan alargó la mano y tomó vacilante la de Molly.

–¿Qué decides, Molly? ¿Quieres dar marcha atrás o le darás un padre a tu hijo?

CAPÍTULO 14

«¿Quieres dar marcha atrás o le darás un padre a tu hijo?».

Antes de haberse acostado con Keegan, Molly habría contestado inmediatamente a ambas preguntas. ¿Que si quería dar marcha atrás? Por su puesto que sí. Y, no, definitivamente, jamás habría elegido a Keegan McKettrick como padre de su hijo.

Así de fácil.

Así de sencillo.

El problema era que la verdad acababa de golpearle con todas sus fuerzas.

Se había enamorado de aquel hombre imposible, complejo y extrañamente honesto.

Tomó aire y esperó a ver cómo evolucionaba su estómago.

—¿Molly? —preguntó Keegan, dibujándole un círculo en la palma de la mano con el pulgar.

Molly sintió reverberar aquella caricia en cada parte de su cuerpo, en cada rincón de su alma.

—¿Estás bien? —insistió Keegan.

—No —respondió con amargura—, no estoy bien.

—¿Puedo hacer algo por ti?

Molly se levantó temblorosa. No estaba segura de que pudieran sostenerle las piernas. Las lágrimas, esas malditas lágrimas, estaban peligrosamente cerca de la superficie. Una vez más. Había estado luchando para no perder la cordura desde que Psyche le había pedido que fuera a Indian Rock. Y conocer a Keegan sólo había servido para empeorar las cosas. Para hacer que su situación fuera muchísimo más complicada.

—No, gracias, ya has hecho bastante.

Keegan parecía confundido, y receloso.

—¿Vas a casarte conmigo o no?

Molly se mordió el labio con fuerza.

—Sí —contestó al cabo de unos segundos—. Pero sólo lo hago por Lucas.

Una parte de la boca de Keegan, que estaba comenzando a hincharse, pareció sonreír. Molly suponía que de alivio. Pero la confusión no había abandonado su mirada.

—¿Qué otra razón podría haber, aparte de Lucas?

—Ninguna —respondió Molly enérgicamente—, ninguna en absoluto.

Le quitó el papel mojado de las manos, teñido para entonces de la sangre de aquel cabezota, caminó con paso firme hasta el cubo de la basura y lo tiró.

Había dejado el bolso y las llaves en el coche, pero estaba tan agotada que tardó varios segundos en recordarlo e interrumpir la búsqueda.

—¿Te vas? —preguntó Keegan, y parecía sorprendido.

El muy estúpido. Claro que se iba. El avión de Joanie ya había aterrizado en Phoenix y en ese momento probablemente su amiga estaría conduciendo un coche alquilado de camino hacia Indian Rock. Si Molly se quedaba en el Triple M no podría ir a recibir a su amiga.

Entre otras cosas porque era probable que terminara con Keegan en la cama, agonizando de pasión. Y podría llegar a decir algo estúpido en medio de alguno de los inevitables orgasmos. Algo así como «te quiero».

—Sí, me voy —dijo sombría—. Tengo cosas que hacer en el pueblo.

Keegan suspiró.

–Yo también. Devon está en la librería y tengo que ir a buscarla.

Molly estaba ya a punto de salir, pero detuvo la mano en el pomo de la puerta.

–Se va a asustar mucho cuando te vea –dijo preocupada–. Sinceramente, Keegan, tienes la cara...

–No tardará en ponerse bien. ¿Sigues pensando en llevártela mañana de compras? A Devon, quiero decir.

–Sí –contestó Molly.

Se descubrió deseando poder quedarse. Y no sólo para acostarse con él. Intuía que estaba ocurriendo algo más, algo que tenía relación con Devon y su radar interno le advertía que podía ser un tema serio.

–Keegan, ¿va todo bien? ¿Está bien Devon?

Keegan negó con la cabeza. Molly estuvo a punto de cruzar de nuevo la cocina para abrazarle, pero se negó a permitírselo.

–No –contestó Keegan–. Pero es una historia muy larga y muy complicada, y tengo que hablar antes con ella.

Molly permanecía en el marco de la puerta, sintiéndose incapaz de marcharse, pero también de quedarse.

–Parece algo serio.

–Lo es –confirmó Keegan abatido.

–¿Estás seguro de que no quieres decírmelo?

–Claro que quiero decírtelo –replicó Keegan con sombría firmeza–, pero no puedo. Todavía no. No sería justo para Devon.

–De acuerdo –dijo Molly con una inseguridad igualmente sombría–, pero si es algo que puede afectarle a Lucas...

–No le afectará –la interrumpió Keegan.

Aun así, Molly continuaba sin estar muy convencida.

–Mira, si quieres puedo ir a buscar a Devon a la librería. Puede quedarse a pasar la noche con Psyche, con Lucas, con Joanie y conmigo y así mañana podremos salir hacia

Flagstaff a primera hora. Así tendremos tiempo de conocernos un poco mejor.

Keegan consideró el ofrecimiento en silencio y al final asintió.

—Hablaré con ella en cuanto vuelva a verla. O quizá lo deje hasta después de la boda.

Por fin fue Molly capaz de moverse.

Pero no para salir, como conscientemente pensaba hacer, sino que retrocedió hasta donde estaba Keegan, se inclinó y le rozó suavemente los labios.

Sabía que Keegan quería abrazarla y que si lo hacía, ella estaría perdida. Afortunadamente, Keegan fue capaz de mantener las manos quietas. Sonrió, y a Molly le pareció atractivo incluso con la cara hecha un desastre.

—Será mejor que te vayas antes de que decida darte la bienvenida al antiguo estilo McKettrick —le pidió.

Molly se echó a reír, aunque tenía los ojos llenos de lágrimas. Volvió a besarle, en aquella ocasión en la frente, y retrocedió para ponerse a salvo de cualquier despedida.

Su lado más práctico, que llevaba mucho tiempo abandonado, afloró por fin a la superficie.

—Devon necesitará ropa, pijama y un cepillo de dientes.

Keegan asintió.

Molly esperó mientras Keegan subía al dormitorio de su hija.

Miró alrededor de la enorme cocina y se imaginó a sí misma preparando el desayuno. Haría allí los deberes con Devon y más adelante, cuando Lucas creciera, también le ayudaría a él con las tareas de la escuela. Se imaginó haciendo todo tipo de labores domésticas que jamás se le habría ocurrido hacer en Los Ángeles.

Molly Shields, la perspicaz agente, estaba a punto de transformarse en Molly McKettrick, la esposa de un ranchero. Seguramente, no había nadie más sorprendido que ella por el giro que estaba dando su vida.

Al cabo de un rato, Keegan volvió con una bolsa que

resultaba tan increíblemente femenina entre sus manos que Molly tuvo que reprimir un inesperado ataque de risa nerviosa.

Keegan la acompañó hasta el coche con la bolsa de Devon, la dejó en el asiento de atrás y esperó mientras Molly se sentaba tras el volante y giraba la llave en el encendido.

—¿Molly?

Su forma de decir su nombre, con voz ronca y grave, hizo que Molly se derritiera en el asiento y, una vez más, deseara poder quedarse a su lado. Quería volver a la casa con él, dejar que le quitara la ropa y tumbarse junto a él en la cama que muy pronto compartirían.

Keegan había sido capaz de abrir un mundo nuevo dentro de ella, un mundo cuya existencia ni siquiera conocía.

¿Pero por qué? ¿Por qué tenía que ser precisamente Keegan McKettrick?

—¿Qué? —preguntó, sobresaltada, y obligándose a salir de su ensimismamiento.

—Gracias. Gracias por venir a interrumpir la pelea. Gracias por haberte ofrecido a ir a buscar a Devon. Y, sobre todo, gracias por casarte conmigo.

Molly tragó saliva. Para Keegan, aquella boda era solamente un acuerdo que le permitiría formar parte de la vida de Lucas. Para ella era eso y mucho más.

—De nada —contestó con un hilo de voz.

«Te quiero, Keegan McKettrick», pensó. «Que el cielo me ayude, pero te quiero».

Keegan se alejó del coche y Molly lo puso en marcha.

Cuando cruzó el puente, vio por el espejo retrovisor que todavía estaba mirándola. Tres kilómetros más adelante, acercó el coche a la cuneta y lloró.

Joanie parecía agotada por el viaje; el traje de lino rojo, que seguramente debería haber sido de una talla más, estaba arrugado y el pelo se le disparaba en todas direcciones.

—Oh, Molly —dijo, quitándole al niño de los brazos—, es precioso.

—¡Montar! —dijo Lucas.

Joanie se echó a reír con los ojos llenos de lágrimas. Vio entonces a Devon, que permanecía detrás de Molly en la entrada de la casa de Psyche y sonrió.

—¿Y ésta quién es?

—Devon McKettrick —dijo Molly—, te presento a Joanie Barnes.

Devon dio un paso adelante y le tendió la mano. Joanie se colocó al niño en la cadera para poder estrechársela.

—Molly va a ser mi madrastra —le informó la niña muy formal.

—Una gran suerte para ella —contestó Joanie—, y una gran suerte para ti.

La formalidad de Devon dio paso a una sonrisa.

—Dice que tiene un montón de zapatos —le confió a Joanie.

Al parecer, para Devon, ése era un requisito indispensable para unirse a la familia.

Molly recordó el misterioso comentario que había hecho Keegan aquella tarde en el Triple M y no pudo evitar cierta tensión. Apenas conocía a aquella niña, pero ya sentía una fiera necesidad de protegerla.

Joanie sonrió.

—Créeme, tiene un armario lleno, y yo lo sé mejor que nadie. He estado guardándoselos en cajas, junto a parte de su ropa y casi todos sus cosméticos, antes de venir.

Devon la miró emocionada.

Molly sintió una inmensa gratitud hacia su amiga.

—Que Dios te bendiga —le dijo a Joanie.

Antes de ir a Indian Rock, había hecho el equipaje a toda velocidad y tenía que reconocer que había algunas cosas que echaba de menos; ropa informal, casi toda ella, pero también algunos trajes. Iba a convertirse en la esposa de un ranchero, sí, pero todavía conservaba cerca de una docena de clientes, los más leales, que no habían abandonado el barco.

Sabía que necesitaba volver a ser aquella otra Molly, por lo menos de vez en cuando. Aquella mujer poderosa con la ropa siempre impecable.

—Tenemos que hablar con tu padre —dijo Joanie después de aceptar la gratitud de Molly.

Su amiga le había dado las gracias por haberse tomado la molestia de conducir hasta su casa, prepararle algunas cajas y enviárselas, y todo ello antes de salir precipitadamente en un avión para asistir a una boda casi improvisada.

—Muy bien —contestó Molly con una tensa sonrisa.

Devon se ocupó de la maleta de Joanie, una maleta muy pequeña, porque Joanie tenía previsto regresar a Los Ángeles justo después de la ceremonia.

—Llevaré esto a tu habitación —dijo Devon. Parecía sentirse tan cómoda como si hubiera vivido toda la vida en la mansión de Psyche—. Está al lado de la mía y compartiremos el baño.

—Gracias.

Joanie le devolvió el niño a Molly con un gesto que podría haberse interpretado como de alivio. Los hijos de Joanie ya eran adolescentes y hacía mucho tiempo que no tenía que enfrentarse a la energía de un niño.

Devon subió en el ascensor. Había subido y bajado ya cerca de una docena de veces desde que Molly la había llevado a la casa.

—Son unos niños muy guapos —observó Joanie.

Molly asintió mostrando su acuerdo y la condujo a la parte de atrás de la casa. Florence estaba en la cocina, hablando por teléfono y Psyche, por supuesto, en la cama que le habían instalado en la galería.

Molly se detuvo un momento para dejar a Lucas en el parque y salió a la galería.

Psyche estaba contemplando las flores del jardín, pero en cuanto entraron Molly y Joanie volvió la cabeza.

Molly hizo las presentaciones y Psyche se mostró educada, cariñosa incluso, pero también distante. Molly tenía la sensación de que, desde que habían aceptado casarse, cada vez se alejaba más de la vida.

Estaba distanciándose hasta de Lucas y, a pesar de que Florence le ofrecía constantemente sus platos favoritos, apenas comía.

Estaba esperando a que celebraran la boda, pensó Molly con tristeza. Estaba esperando a la boda y después...

—¿Quieres hacerme un favor, Molly? —preguntó Psyche, sacando a Molly de sus reflexiones—. Tira las peonias de Keegan, ¿quieres?

Al principio Molly la miró confundida. Después, siguió el curso de su mirada y vio las peonias que Keegan le había llevado marchitándose tristemente en el jarrón.

—Claro —contestó, agradeciendo tener algo que hacer y poder salir a la galería.

—Encantada de conocerte —le saludó Joanie a Psyche.

Psyche se limitó a asentir y fijó de nuevo la mirada en el jardín.

Una vez en la cocina, Molly tiró las peonias y enjuagó el jarrón. Para entonces, Devon ya había vuelto, después de haber dejado la maleta de Joanie en la habitación que le habían asignado.

Florence sirvió un té frío, que aromatizó con ramitas de menta, y le dijo a Devon:

—Voy a salir a cortar unas flores para la señorita Psyche. ¿Te importaría venir a ayudarme con Lucas?

Devon asintió entusiasmada y Florence sacó a Lucas del parque.

En cuanto salieron los tres, Florence cerró la puerta corrediza de la galería con un gesto suficientemente elocuente.

—Supongo que sabía que teníamos que hablar —dijo, sentándose a la mesa de la cocina.

Molly se sentó a su lado y alargó la mano hacia un vaso de té. Presionó la hoja de menta con la cucharilla y asintió.

—Tu padre está en tratamiento otra vez, Molly —le informó Joanie con voz queda después de unos minutos durante los que lo único que se oyó en la habitación fue el tintineo de los cubitos de hielo—. Le ingresaron ayer. No puede recibir llamadas en veintiocho días.

Molly no era capaz de decir nada. Se sentía aliviada por una parte, por supuesto, pero también dolida. En algún rincón secreto, la niña que todavía quedaba dentro de ella deseaba que su padre estuviera en la boda, completamente sobrio y deseándole un futuro feliz.

—Me llamaron del centro para decírmelo —continuó explicándole Joanie—. Es una clínica privada, y bastante cara.

Molly asintió. Se aclaró la garganta.

—Envíales un cheque cuando llegues a Los Ángeles —le pidió.

—Lo siento, Molly, pero estoy segura de que es lo mejor para Luke. Cualquiera puede darse cuenta de que necesita ayuda y a lo mejor esta vez es la definitiva. Pero también es cierto que te vas a casar, aunque ésta no vaya a ser una boda por amor, y supongo que te habría gustado...

Molly estaba llorando otra vez, en silencio. Era incapaz de contenerse.

—Oh, Molly —susurró Joanie, apretándole la mano.

Molly se sorbió la nariz y bebió un poco de té. «Tranquilízate», se regañó.

Joanie miró hacia la puerta cerrada que las separaba de la galería.

—¿Por qué no me enseñas mi habitación? Podrías ayudarme a deshacer el equipaje.

Molly se levantó inmediatamente y se dirigió hacia el ascensor.

En cuanto estuvieron lejos de la cocina, sin ninguna posibilidad de que ni Psyche ni nadie pudiera oírlas, Joanie dijo:

—En realidad no quieres casarte con ese tipo, ¿verdad? Pero Molly, estoy segura de que tiene que haber alguna otra forma de conseguir la custodia de Lucas.

Molly negó con la cabeza y presionó el botón del ascensor. Se dio cuenta entonces de que en realidad ya estaba allí. Abrió la puerta metálica y entró.

—Keegan está enamorado de otra mujer —le confió a su amiga mientras subían al tercer piso.

—¿Qué?

—De Psyche. Está enamorado de Psyche.

—Pero ella está...

—Se está muriendo, sí —terminó Molly por ella.

Joanie estaba al tanto de que Psyche era una enferma terminal. Sin embargo, el hecho de que Keegan estuviera enamorado de aquella mujer era toda una sorpresa para ella.

—Oh, Dios mío.

—Y la cosa es todavía peor.

—¿Cómo es posible?

Llegaron al tercer piso y Molly abrió las puertas del ascensor.

—Estoy enamorada de Keegan —susurró, aunque sabía que estaban completamente solas en la casa.

—Es imposible —protestó Joanie—. Apenas le conoces.

Molly localizó la habitación de invitados que Florence había preparado para Joanie y abrió la puerta. Hacía frío dentro y estaba completamente a oscuras, así que se acercó a la ventana y abrió las cortinas.

Abajo, en el jardín, Lucas corría feliz mientras jugaba al pilla a pilla con Devon, que le permitía atraparla y fingía caerse en la hierba cada vez que la tocaba.

Florence los observaba con una sonrisa en el rostro mientras cortaba rosas.

A Molly se le encogió el corazón.

—Molly, dime algo —le pidió Joanie.

Molly se apartó de la ventana, tomó aire y enderezó los hombros.

—Estoy enamorada de Keegan McKettrick —repitió.

Joanie se sentó al borde de la cama, probablemente para probar la dureza del colchón, y botó ligeramente.

—A lo mejor eso es bueno —contestó—. Desde luego, te va a resultar mucho más fácil vivir con él que si no lo estuvieras.

—¿Tú crees? Psyche va a morir pronto, Joanie. Muy pronto. Keegan sabe que es inevitable, pero aun así, está destrozado. Dios mío, no tienes ni idea de lo mucho que quiere a esa mujer.

Joanie señaló la mecedora que había al lado de la cama.

—Siéntate —le ordenó a su amiga.

Molly se sentó, pero era incapaz de estar quieta. Comenzó a mecerse, cada vez más fuerte, hasta que el respaldo de la mecedora chocó con la pared y tuvo que apartarse.

—Molly —dijo Joanie con firmeza.

Molly dejó de mecerse.

—Y también está Devon. Sé que ocurre algo con Devon y Keegan no quiere decirme lo que es porque tiene que hablar antes con ella.

—Me parece una actitud razonable, Molly.

—Estoy casándome en unas circunstancias que no sé si voy a ser capaz de manejar —confesó Molly, y era la primera vez que lo reconocía—. Siempre he tenido mucha confianza en mí misma. Era capaz de manejar a los escritores más locos, estaba dispuesta a enfrentarme a los editores más duros. El día que renuncié a Lucas...

—Shh —la interrumpió Joanie—. Eres Molly Shields. Has crecido prácticamente sola, con tu padre. Has levantado un negocio del que puedes estar orgullosa. Y cuando cediste a Lucas en adopción, pensabas de verdad que estabas haciendo lo que era mejor para él. Querías que tuviera un padre y una madre.

—Sabía que Thayer era un mentiroso y un falso, Joanie. ¿Cómo fui capaz de convencerme a mí misma de que sería un buen padre para mi hijo cuando era un pésimo marido?

—Es fácil. No eras capaz de pensar correctamente. La ruptura con Thayer fue dolorosa y después estuviste sola durante todo el embarazo. No seas tan dura contigo.

—Me merezco haber terminado metida en todo este lío —se lamentó Molly—. Pero Psyche no. Psyche no.

—Te mereces tener una segunda oportunidad con Lucas —dijo Joanie—. Y tú no tienes la culpa de que Psyche se esté muriendo —hizo una pausa—. Eso lo comprendes, ¿verdad?

—Sí, pero le hice mucho daño —contestó con voz trémula.

—Fue Thayer el que le hizo daño —insistió Joanie—. Tú rompiste con él en cuanto admitió que estaba casado, ¿no es verdad?

Molly asintió, recordando aquel día. Había llenado la casa de flores, había puesto música y había estrenado una blusa de seda para la ocasión. Y le había anunciado a Thayer Ryan que iba a tener un hijo.

Thayer le había dicho infinitas veces que tenía muchas ganas de ser padre.

Por eso Molly esperaba que reaccionara con entusiasmo.

Esperaba incluso que le propusiera matrimonio.

Pero lo que había conseguido en cambio había sido una furiosa confesión. Thayer le había dicho que estaba casado, añadiendo los argumentos habituales en esas ocasiones. Psyche no le comprendía. Psyche no quería tener relaciones con él; que sí Psyche esto, que si Psyche lo otro.

Por su puesto, para Thayer todo era culpa de Psyche.

Y Thayer le había pedido a Molly que abortara.

Absolutamente estupefacta, aunque ya entonces comenzaba a darse cuenta de que no debería estarlo tanto, Molly le había ordenado a Thayer que saliera de su casa. Le había dicho que no se desharía de ese niño por nada del mundo.

A partir de entonces, Thayer no había dejado de llamarla.

Le había dicho que Psyche y él estaban haciendo terapia. Que estaban intentando recuperar las piezas rotas de su relación para recomponerla.

Molly se había volcado completamente en el trabajo, había mantenido el ritmo de siempre a lo largo de todo el embarazo. Durante el día, era una agente de altos vuelos, una mujer influyente y una negociadora prodigiosa. Por las noches estaba deprimida, se sentía débil y asustada. Pasaba las noches caminando nerviosa por la casa, incapaz de dormir. Se sentaba en la terraza y esperaba a que saliera el sol para tener así la excusa de regresar a la oficina.

En aquella época, había engañado a casi todo el mundo.

Menos a su padre.

Y a Joanie.

El parto había sido fácil. El obstetra había llegado a decirle que tenía un cuerpo diseñado para la maternidad. Pero le había dejado secuelas. Había comenzado a sufrir la depresión posparto antes incluso de haber sido dada de alta.

—Quédate el bebé —le había suplicado su padre.

—Yo te ayudaré —le había prometido Joanie.

Molly escuchaba lo que le decían su padre y su mejor amiga, pero no estaba en condiciones de tener en cuenta aquellas opiniones.

Thayer había ido a visitarla pocas horas después del parto. Le había enseñado las fotografías que se había hecho con su esposa en un crucero. En ellas aparecían Psyche y él sonrientes. Todo iba estupendamente entre ellos, le había dicho. Habían hecho una terapia y habían vuelto a retomar su relación.

Molly había sido capaz de salir de su depresión durante el tiempo suficiente para llamar Lucas al bebé, nombre que heredaba de su maravilloso, aunque problemático abuelo.

Después, había firmado los documentos para entregar a su hijo, a su propio hijo, a los Ryan.

Al principio, ni siquiera tenía fuerzas para arrepentirse.

Había sufrido una larga depresión que le había arrebatado todo lo que tenía, y para cuando había vuelto a ser ella misma otra vez, ya era demasiado tarde.

—Molly —la llamó Joanie, haciéndole abandonar los recuerdos. Le puso un trapo húmedo en las manos—, ponte esto en la nuca. Estás blanca como un fantasma. Tengo miedo de que te desmayes.

Molly se colocó el trapo en la nuca y Joanie volvió a sentarse en la cama.

—Necesitas beber algo fuerte. Un brandy o algo parecido.

Pero Molly negó con la cabeza.

—¿Por qué no?

—En primer lugar, porque mi padre es alcohólico y no quiero seguir sus pasos. En segundo lugar, me acosté con Keegan sin tomar ningún tipo de precaución y podría estar embarazada.

—Tú jamás serás alcohólica —le aseguró Joanie—. Y es poco probable que estés embarazada después de una sola noche.

—No quiero beber nada. Considéralo una forma de solidarizarme con mi padre.

Joanie alzó ambas manos en un gesto de conformidad.

—De acuerdo —dijo.

—Y Lucas fue concebido en una sola noche en la que ni Thayer ni yo tomamos precauciones. Además, ahora mismo estoy en el mismo momento del ciclo.

Joanie abrió los ojos como platos.

—Eres fértil como una coneja —exclamó.

Molly se echó a reír.

Y se sintió tan bien que terminó llorando de emoción.

Había llegado la mañana.

Por fin.

Sentado a la mesa de la cocina con una taza de café frente a él, Keegan revisaba con el ojo bueno los documentos del acuerdo de adopción que Travis había redactado.

Mientras tanto, su amigo esperaba asomado a la ventana a que Keegan terminara.

—Eleva el pago inicial a dos millones de dólares —dijo después de leer el documento por segunda vez.

Travis se volvió al instante. Con aquel pelo claro y el

sol a su espalda, se parecía extraordinariamente a Jesse. Keegan sintió una punzada de tristeza. No le gustaba estar peleado con sus primos.

Les había hablado de la boda antes de la pelea del establo, pero probablemente ninguno de los dos asistiría después de su desencuentro.

Meg estaría allí, por supuesto, y también Sierra. Quizá también fueran Cheyenne y Emma.

¿Pero cómo iban a faltar Jesse y Rance a su boda?

—Dos millones, de acuerdo —dijo Travis resignado.

—Tampoco me voy a quedar en bancarrota —se excusó Keegan.

—Ése no es el problema —replicó el abogado—. Llevo mucho tiempo preocupado por ti, y ahora también estoy preocupado por Devon. Para una niña de sólo diez años todo esto es muy difícil de asimilar. Estamos hablando de pruebas de paternidad, por el amor de Dios. Y Shelley... ni siquiera hemos empezado con Shelley.

—Shelley es una arpía con el corazón de piedra, Travis. Una mujer capaz de vender a su propia hija. Hay mujeres en prisión que jamás harían nada parecido. En cuanto uno asimila la verdad, todo resulta mucho más fácil.

Por lo menos, ése había sido su caso.

—¿Has hablado ya con Devon?

Keegan suspiró. Levantó la taza de café y volvió a dejarla en la mesa sin habérsela llevado a los labios.

—No —contestó—. Ahora mismo está con Molly y una amiga comprando la ropa para la boda que, por cierto, es mañana por la tarde —se interrumpió—. Vendrás, ¿verdad?

—Claro que iré. También soy el abogado de Psyche, ¿recuerdas? Pero iría de todas maneras porque, aunque pienso que estás cometiendo una estupidez tras otra, somos amigos.

—Gracias —contestó Keegan con cierta brusquedad.

Travis le palmeó la espalda.

—Terminaré de preparar los documentos y llamaré al

abogado de Shelley. Que supongo que estará esperando ya la llamada.

Keegan se limitó a asentir y Travis se marchó.

Keegan terminó el café y salió al establo para dar de comer a Spud.

Estaba cepillando al animal cuando oyó el motor de una camioneta y el sonido de un claxon que le resultaba familiar.

¿Sería Jesse?

Sacudió la cabeza, dejó el cepillo a un lado, salió del cubículo de Spud y atravesó el establo. Cuando llegó a la puerta, se detuvo.

Efectivamente, era Jesse, que bajaba sonriente de la camioneta. Tenía el ojo izquierdo amoratado, pero aparte de eso, parecía contento.

Señaló el remolque que llevaba atado a la camioneta.

—Te he comprado un regalo de boda, Keeg.

A Keegan se le hizo un nudo en la garganta.

Jesse rodeó el remolque, abrió la puerta trasera del remolque, bajó la rampa y subió.

Keegan se quedó boquiabierto al verle bajar un caballo palomino.

—Éste es el tuyo —anunció Jesse con orgullo.

Y sin más, le tendió al estupefacto Keegan la cuerda antes de desaparecer de nuevo en el interior del remolque.

Volvió con otro caballo castrado, en aquella ocasión un caballo pinto más pequeño que el palomino.

—Y éste es para Molly. Ya está completamente domado.

Keegan intentó decir algo, pero era incapaz de articular palabra.

Jesse soltó la cuerda del caballo pinto y regresó al remolque por tercera vez. Salió con un poni bayo con manchas blancas en la grupa.

—El poni es para Devon. Supongo que Lucas y ella podrán compartirlo durante algún tiempo.

Keegan no podía estar más emocionado.

—Maldita sea, Jesse —consiguió decir.

—No puedes llevar un rancho sin tener caballos —respondió Jesse, palmeándole la espalda. Entrecerró después los ojos y examinó su rostro—. Dios mío, vas a salir fatal en las fotografías de tu boda.

CAPÍTULO 15

Molly permanecía frente a la ventana del dormitorio de Joanie, aferrada al alféizar y con la mirada clavada en el jardín, donde Keegan ya la estaba esperando. Keegan, el hombre con el que no debería casarse. El hombre al que no debería amar.

Florence estaba también allí, con Lucas. Psyche, sentada en la silla de ruedas, observaba la escena a la sombra de un viejo roble con las manos cruzadas en el regazo. Devon revoloteaba entre los invitados luciendo el vestido amarillo y el ramillete de flores que llevaba entre las manos. Iba de Rance a Cheyenne, de Cheyenne a Emma, hablaba con todo el mundo, pero siempre regresaba al lado de Keegan.

El vínculo entre Keegan y su hija era visible para cualquiera que se tomara la molestia de fijarse y Molly sentía al mismo tiempo admiración y envidia por aquel lazo entre padre e hija. En aquel día tan especial, echaba profundamente de menos a su padre y deseaba que hubiera estado la mitad de comprometido con ella de lo que lo estaba Keegan con Devon.

—Estás fantástica —la elogió Joanie, sacándola delicadamente de sus pensamientos.

Molly se volvió y bajó la mirada hacia el vestido amarillo pálido y las sandalias de tacón que había comprado el día anterior en Flagstaff. El peinado era obra de Joanie, que le había recogido el pelo en lo alto de la cabeza y lo había adornado con una diadema de rosas diminutas y gisófilas.

—¿Cómo es posible que tenga tantas ganas de casarme cuando sé que esto me va a romper el corazón? —preguntó suavemente.

—Por Lucas —le recordó Joanie, estrechándole las manos—, y porque estás enamorada de Keegan.

Molly se mordió el labio y asintió nerviosa.

—No eches a perder el lápiz de labios —le advirtió Joanie.

Molly se echó a reír y, por una vez, no terminó sollozando.

A lo mejor se había quedado sin lágrimas.

Sí, y a lo mejor las vacas volaban.

—Supongo que será mejor que vayamos —propuso.

Joanie asintió.

Bajaron en silencio en el ascensor hasta la planta baja y cruzaron la casa.

—Que empiece el espectáculo —dijo Joanie cuando llegaron a la galería.

El sacerdote ocupaba ya su lugar bajo un árbol cubierto por un rosal trepador; las ramas entretejidas de las dos plantas ofrecían un estética mezcolanza de rosa, blanco y amarillo. Parecía una boda como cualquier otra, pensó Molly.

Keegan estaba justo delante del sacerdote, resplandeciente con un traje gris, pese a que conservaba las huellas de la pelea en la cara.

Jesse y Rance permanecían a su lado, vestidos de punta en blanco y también con aspecto de haber tenido un encontronazo detrás del establo del Triple M no muchos días atrás.

Un encontronazo del que, desgraciadamente, la propia Molly había sido testigo.

—¿Estás preparada? —preguntó Joanie.

Molly tomó aire y lo soltó lentamente.

—Sí —contestó.

«No», dijo para sí. «O quizá sí... ¡Dios mío, qué estoy haciendo!».

En la mesa en la que día antes estaban las peonias le esperaba un ramo de flores a juego con el vestido. Tras la mesa estaba la cama de Psyche, un triste recuerdo de que, pese a que pudiera parecerlo, aquélla no era una boda como cualquier otra.

Aquella boda era la última voluntad de una mujer agonizante.

Joanie le tendió el ramo de flores, le dio un beso en la mejilla y salió.

El desfile fue un tanto embarazoso. Devon corrió a ocupar su lugar y Joanie la siguió con paso decidido.

No hubo música.

Molly esperó a que Joanie le hiciera una seña para acompañarlas.

Mientras caminaba lentamente hacia Keegan, éste le sostenía la mirada.

Molly continuó caminando con la cabeza alta hasta llegar a su lado.

El sacerdote se aclaró la garganta.

—Queridos hermanos —comenzó a decir—, estamos aquí reunidos en presencia de Dios y estos testigos que...

Pero Molly no oyó ni una palabra más hasta que el sacerdote le preguntó que si quería tomar a aquel hombre por esposo. Keegan la agarró entonces delicadamente del brazo y le sonrió.

—¿Tomas a este hombre por esposo? —susurró.

—Sí —contestó Molly, dirigiéndose a él, en vez de al sacerdote.

Se produjo un silencio.

Molly volvió a repetir:

—Sí, quiero.

—Y tú Keegan, ¿tomas a esta mujer como tu legítima esposa?

Su legítima esposa, pensó Molly, ¡cielos!

—Sí —contestó Keegan con voz profunda y serena.

Para ser un hombre que se había visto obligado a casarse, parecía estar notablemente sereno. ¿O sería simple resignación?

—En virtud de la autoridad que me ha sido conferida —recitó el sacerdote—, os declaro marido y mujer.

Keegan le hizo volverse a Molly con delicadeza, la tomó por la barbilla y se inclinó hasta rozar su boca.

Teniendo en cuenta que tenía el labio hinchado, hizo un trabajo extraordinario con aquel beso.

—Damas y caballeros —continuó el sacerdote—, os presento al señor y la señora McKettrick.

Devon comenzó a saltar, incapaz de contener su alegría y Molly agradeció inmensamente que aquella niña estuviera dispuesta a darle la bienvenida a la familia. No era poco contar con su bendición.

Cuando Keegan soltó a Molly, Jesse dio un paso adelante y le dio un beso en la mejilla. Rance le imitó. Los dos sonreían con la cara tan magullada como la del propio Keegan.

Molly aceptó sus felicitaciones y fue después a buscar a Psyche, frágil y valiente en aquella silla de ruedas, refugiada bajo las enormes ramas del roble.

—Cuida de él —le pidió Psyche solemne.

Los ojos le brillaban con una mezcla de alegría y tristeza.

—Seré una buena madre para Lucas —le prometió Molly.

—Lo sé —contestó Psyche. Alzó la mirada hacia ella con expresión resignada—, pero me estaba refiriendo a Keegan. Es probable que no te haya contado cómo murieron sus padres, ni los problemas que ha tenido con la madre de Devon. Así que, por favor, dale una oportunidad de acercarse a ti.

Con un nudo en la garganta, Molly dejó el ramo de novia en el regazo de Psyche.

—Gracias, Psyche. Gracias por haberme perdonado, gracias por haberme devuelto a Lucas y por...

—¿Keegan? —Psyche sonrió, alzó el ramo y aspiró su fragancia—. No es un hombre fácil de tratar, pero es un hombre del que resulta muy fácil enamorarse, ¿verdad?

Molly tragó saliva y miró por encima del hombro. Keegan continuaba hablando con Jesse, Rance y Travis. Cuando se volvió de nuevo para mirar a Psyche, susurró:

—Sí, es muy fácil enamorarse de él.

A Psyche se le llenaron los ojos de lágrimas.

—Ámale, Molly. Ama a Keegan no sólo por ti misma, sino también por mí.

Molly, incapaz de decir nada, se limitó a asentir.

Psyche le devolvió el ramo.

—Esto es tuyo. Y también lo es Keegan. En cuanto a Lucas, siempre ha sido tu hijo, aunque me lo hayas dejado durante algún tiempo.

Las lágrimas le nublaron la visión a Molly. Parpadeó para apartarlas y, justo en aquel momento, llegó Florence para hacerse cargo de la silla de ruedas y llevar a Psyche al interior de la casa.

Molly las observaba marcharse conmovida por los mismos sentimientos que había visto minutos antes en los ojos de Psyche. Keegan se separó en aquel momento del grupo para acercarse a Florence. Agarró la silla de ruedas con sus fuertes y competentes manos y se inclinó para susurrarle a Psyche algo al oído.

Psyche se echó a reír y se secó las lágrimas.

—Hay alguien que quiere felicitarte —dijo entonces una voz femenina.

Molly se volvió y vio a Emma y a Cheyenne tras ella. Emma sosteniendo a Lucas en brazos. El niño se inclinó hacia Molly y, en cuanto estuvo en sus brazos, alargó la mano hacia el adorno que llevaba e la cabeza.

Molly se soltó el pelo y le tendió la diadema.

—Bienvenida a la familia, Molly —dijo Cheyenne—. Ahora ya eres una McKettrick.

Molly había optado por llevar el apellido de Keegan. Se había dicho a sí misma que era porque también Lucas sería un McKettrick en cuanto hubieran completado el proceso de adopción.

—Gracias —consiguió contestar Molly.

Pero incluso teniendo a Lucas en sus brazos y sabiendo que legalmente era su hijo, no pudo evitar mirar hacia la galería. Psyche ya no estaba en la silla de ruedas, que se había quedado en la entrada. Seguramente, Keegan la había llevado en brazos a la cama.

Cheyenne posó la mano en su hombro.

—¿Molly?

Molly se volvió para mirar a Cheyenne a los ojos.

—Estamos contigo, Molly, puedes contar con Emma y conmigo. Nosotras... sólo queríamos que supieras que te comprendemos.

Molly asintió con los ojos brillantes y se sorbió las lágrimas.

La puerta se cerró en ese momento y Molly volvió a mirar a Keegan. Acababa de dejar a Psyche y su rostro golpeado se había convertido en una máscara de tristeza.

Cheyenne agarró a Lucas y Emma empujó suavemente a Molly para que se acercara a Keegan.

—Ve con él —susurró.

Y Molly obedeció.

Keegan apenas parecía verla, por lo menos al principio. De hecho, estuvieron a punto de chocar. Pero en el último segundo, la agarró por los hombros, impidiendo que perdiera el equilibrio.

Molly se obligó a mirarle a los ojos.

Ninguno de los dos dijo nada.

Hasta que Keegan le dio un beso en la frente.

—Todo saldrá bien —susurró.

Molly se preguntó si estaría tratando de convencerla o de convencerse a sí mismo.

Estaba casado.
Casado.
Keegan apoyó la barbilla en la cabeza de Molly y miró hacia el cielo. Hasta entonces había hecho un día precioso, pero acababa de levantarse el viento y desde el este llegaban nubes oscuras que atenuaban la luz del sol.
Instintivamente, estrechó a Molly con fuerza contra él.
«Va a llover», pensó.
Molly retrocedió ligeramente y sonrió vacilante.
—Supongo que será mejor que trasladémos la fiesta adentro.
Keegan asintió. No habría luna de miel, no tendrían tiempo para eso. Travis le había enviado un fax a Shelley con intención de llegar a un acuerdo el día anterior y sabía que en cualquier momento se desataría el infierno. Tenía que estar preparado para enfrentarse a su ex mujer y para proteger a Devon de la tormenta.
Y Psyche se estaba muriendo.
Molly y él pasarían la primera noche de su matrimonio solos, en la casa del rancho. Devon iba a dormir con Jesse y Cheyenne. Lucas se quedaría con Florence y con Psyche. Para ella, cada día, cada hora, cada minuto que pasaba con su hijo se había convertido en un tiempo precioso.
Bajó la mirada hacia su esposa.
Molly se merecía más de lo que podía darle.
Mucho más.
Le dio la mano y tiró de ella hacia la casa.
La fiesta seguía a su alrededor, los invitados corrían al interior de la mansión para refugiarse de la lluvia.
Después cortarían la tarta.
Y se harían las fotografías.

Keegan no estaba llevando todo aquello muy bien; lo único que quería era que terminara la fiesta cuanto antes.

Quería estar a solas con Molly.

Su esposa.

Continuaron llegando invitados, a solas o en grupos, para unirse a la celebración. Wyatt y su madre, Myrna, Cora Tellington y el doctor Swann, Rianna y Maeve...

¿Las niñas de Rance no habían estado en la ceremonia?

La verdad era que no se acordaba. Lo recordaba todo borroso, como si hubiera sido un trecho que tenía que atravesar en medio de la ventisca o de una tormenta de arena.

Alguien le tiró de la manga y Keegan bajó la mirada.

Era Devon, que le miraba sonriente.

—Molly me ha dicho que te caíste en el establo —le dijo—, que por eso tienes así la cara —se interrumpió y frunció el ceño—. ¿Tío Jesse y tío Rance también se cayeron?

Keegan se echó a reír a carcajadas, y le sentó bien. Necesitaba liberar parte de la tensión que acumulaba desde... ¿desde cuándo? ¿Desde que Molly había irrumpido en su vida? ¿Desde que se había enterado de que Psyche estaba enferma y de que no había manera de salvarla? ¿Desde la desaparición de McKettrickCo tal y como él la había conocido?

¿O desde el día en el que los padres de Jesse y de Rance le habían dado la noticia de que sus padres habían muerto?

—No, cariño —contestó con voz ronca—. Molly sólo estaba intentando no herir tu delicada sensibilidad. Tus tíos y yo quedamos antes de ayer detrás del establo.

Devon le miró con los ojos abiertos como platos.

—¿Por qué?

—¿Quieres saber por qué nos peleamos?

—Sí.

—Porque a veces somos estúpidos —contestó Keegan—. Y porque somos McKettrick.

Travis, que estaba hablando por teléfono, le hizo un gesto a Keegan para que se acercara.

Keegan besó a su hija en la frente.

−Ve a buscar un trozo de tarta −le sugirió, y se alejó de allí

Travis cerró el teléfono, le hizo un gesto a Keegan, le condujo al que había sido el estudio del padre de Psyche y cerró la puerta tras él.

−Shelley no está del todo de acuerdo con la fórmula de la adopción.

A Keegan se le cayó el corazón a los pies.

−Pero con cinco millones por delante, y el resto a pagar cuando finalice todo el proceso, dice que firmará.

−¿De verdad está dispuesta a firmar?

−Keegan, estamos hablando de cinco millones de dólares.

−No −respondió Keegan−, no estamos hablando de cinco millones de dólares. Estamos hablando de Devon.

−Sólo estoy intentando decirte que estás corriendo un gran riesgo. Y no sólo por lo que se refiere a tu paz mental, sino también a la de Devon.

−¿Qué harías tú si estuvieras en mi lugar, Travis? Y no me des una respuesta de abogado. Quiero que me digas la verdad.

Travis suspiró y se pasó la mano por el pelo.

−Le daría a Shelley el dinero y rezaría a Dios para que se atuviera a lo acordado.

Keegan tragó saliva.

−Dile al abogado de Shelley que ingresaremos el dinero en cuanto firme el documento ante notario.

−¿Estás seguro? −preguntó Travis.

−Sí, estoy seguro.

−¿Cuándo piensas decírselo a Devon?

−Mañana −contestó Keegan−, cuando vuelva de casa de Jesse y Cheyenne.

Travis asintió.

−Cuanto antes, mejor −le aconsejó, y le dio una palmada en el hombro−. Y una cosa más, felicidades −sonrió−. Supongo que te acuerdas de que hoy te has casado.

—Sí, claro que me acuerdo.

—Ve a buscar a la novia y llévatela a casa —le urgió.

«Llévatela a casa».

¿Llegaría a ser el Triple M un verdadero hogar para Molly? ¿O se iría a Los Ángeles en cuanto terminara el tiempo que estaba obligada a pasar a su lado? Molly tenía una vida en Los Ángeles, allí tenía una casa, amigos, un negocio.

Y si se marchaba, se llevaría a Lucas con ella.

A Keegan le bastó pensar en ello para ponerse enfermo. Porque sabía que si Molly quería marcharse, no tendría manera de detenerla.

—¿Keeg? —dijo Travis.

Keegan fijó la mirada en el rostro de su amigo.

Travis posó un dedo en su frente.

—No pienses tanto con la cabeza —se llevó la mano al corazón—, y por una vez en tu vida, piensa un poco más con esto.

Keegan frunció el ceño. ¿Qué demonios significaba eso?

Travis se echó a reír al ver su expresión.

—Piensa en ello —insistió. Y casi inmediatamente, se marchó.

Para cuando Molly y Keegan llegaron a la casa del rancho, estaba lloviendo con fuerza. Keegan aparcó el Jaguar todo lo cerca que pudo de la puerta trasera y llevó a Molly en brazos hasta la casa.

Acabaron los dos empapados.

Una vez en el interior, dejó a Molly en el suelo. La lluvia caía por su pelo y se deslizaba por sus pestañas como si fueran lágrimas.

Y era tanta la felicidad de Molly que le dolía el corazón al mirarle.

«Te quiero», deseaba decir. Pero no se atrevía. No sería capaz de enfrentarse ni a la compasión ni al arrepentimiento en su mirada.

—Será mejor que te cambies de ropa —le aconsejó Keegan pragmático.

Las maletas de Molly estaban ya en el piso de arriba, en el dormitorio que iban a compartir; Rance se las había llevado ese mismo día.

—Ponte unos vaqueros —añadió Keegan al ver que Molly no respondía.

Era una pena, pensó Molly, acordándose del picardías que le había regalado Joanie.

—¿Unos vaqueros?

—Y una camisa de franela, si tienes —le informó Keegan mientras se dirigía hacia la puerta.

A diferencia de Molly, él se había cambiado ya en casa de Psyche.

—¿Adónde vas? —consiguió preguntarle Molly, después de tragar saliva.

—Al establo —contestó, como si le sorprendiera la pregunta—. Tengo que ir a dar de comer a Spud y a los caballos.

—De acuerdo —dijo Molly, desconcertada y profundamente desilusionada.

Era el día de su boda, y aunque sabía que Keegan no la amaba, esperaba ser, por lo menos, más importante que los caballos.

Keegan salió.

Molly permaneció durante unos minutos en la cocina; después, subió al piso de arriba y estuvo abriendo puertas hasta dar con el dormitorio principal. Cambió el vestido de novia, los pantis y los zapatos por un par de vaqueros, unos calcetines gruesos y una de las camisas de franela de Keegan, puesto que ella no tenía ninguna. En el fondo, agradeció poder ponerse unas zapatillas de deporte, porque los zapatos eran nuevos y tenía los pies doloridos.

Evitando mirar hacia la cama, se volvió hacia la cómoda y se encontró mirándose a sí misma en un espejo.

¿Quién era aquella mujer?

Molly McKettrick.

La mujer de un ranchero.

La madre de Lucas y la madrastra de Devon.

Una mujer propietaria de un gran número de pares de zapatos.

Las lágrimas amenazaban con hacer su aparición, pero Molly estaba harta de llorar. Consiguió dominarlas, se volvió y bajó las escaleras con paso decidido.

Cuando Keegan regresó del establo, la cocina ya estaba encendida, irradiando calor, apenas quedaba rastro de humo. Molly, de puntillas, intentaba girar el tiro de la cocina.

Keegan se detuvo empapado en la puerta.

—¿Los caballos están bien? —preguntó Molly para intentar romper el hielo.

Keegan entró y cerró la puerta.

Se quedó mirándola fijamente, casi como si fuera una extraña que acabara de irrumpir en su cocina.

—¿Keegan?

—¿Qué? —preguntó Keegan con voz lánguida.

—Acércate a la cocina mientras voy a buscarte ropa seca. Estás empapado hasta los huesos.

Keegan se detuvo un instante y después caminó hasta el calor que emanaba de aquella antigua cocina.

—Has encendido el fuego —parecía casi desconcertado.

—Sí, bueno —respondió Molly, sonriendo con determinación—. En realidad no es tan difícil, ¿sabes? Un poco de papel arrugado, una cerilla y, ¡*voilà*!, aparece una preciosa y crepitante llama. En la televisión lo he visto hacer cientos de veces.

Keegan pareció suavizar su mirada.

Molly abandonó la cocina y, unos minutos después, regresó con un par de toallas, unos vaqueros y una camiseta.

Keegan se había recuperado lo suficiente como para empezar a preparar un café en la cocina, renegando de la cafetera más moderna que descansaba en el mostrador, dejándose llevar por el espíritu de los viejos tiempos y cubriendo el suelo de la cocina de agua y barro en el proceso.

Molly dejó la ropa y una de las toallas sobre una mesa que había en la pared y comenzó a secar el rostro a Keegan, al principio con cierta timidez. Después, ya más segura, le colocó una toalla en la cabeza y ambos terminaron riendo.

Keegan posó las manos en su cintura y estaba a punto de acercarla a él, cuando sonó el teléfono.

«Psyche», pensó inmediatamente Molly. No, por Dios, esa noche no.

El segundo timbrazo sonó con más insistencia que el primero.

Keegan soltó a Molly y, armándose de valor, descolgó el auricular.

—Keegan —dijo, en vez de «diga». Su voz sonaba ligeramente temblorosa.

Molly observaba cómo iba cambiando su rostro a medida que escuchaba.

Dio un paso hacia él, pero se detuvo en seco cuando Keegan la frenó con la mirada.

—No —le oyó decir por teléfono—. No tiene sentido. Pero no deberías estar allí sola.

Molly cerró los ojos.

—De acuerdo —continuó diciendo Keegan después de escuchar en silencio—. Si estás segura, me parece bien. Iré allí mañana a primera ahora. Hasta entonces... —se interrumpió y asintió—. De acuerdo —repitió—. Gracias.

Tras una ronca despedida, Keegan presionó uno de los botones del teléfono, dando por terminada la llamada, y colgó lentamente el auricular.

—¿Psyche? —preguntó Molly, incapaz de soportar ni un segundo más.

—Sí —contestó Keegan, evitando su mirada—. Hace media hora.

Molly esperaba que Keegan se derrumbara. Sin embargo, fue ella la que se hundió. Se llevó la mano a la boca, pero fue incapaz de contener el sollozo que escapó de su garganta.

Keegan la miró como si estuviera deseando unirse a su llanto, pero no lo hizo. Se volvió, abrió la puerta de la cocina para contemplar la noche lluviosa y permaneció allí, con la espalda en tensión.

Molly susurró su nombre, pero si la oyó, no respondió.

Salió entonces en medio de la lluvia, dejando la puerta abierta.

Molly vaciló un instante y después le siguió. Le vio caminar, no hacia el establo, donde podría haber encontrado refugio y consuelo en los animales, sino hacia el puente.

¿Pensaba ir a casa de Rance?

Molly avanzó en medio de la lluvia sin sentir apenas el frío mientras la lluvia empapaba su ropa y su pelo. Y advirtió que la casa de Rance estaba completamente a oscuras.

—¡Keegan! —le llamó mientras corría tras él pisando charcos y resbalando en el barro—. ¡Keegan!

Keegan se detuvo y se volvió lentamente. Había muy poca luz, sólo la que procedía del establo, pero Molly pudo ver claramente su rostro cincelado por las sombras y el dolor.

—¡Keegan! —repitió sin importarle la desesperación que reflejaba su voz.

Se detuvo y esperó.

Keegan permanecía quieto, tan ajeno a la lluvia como la propia Molly. Pero ésta comenzaba a sentir el frío más intensamente. Un frío que le calaba los huesos y que, comprendió, tenía poco o nada que ver con el tiempo.

Le tendió la mano.

Keegan vaciló, pero al final tomó la mano que le ofrecía, entrelazó los dedos con los suyos y los estrechó con fuerza.

Molly no recordaba después si fue él el que la condujo a la casa o fue ella la que le llevó a él.

Entraron lentamente y se quedaron al lado de la cocina, los dos empapados.

Keegan la miró entonces fijamente a los ojos, la estrechó con fuerza contra él y la besó, no con ternura, sino con una voracidad y una exigencia que no tenía nada que ver con Molly, sino con su relación con Psyche Ryan.

Molly apenas recordaba cómo fue la subida por las escaleras. De lo único que se acordaba era del momento en el que se encontró con Keegan en el dormitorio.

Éste la desnudó; no fue rudo, pero tampoco delicado. Molly se lo permitió porque añoraba su pasión, incluso sabiendo que era otra mujer el verdadero objeto de ella. Keegan estaba a punto de utilizarla y ella iba a permitírselo.

No esperaba sentir nada, salvo una sobrecogedora tristeza, pero vaya si sintió.

Temblaba mientras Keegan besaba sus hombros desnudos y después la levantaba en brazos, haciendo que le rodeara la cintura con las piernas para no perder el equilibrio. Keegan inclinó la cabeza, primero hacia un seno y después hacia el otro, y succionó voraz.

Ni siquiera la tela húmeda de los vaqueros contra las partes más íntimas de Molly pudo apagar el fuego que con su boca había encendido dentro de ella.

–Keegan –le suplicó.

Cayeron juntos en la cama.

Keegan se separó de ella, se desabrochó los vaqueros y se los quitó. Parecía casi salvaje mientras la miraba y susurraba su nombre.

Su nombre. Gracias a Dios, no la había llamado Psyche.

Molly alzó los brazos hacia él.

Keegan apartó las sábanas para taparla y se reunió con ella.

No habría preliminares en aquella ocasión, Molly lo sabía.

Habría toma.

Habría entrega.

Keegan se cernió sobre ella, apoyándose sobre los antebrazos y la miró a los ojos. Molly sentía su cuerpo frío y duro como el hielo, pero notaba también que estaba comenzando a caldearse, a encenderse con las llamas que crecían dentro de ella.

Molly colocó las sábanas sobre ambos y gimió con desesperado placer cuando Keegan se deslizó hacia abajo para lamer brevemente sus senos.

Keegan volvió a alzar la cabeza, le hizo abrir las piernas con la rodilla y la miró a los ojos. Molly le sintió entonces, dispuesto a hundirse en ella. Y sintió también cómo se expandía su propio cuerpo para recibirle.

Asintió y posó las manos en su espalda.

Keegan entró en ella y volvió detenerse.

Molly musitó su nombre.

Entonces, con un único y firme movimiento de caderas, Keegan se hundió completamente en ella y Molly gritó, pero no de dolor, sino desbordada por la pasión.

Keegan se detuvo al instante.

—¿Molly...?

Quería saber si le había hecho daño.

Molly lloró, enmarcó su rostro herido con las manos y le besó poniendo en aquel beso todos sus sentimientos.

Cuando Keegan apartó los labios de los suyos, estando ambos ya sin respiración, la miró tan profundamente a los ojos que Molly estaba segura de que había sido capaz de ver en las profundidades de su alma, de que había desvelado todos sus secretos, entre ellos el de que, contra toda lógica, había terminado enamorándose de él.

A partir de aquel momento, se aceleró el ritmo de su encuentro.

Fue una fusión dura.

Rápida.

Sagrada.

El primer orgasmo fue la perdición de Molly. Se arqueó indefensa bajo Keegan mientras sus cuerpos se fundían.

Hundió las manos en su pelo empapado y luchó para capturar su boca al tiempo que clavaba los talones en el colchón y se alzaba para que se hundiera todavía más en ella.

Keegan alcanzó el clímax inmediatamente después de que Molly hubiera iniciado el dulce descenso; se tensó dentro de ella, a punto ya de liberación. Molly le sintió derramarse en su interior y le sostuvo con fuerza contra ella.

Continuó abrazándole y acariciándole la espalda y el pelo hasta que cesaron los temblores. Y en lo más profundo de su corazón, allí donde sabía que estaba completamente a salvo, se atrevió a confesar: «te amo, Keegan McKettrick».

CAPÍTULO 16

Molly permanecía sola ante las escaleras de la iglesia en la que, cuatro semanas después, se casarían Rance y Emma. Sería una boda tradicional, con todos los elementos tradicionales: encaje blanco, pétalos de rosa a lo largo del pasillo e invitados engalanados con alegres colores para la gran celebración. Desde el órgano, situado bajo el coro, sonaría la marcha triunfal.

Pero a pesar de que el sol estaba brillando, la alegría de aquel día todavía quedaba muy lejos.

De momento estaban llorando la muerte de Psyche en aquella pequeña iglesia y en los corazones de la gente del pueblo, que se había vestido de negro o colores oscuros y estaba reunida frente a la puerta del cementerio de verde hierba, lápidas y ángeles de piedra que había al lado de la iglesia.

Florence estaba sentada en uno de los bancos, con Lucas en el regazo y la mirada fija en el reluciente ataúd de Psyche, haciendo caso omiso a todo lo que pasaba a su alrededor. El féretro, cerrado a petición de la propia Psyche, estaba envuelto en un manto de peonias blancas; había sido Keegan el que se había encargado de ello.

Keegan.

Durante los tres días que habían pasado desde la muerte

de Psyche, y desde la boda de Keegan, éste se había mostrado frío, distante, extrañamente inmóvil a pesar de su constante actividad. Cuidaba a los caballos, clavaba las cercas, sacaba todos los aperos del establo y volvía a guardarlos... Por las noches, hacía el amor con Molly en la cama, dejando su cuerpo completamente satisfecho y su corazón anhelante de caricias.

Los acordes de *Amazing Grace* llegaban a ella a través de la iglesia y se elevaban con una suave brisa que trasladaba también la fragancia de la hierba recién cortada.

Molly se armó de valor para volver a entrar.

No podía utilizar la excusa de ser una forastera para no hacerlo. Era Molly McKettrick, la madre de Lucas, la esposa de Keegan. Y Psyche había sido... su amiga.

Las lágrimas le nublaron la visión, convirtiendo los coches aparcados a ambos lados de la arbolada calle en un haz difuso de colores y formas.

Alguien la agarró del brazo.

—Ya es la hora —le dijo Jesse con voz queda.

«Keegan te necesita», parecía estar diciendo su mirada.

Molly asintió y permitió que la acompañara a la abarrotada iglesia. Se sentó de nuevo al lado de Keegan, que continuaba tan quieto que bien podría haber sido una de las estatuas de mármol que velaban las tumbas de detrás de la iglesia.

Molly anhelaba tomar su mano o, simplemente, posar la mano en su hombro, pero no lo hizo. Al otro lado de Keegan, Devon observaba la ceremonia con expresión solemne, inconscientemente protegida por la inocencia de su juventud. Al fin y al cabo, Devon apenas había conocido a Psyche y la tristeza que sentía estaba directamente relacionada con su padre.

Comenzó el funeral.

Durante la lectura del salmo 23, Lucas se liberó de los brazos de Florence, bajó de su regazo y caminó tambaleante hacia Molly, que le tendió los brazos con labios temblorosos.

Molly sintió tal oleada de amor hacia él, hacia su bebé, su milagro, que, por un momento, apenas pudo respirar. Le tomó en sus brazos y le estrechó contra ella.

Keegan, mientras tanto, permanecía rígido, con los ojos secos, pero irritados y expresión dura. Jesse, que estaba sentado con Cheyenne, Rance y Emma en el banco de atrás, hizo lo que Molly no se atrevía a hacer. Posó la mano en el hombro su primo y se lo estrechó con un gesto de cariño.

Keegan respingó ante aquel gesto de consuelo. Excepto por las noches, cuando hacía el amor con Molly, rehuía cualquier clase de contacto físico.

No hubo una loa formal hacia la figura de Psyche, pero el sacerdote invitó a los congregados a subir al púlpito para recordarla.

Molly se levantó con Lucas en el regazo, esperando a que Keegan lo hiciera.

Tras unos segundos de vacilación, Keegan también se levantó, caminó hacia el altar con la espalda rígida y se colocó tras el púlpito. En la iglesia se hizo un tenso y emotivo silencio.

Molly se sentó temblando. Devon se acercó a su lado y apoyó la cabeza en su hombro. Molly le pasó el brazo por los hombros y la estrechó contra ella, intentando controlar al mismo tiempo a un cada vez más impaciente Lucas.

Cuando el niño comenzó a llorar, frustrado por aquel encierro, Jesse lo levantó en brazos y lo sacó de la iglesia.

Keegan, de pie ante los congregados, tragó saliva.

—Un buen amigo me dijo no hace mucho —se interrumpió a media frase para aclararse la garganta—, que la gente debería vivir menos con la cabeza y más con el corazón. Psyche lo hizo durante toda su vida. Vivió con el corazón. Siempre estaba dispuesta a perdonar a los demás, a dar una segunda oportunidad —fijó su mirada insondable en el rostro de Molly—. Murió tal y como vivió, generosamente. Sufría dolores terribles y estaba asustada, pero supo sobreponerse a todo ello. Se aseguró de que su hijo tuviera un hogar y una familia.

Volvió a interrumpirse, como si estuviera buscando las palabras para terminar.

–Psyche fue una de las mujeres más valientes que he conocido y jamás la olvidaré.

Y sin más, bajó del púlpito. Al pasar por delante del féretro, posó la mano sobre él.

«Jamás la olvidaré».

El eco de aquellas tristes y sagradas palabras resonaba en el corazón de Molly.

Devon y ella se apartaron para que Keegan pudiera sentarse. Junto a Jesse, Travis Reid, Wyatt y un hermano de éste, sería uno de los portadores del féretro. Formaba parte de su deber ayudar a sacar el féretro de Psyche de la iglesia cuando terminara el funeral, trasladarlo hasta el coche fúnebre.

Molly miraba al frente con un nudo en la garganta.

Al final, y sin ser consciente de ello, Psyche había tenido su venganza. Le había entregado a Molly un regalo de un valor incalculable, a Lucas, pero también le había arrebatado algo. Se había llevado parte de Keegan en su viaje hacia los misterios de la eternidad; con ella había muerto una parte vital de su marido.

Molly soportó el resto del funeral como un autómata. Escuchó el valiente y lloroso homenaje de Florence, pero por lo que a Molly concernía, Florence podría haber estado hablando en un idioma desconocido. Jesse regresó y le tendió a Lucas, ya dormido, a Cheyenne.

Llegó por fin el temido momento final. A una señal del sacerdote, el mismo sacerdote que había casado a Molly y a Keegan, los portadores se reunieron alrededor del féretro y tomó cada uno de ellos una de las asas de bronce.

Todo había terminado.

Y todo estaba empezando.

Psyche no quería testigos de su entierro, así que el adiós

final tuvo lugar cuando se cerraron las puertas del coche fúnebre.

La esposa del pastor anunció que servirían un refrigerio en la sala de reuniones de la iglesia.

Molly tuvo que soportar también aquel trance.

La gente comía tarta, bebía café y ponche e intercambiaban recuerdos de la Psyche más joven, la única a la que en realidad habían conocido.

Lucas estaba agotado, como si le hubiera contagiado la energía de aquel acontecimiento que él no alcanzaba a comprender. Se había adaptado muy bien al Triple M, pero iba de habitación en habitación buscando a Psyche. «¿Mamá?», la llamaba tristemente confundido, «¿mamá?».

En aquel momento, escrutaba la habitación buscando a una persona que jamás encontraría.

Molly se acercó a Keegan temerosa. Estaban a la luz del día; pero sabía que cuando llegara la noche, cuando estuvieran en la habitación del rancho, con Lucas durmiendo en la habitación de al lado y Devon descansando al final del pasillo, todo sería diferente.

Molly anticipaba aquel encuentro a un nivel tan visceral que todas sus células parecían estar electrificadas. Pero también lo temía, temía continuar entregándose de aquella manera y sabiéndose al mismo tiempo la sustituta de otra mujer; no de la Psyche frágil que ella había conocido, sino de la mujer vibrante y llena de vida que, obviamente, Keegan recordaba.

—Lucas está cansado —dijo en voz baja, abrazando a su hijo.

El rostro de Keegan estaba ya prácticamente curado. El labio había vuelto a la normalidad y apenas se notaba el ojo amoratado.

—Voy a llevarle a casa.

Keegan parpadeó, como si Molly fuera una conocida con la que había coincidido en algún momento, pero de la que se había olvidado completamente. Si no le hubiera conocido, Molly habría jurado que estaba intentando ubicarla, recordar su nombre.

—A casa —susurró.

—Sí, al rancho —le aclaró Molly, sintiéndose estúpida.

¿A qué otro sitio podía ir? La casa de Psyche estaría cerrada hasta que hicieran el cambio de escrituras. Florence ya había hecho el equipaje y su hermana había ido a buscarla para llevársela a Seattle. Jesse y Rance se habían encargado de llevar las cosas de Molly y de Lucas al Triple M en sus camionetas.

—Yo conduciré —propuso Keegan, sorprendiendo a Molly. No sabía qué esperaba exactamente de él, pero, desde luego, no aquella rápida aquiescencia—. ¿Dónde está Devon?

—Afuera, con Rianna y Maeve —contestó Molly—. Keegan, no tienes por qué...

—Aquí no tengo nada que hacer —replicó.

Sonrió ligeramente y le revolvió el pelo a Lucas, pero cuando miró a Molly, había vuelto la distancia a sus ojos.

Se separó de ella para ir a hablar con Florence y salió después.

Molly también tenía que despedirse de Florence, así que se acercó a ella.

—Te enviaré fotografías de Lucas —le prometió—. Y puedes venir a verle cuando quieras.

A Florence se le llenaron los ojos de lágrimas mientras se inclinaba para acariciarle el pelo y besarle después.

—Gracias, Molly.

A Molly volvió a hacérsele un nudo en la garganta.

Florence sonrió con dulzura.

—Para Psyche era un consuelo saber que cuidarías de Lucas y le querrías tanto como ella. Para ella era algo importante a lo que aferrarse.

Incapaz de hablar, Molly se limitó a asentir.

—Y asegúrate de no olvidarte de enviarme esas fotografías —le pidió Florence—. En cuanto esté instalada en Seattle, os enviaré una postal al Triple M para que sepas mi dirección.

La anciana miró por encima del hombro de Molly hacia la puerta.

—Será mejor que salgas a ver cómo está tu marido. Supongo que al principio no será fácil, pero si eres capaz de aguantar, al final todo saldrá bien.

—¿Y tú estarás bien? —preguntó Molly cuando recuperó por fin la voz.

—Claro que estaré bien —respondió Florence—. Sé que pasaré algún tiempo llorando a mi niña, pero lo superaré. Psyche se aseguró de que yo tuviera todo lo que puedo necesitar, que Dios la bendiga. Y cuento además con mi hermana y muchos y buenos recuerdos para consolarme.

—Gracias, Florence —le agradeció Molly antes de salir.

Florence asintió y Molly se volvió para marcharse.

Keegan permanecía al lado del coche, apoyando la mano en el hombro de Devon mientras hablaba con ella. Cuando vio que Molly se acercaba, dejó a su hija para agarrar a Lucas. Colocó al niño, que estaba medio dormido, en la silla del asiento de atrás; Devon se sentó solícita a su lado.

Nadie hablaba mientras conducían hacia el Triple M.

Una vez allí, Molly le cambió el pañal a Lucas, le dio un biberón y le dejó en el parque que tenían en la cocina. Keegan subió rápidamente al dormitorio y regresó con los vaqueros, las botas y una camisa de trabajo.

Molly dejó a Lucas al cuidado de Devon y también fue a cambiarse de ropa. Se puso unos vaqueros cortos, una camiseta blanca y unas sandalias. Para cuando regresó a la cocina, Keegan ya no estaba.

Devon descansaba sentada en la mecedora y mirando a Lucas mientras éste dormía.

Molly se detuvo a su lado, un poco preocupada por su expresión abatida. Sí, Devon acababa de asistir a un funeral, pero Molly sospechaba que era otro el motivo de su tristeza.

Keegan había comentado que tenía un problema relacionado con Devon. A lo mejor habían estado hablando sobre ello.

—¿Quieres comer algo, cariño? —le preguntó.

Devon negó con la cabeza.

—Mi padre está muy afectado.

—Ha perdido a una buena amiga. Eso es algo muy duro.

—Me ha dicho que tenemos que hablar —respondió Devon, mirando a Molly con aquellos ojos tristes y luminosos—. Creo que me va a decir que mamá quiere que vaya a vivir a París, que no puedo quedarme aquí con él.

Molly estaba completamente perdida. No sabía nada de la situación y tampoco de la relación de Keegan con su ex esposa, de modo que era fácil que terminara diciendo algo que no debía. Aun así, tampoco podía ignorar la preocupación de la niña.

—¿Y eso es lo que tú quieres? ¿Vivir aquí con tu padre?

—Y contigo y con Lucas.

En ese momento, Molly fue plenamente consciente del compromiso que había adquirido para recuperar a su hijo. Si Keegan y ella no eran capaces de encontrar la forma de hacer funcionar su matrimonio habría otras víctimas. Una de ellas sería Lucas, desde luego, pero Devon también sufriría.

—Y a nosotros nos encantaría que vivieras con nosotros.

Eran muchas más las cosas que le habría gustado decir, que le habría gustado prometer, pero todavía era demasiado pronto.

Y Molly ya había hecho suficientes promesas.

Devon se animó de pronto.

—¿Puedo probarme tus zapatos? —le pidió.

Molly se echó a reír, aliviada por el giro que había tomado la conversación, adentrándose en un terreno mucho más seguro.

—Sí, pero todavía están en las cajas.

—No importa —respondió Devon—, así te ayudaré a sacarlos.

—Buena idea.

La niña se levantó de la mecedora y subió corriendo las escaleras.

Cuando Keegan entró en la cocina, Molly estaba preparando una mezcla de mayonesa, atún y pepinillos para los sándwiches. Miró a su alrededor, buscando a Devon.

—Está en el piso de arriba —le informó Molly—, sacando mis zapatos.

Keegan curvó la comisura de los labios en un pésimo intento de sonrisa. Al oír un taconeo en el piso de arriba, alzó la mirada hacia el techo.

—Espero que poco a poco las cosas vayan siendo más fáciles.

Molly se moría por deslizar los brazos alrededor de su cintura y apoyar la cabeza en su pecho, pero no podía, porque Keegan continuaba guardando fieramente las distancias.

—Y lo serán —le aseguró—. Seguro que todo se arregla.

Keegan no parecía muy convencido; de hecho, su expresión era incluso escéptica. Sin decir nada más, se volvió y comenzó a subir las escaleras.

—¿Devon?

Devon había abierto una de las cajas del equipaje de Molly y había zapatos desparramados por toda la habitación. El par que se había puesto era de color negro con lunares rosas, unos lacitos y tacones altos.

—Molly me deja —se disculpó al ver a su padre observando aquel desastre.

Keegan entró en el dormitorio, dejando la puerta abierta.

—Lo sé, cariño —contestó.

Se sentó en una mecedora que tenía tantos años que hasta Georgia, la segunda esposa de Angus, había dado de mamar allí a sus hijos, Rafe, Kade y Jeb. El propio Keegan se había mecido en aquella silla de niño, como lo habían hecho otras muchas generaciones de McKettrick hasta ese momento.

Devon permanecía completamente quieta, con los hombros erguidos, preparada para un inminente desastre, porque sabía que pronto tendría que aguantar una carga insoportable sobre ellos.

—Tengo que ir a París, ¿verdad? —preguntó.

—No —contestó Keegan.

—¿Entonces qué pasa?

—Siéntate, Devon.

Devon dudó un instante, pero al final se sentó en la cama. Cruzó las manos en el regazo.

—Estos últimos días, tu madre y yo hemos estado negociando. Está de acuerdo en que te quedes a vivir aquí para siempre.

A Devon se le iluminó la mirada, pero una repentina inseguridad apagó ese brillo.

—Eso es genial, ¿verdad? Aunque a lo mejor, estando aquí Lucas y Molly, somos demasiados y...

—Devon —la interrumpió Keegan—, aunque esta casa fuera diez veces más pequeña de lo que es, continuaría habiendo sitio para ti. No es eso.

—¿Entonces qué es?

Keegan cerró los ojos durante largo rato. ¿Y si estuviera cometiendo un error? A lo mejor no hacía falta decirle a Devon que no era su hija. Shelley se daría por satisfecha con el dinero y estaría demasiado ocupada instalándose en París con su novio como para crear problemas.

Y un infierno, se dijo a sí mismo. Shelley vivía para causar problemas y le importaba muy poco a quién pudiera herir en el proceso. Siendo Devon su hija, debería haber estado a salvo de sus garras, pero Keegan sabía que no era así. Y Shelley sabía que la mejor forma de hacerle daño a él era hacer sufrir a Devon.

—Quiero que nunca olvides lo mucho que te quiero.

Y que eso no va a cambiar —comenzó a decir Keegan con tristeza.

—No estás enfermo, ¿verdad? No te va a pasar lo que le ha pasado a Psyche.

El miedo que reflejaban sus palabras se clavó en el corazón de Keegan como un cuchillo afilado.

—No, no es eso.

Tenía que decírselo. Tenía que soltarlo.

Hasta que no lo hiciera, aquel secreto sería el equivalente emocional de una bomba de relojería. Era una amarga ironía que para proteger a Devon de su propia madre tuviera que decirle algo que iba a sacudir todos los cimientos de su identidad.

—Yo... no soy tu padre —confesó Keegan—. No soy tu padre biológico.

¿Entendería Devon lo que significaba «biológico»? Todavía no tenía ni once años.

Devon palideció. Hasta ese momento, estaba balanceando los pies, todavía enfundados en los zapatos de tacón, pero inmediatamente se detuvo. Con una voz tan débil que Keegan apenas la oyó, preguntó:

—¿No soy una McKettrick?

—Claro que eres una McKettrick.

—Pero si no eres mi padre...

—Yo soy tu padre, Devon, soy tu padre porque decidí serlo.

—¿Mamá estuvo con otro hombre?

Keegan ahogó un juramento. Odiaba que una niña tan pequeña tuviera que conocer los mecanismos de la infidelidad.

—Sí —contestó.

Uno de los zapatos cayó al suelo.

—Si tú no eres mi padre, ¿quién es?

—No lo sé —contestó Keegan.

Ni él estaba preparado para hablarle de Thayer Ryan ni ella para escucharlo. Además, lo suyo sólo era una sospecha basada en una intuición y en el hecho de que Thayer y Shelley ya hubieran llegado a un acuerdo... hasta que Keegan y Psyche habían mantenido la conversación final.

Algunos de los documentos que Travis había preparado habían terminado mezclados con las copias de la documentación referente a las escrituras de la casa de Psyche y a la adopción de Lucas. Cuando los había visto, Psyche le había preguntado que por qué estaba en proceso de adoptar a Devon.

Y Keegan se lo había contado en la galería, minutos antes de la boda.

Al pensar en ello, recordó que Psyche no se había mostrado en absoluto sorprendida. De hecho, se había limitado a volverse hacia la ventana y a fijar la mirada en Lucas. Al final, había sonreído ligeramente. «Es curioso el destino, ¿verdad?», había preguntado. Lucas y Devon tenían el mismo padre y al final iban a crecer juntos. Seguramente era en eso en lo que Psyche estaba pensando.

A pesar de que él ya sospechaba que Thayer era el padre de Devon, la confirmación había conseguido sorprenderle. Le había preguntado a Psyche que por qué lo sabía; ella le había contestado que su marido se lo había echado en cara durante una pelea. «¿Crees que deberías haberte casado con Keegan McKettrick?, le había preguntado Thayer con desprecio, «pues bien, déjame contarte un secreto...».

Era Devon el secreto.

Lo que constituía una burla para Psyche y también para Keegan.

Keegan observaba con el corazón roto a su hija sentada en el borde de la cama de Molly. No permitiría que aquella niña se convirtiera en víctima de los errores de otros, tuviera que hacer lo que tuviera que hacer para evitarlo.

—Te quiero, Devon —le dijo.

Devon pareció dudar un instante, pero después cruzó la habitación, se sentó en su regazo, como hacía cuando era niña, y apoyó la cabeza en su pecho.

—Todo va a salir bien, ¿verdad?

Keegan posó la barbilla en su cabeza y, por primera vez desde que sus padres habían muerto, dejó que fluyeran las lágrimas. Travis le había dicho que intentara pensar con el corazón y era eso lo que estaba haciendo.

Pero nadie le había explicado lo mucho que dolía.

—Sí —contestó con voz ronca—, todo va a salir bien.

Molly preparó unos sándwiches de atún. Quitó la corteza del pan, colocó los sándwiches artísticamente en una bandeja azul que había encontrado en uno de los armarios de la cocina y esperó a que apareciera alguien a comérselos.

Al cabo de un rato bajó Keegan, solo.

Se detuvo para mirar a Lucas, que dormía en el parque con el pulgar en la boca.

Molly se secó las manos en las perneras de los pantalones.

—Mis padres murieron en un accidente de avión cuando yo tenía dieciséis años —le explicó Keegan, mirándola a los ojos.

Molly tragó saliva. Tenía la sensación de que no debería hablar ni moverse.

—Mi primer matrimonio no funcionó —continuó—. Shelley me dijo que estaba esperando un hijo y yo decidí casarme con ella. Al final, resultó que había estado con otro hombre.

A Molly se le llenaron los ojos de lágrimas. Comprendió entonces que Keegan acababa de decirle a Devon que era hija de otro hombre. No le extrañaba que hubiera estado tan distante, y para rematarlo todo, había tenido que enfrentarse a la muerte de Psyche.

—Ahora te toca a ti —dijo Keegan, sobresaltándola.

—¿A mí?

—No sé nada de ti, Molly —miró de nuevo a Lucas y apretó los dientes—, más allá de algunas cosas básicas.

Molly se sonrojó violentamente. Sabía exactamente a qué se refería.

—Me gusta el helado de chocolate con nubecitas. Ése es mi vicio secreto.

—No me basta con eso —respondió Keegan.

—Mi padre es alcohólico —confesó entonces—. Está en tratamiento por enésima vez, y ésa es la razón por la que no pudo venir a nuestra boda.

Algo apareció en los ojos de Keegan; comprensión quizá. Molly esperaba que no fuera compasión.

Devon bajó en aquel momento por la escalera calzando unos zapatos planos de satén rojo con hebillas de cristal. A Molly le habían costado una fortuna, pero si por ella fuera, habría dejado que la niña se metiera con ellos en el establo.

—Tengo hambre —dijo Devon.

Quedaba en su rostro la marca de las lágrimas y tenía los ojos hinchados, pero sonreía.

—En ese caso, a comer —respondió Molly.

Señaló la fuente de sándwiches que había dejado en la mesa cubierta con una servilleta de lino.

—¿Sabes cocinar de verdad? —preguntó Devon maravillada—. Mi madre dice que ésa es la señal de que una mujer no tiene nada mejor que hacer.

Keegan no dejaba de mirar a Molly en ningún momento.

—Claro que sabe cocinar. Y ahora ve a lavarte las manos.

Así fue cómo terminaron sentados juntos a la mesa por primera vez. Keegan en la silla que había pertenecido a Angus. Devon en el banco más cercano a la pared y Molly de espaldas a la cocina.

En algún momento, a Molly le pareció oír que se movía una de las compuertas de la cocina y se volvió para mirar. Cuando giró de nuevo hacia la mesa, descubrió a Keegan mirándola con una sonrisa especulativa.

Devon engulló prácticamente la cena y corrió al piso de arriba para cambiarse de ropa antes de dirigirse al establo. Tenía que echar un vistazo a Spud y limpiar su cubículo. Ése, anunció con orgullo, era su trabajo.

En cuanto la puerta se cerró tras ella, Molly le dijo a Keegan:

—Siento lo de tus padres, Keegan.

Keegan alargó la mano como si fuera a tomar la de Molly, pero al final se limitó a tomar otro sándwich.

—Y yo siento que tu padre tenga problemas con el alcohol.

—Yo también. Por lo demás, es un buen hombre. Seguro que te gustaría si... —se interrumpió y sintió que se ruborizaba.

—¿Si qué?

—Bueno, si ésta fuera una situación en la que resultara pertinente que conocieras a mi padre.

—¿Qué clase de situación es ésta, Molly?

—Sabes perfectamente qué situación es —replicó, moviéndose incómoda en su asiento. Keegan parecía estar desnudándola con la mirada. Pero si pensaba que iba a subir con él al dormitorio a plena luz del día y habiendo dos niños por los alrededores...

—Sé que en la cama funcionamos muy bien —contestó Keegan, siendo perfectamente consciente del efecto que tenía sobre ella—. Lo que no puedo dejar de preguntarme es cuándo te vas a aburrir del rancho y vas a regresar a Los Ángeles.

Molly le miró estupefacta.

—¿Aburrirme? ¿Cómo voy a aburrirme? Aquí siempre están pasando cosas: Jesse, Rance y tú os peleáis detrás del establo, aparecen caballos en el rancho como por arte de magia, se organizan excursiones a caballo hasta la cima de la montaña...

Keegan se echó a reír. Y cuánto le gustaba a Molly oírle, aunque se estuviera cebando un poco con ella.

Los ojos se le llenaron de lágrimas

—¿Estás bien? —preguntó Keegan.

Sí, no podía estar mejor, pensó Molly: enamorada de un hombre que estaba enamorado de otra mujer. Por lo menos, se consoló, su vida sexual era perfecta.

—¿Molly?

Comenzó a deslizarse una lágrima por su mejilla.

Keegan la secó con el pulgar.

—No, no estás bien.

—Brillante deducción, Sherlock —respondió Molly, empezando a levantarse.

La cocina no podía estar más limpia, pero comenzó a recoger de todas formas.

Keegan la agarró de la muñeca antes de que pudiera alejarse y la obligó a sentarse.

—¿Por qué lloras? —quiso saber.

¿Cómo iba a decirle la verdad? ¿Cómo iba a decirle que estaba enamorada de él?

—Han sido muchas emociones. Todo ha sido muy rápido, Keegan. La boda, la muerte de Psyche...

Keegan tiró de ella para que se sentara en su regazo, a horcajadas sobre sus muslos. Deslizó entonces las manos bajo la camiseta y el sujetador. Molly contuvo la respiración.

—Keegan, estamos a plena luz del día.

Keegan sonrió mientras le acariciaba los pezones hasta endurecerlos...

—Keegan. Devon podría entrar en...

—Tardará tres cuartos de hora en limpiarlo todo. Y Lucas está dormido —descubrió uno de sus senos y lo lamió hasta hacerla gemir—. Cuando hice la lista de los lugares en los que quería hacer el amor contigo, ¿comenté algo de contra la pared?

Molly estaba completamente perdida.

—No vamos a hacer el amor contra la pared de la cocina.

—¿Quién ha dicho nada de la cocina?

Se levantó entonces, salió por el pasillo, pasó la puerta del baño y la llevó a un recoveco que estaba a salvo de cualquier mirada.

Por supuesto, allí la colocó contra la pared.

En cualquier caso, se dijo Molly, intentando dominarse, no tenía por qué darle la satisfacción de llegar al orgasmo. Pero llegó. En tres ocasiones, tuvo que enterrar la cabeza en su hombro para que los gritos de placer no despertaran a Lucas.

Cuando todo terminó, Molly estuvo a punto de derrumbarse en el suelo.

Keegan sonrió, le arregló la ropa y después se abrochó él.

Tres cuartos de hora después, llegaba Devon del establo. Estaba un poco abatida, advirtió Molly, pero no parecía traumatizada por la noticia sobre su padre.

—Parecéis contentos —dijo, y ella parecía sorprendida.

Molly, que estaba mezclando la masa para un bizcocho, se sonrojó y desvió la mirada.

Keegan estaba tras ella, sentado a la mesa de la cocina con un libro y con un recién cambiado Lucas en el regazo. Al oír a su hija, se inclinó hacia Molly y le sostuvo la mirada con una sonrisa traviesa.

—¿Ah, sí? —preguntó, mientras con la mirada le prometía una nueva bienvenida al estilo McKettrick.

CAPÍTULO 17

Un mes después...

Molly estaba en la cocina del rancho, con el teléfono en la oreja y la mirada fija en el calendario.

—Date prisa, Devon —le oyó gritar a Keegan—, falta menos de una hora para la boda.

—Molly —decía Joanie desde California—, no te asustes, es posible que sea una falsa alarma.

—Tengo un retraso —susurró Molly, contando de nuevo los días en el calendario de la puerta de la despensa—. ¡A mí nunca se me retrasa!

—En ese caso, deberías estar hablando con Keegan, no conmigo —le aconsejó Joanie.

Desde que había regresado a California tras la boda de Molly y de Keegan, había reorganizado la agencia y era capaz de llevarla prácticamente sola. Molly estaba sorprendida por la habilidad de su amiga para los negocios y se daba por satisfecha con ser una socia silenciosa. Su trabajo consistía en leer los manuscritos que le enviaban al rancho y le encantaba poder contestar a los aspirantes a escritor con algo más del consabido «vuelva a intentarlo».

—No puedo —musitó Molly, mirando nerviosa hacia las escaleras.

Lucas y ella estaban ya arreglados y listos para salir y Keegan aparecería en cualquier momento.

—¿Puedes acostarte con ese hombre y no puedes decirle que estás embarazada? —preguntó Joanie, intentando no perder la paciencia—. ¿Qué está pasando aquí, Molly?

—Tengo miedo de que piense que lo he hecho a propósito.

—¿Y no ha sido así?

—Bueno, sí —admitió Molly frustrada—, pero no quiero que él lo viva como si fuera una imposición.

—¿Puedo señalar que, incluso en el caso de que lo hubieras hecho de forma rastrera, él también ha participado en esto?

—Participar no es la palabra más adecuada —replicó Molly, sonriente.

Keegan no sólo había participado, sino que su intervención había resultado arrolladora. Había sido él el que había dominado casi siempre la situación, y el que había descubierto que Molly estaba más que dispuesta a ponerse a su altura.

—¿No se te ha ocurrido pensar que a lo mejor Keegan se lleva una alegría cuando se entere? —preguntó Joanie.

Justo en ese momento, Keegan apareció al final de la escalera. Estaba resplandeciente con un esmoquin de color negro que había comprado para la ocasión. El pelo, de color castaño, lo tenía algo más largo que cuando Molly le había conocido y se rizaba ligeramente a la altura cuello. Le brillaban los ojos con la satisfacción dejada por su encuentro matutino.

—Te llamaré más tarde, papá —se despidió Molly.

Oyó reír a Joanie mientras colgaba.

—Estás preciosa —musitó Keegan, recorriendo con la mirada el vestido de color rosa—. Teniendo en cuenta lo que son los vestidos de las damas de honor, no estás nada mal.

—Tú tampoco.

«Díselo», le urgía la voz de su conciencia.

«No», contestó en silencio. Keegan no la quería y, en cualquier caso, aquél no era el mejor momento para darle la noticia.

Keegan se volvió y gritó por encima del hombro:

—¡Devon, vamos! Tenemos que aprovechar la luz del día.

—¡Ya vooy! —respondió Devon.

—Diez años y ya se comporta como una adolescente —se lamentó Keegan.

Molly sonrió, se acercó a él y, tras una ligera vacilación, le arregló las solapas del esmoquin. Keegan olía a jabón y, al tocarle, Molly no pudo evitar acordarse de la ducha que habían compartido.

—Tú espera, que todavía no has visto nada.

—Vaya, qué consuelo —respondió Keegan.

Inclinó la cabeza y le mordisqueó el labio. En otras circunstancias, la temperatura se habría elevado considerablemente a partir de ahí. Keegan tenía una sorprendente capacidad para encender el deseo en Molly.

Devon bajó entonces corriendo las escaleras.

—Bueno, ya podemos irnos, si sois capaces de dejar de besaros, claro.

Keegan elevó los ojos al cielo.

Molly se echó a reír y sacudió la cabeza. A los hombres les costaba comprender ese tipo de cosas. Devon comenzaba a rebelarse aunque estaba completamente segura del amor de su padre. Sabía que no iba a abandonarla y, gracias al acuerdo al que había llegado con Shelley, que se había instalado por fin en París, Devon tampoco iba a ir a ninguna parte.

Lucas comenzó a saltar en el parque, tendiéndoles los brazos.

—¡Vamos! —gritó contento—. ¡Vamos!

Keegan se echo a reír y levantó al niño en brazos, columpiándole divertido en el proceso. No había nada que le gustara más al niño que el que Keegan le llevara a los hombros y, a pesar de su tierna edad, ya estaba empezando a sentarse a lomos de un caballo. A veces, cuando Keegan cruzaba el arroyo para ayudar a Rance a trasladar el ganado, Lucas y Devon le acompañaban. Lucas sentado a la silla con Keegan y Devon montada en el poni que Jesse le había regalado.

Molly todavía mostraba algún recelo hacia los caballos pero sabía que, con las pacientes enseñanzas de Keegan, terminaría acostumbrándose a ellos.

Lucas gritaba feliz en brazos de Keegan.

Devon abrió la puerta y resopló con cansancio.

—¿Nos vamos?

Keegan le sonrió a Molly una vez más y salieron juntos de casa.

Spud y los tres caballos los miraban desde el corral mientras se dirigía toda la familia hacia el Jaguar. Keegan se había levantado al amanecer para darles de comer y había vuelto después a la cama para despertar a Molly con sus caricias. Incluso antes de abrir los ojos, Molly se había descubierto al borde del más dulce de los orgasmos.

Al recordarlo, se sonrojó ligeramente y miró a Keegan por el rabillo del ojo.

Keegan sonrió como si le hubiera leído el pensamiento y alargó la mano hacia su muslo.

Para cuando llegaron a la iglesia, estaban ya casi todos los invitados.

Rance, el novio, permanecía nervioso en la entrada, aguantando mientras Cheyenne le arreglaba la corbata. Estaba muy guapo con el esmoquin negro.

Keegan aparcó el coche y al inclinarse para abrirle la puerta a Molly, le rozó el seno con el brazo. Inmediatamente avivó el deseo y, aunque Molly intentó disimular su reacción, él lo notó. Su risa fue la prueba inconfundible de ello.

Mientras tanto, Devon salió del coche y corrió al encuentro de Rianna y Maeve; las tres iban a participar activamente en la boda.

—¡Vamos! —exclamó Lucas—. ¡Vamos!

Keegan se volvió para mirar a Molly a los ojos.

—¿Te habría gustado que hubiéramos tenido una boda más tradicional? ¿Una boda como ésta? —preguntó de pronto.

Nunca dejaba de sorprenderle.

—No —contestó Molly.

Pero sí le habría gustado que Keegan se casara enamorado de ella.

Keegan alargó el brazo para abrir la guantera.

—Pensaba dártelo más tarde —le dijo—, pero creo que éste puede ser un buen momento.

Molly parpadeó confundida y, de repente, fieramente esperanzada.

Keegan sacó de la guantera una cajita de terciopelo negro y se la tendió.

A Molly le latía el corazón a toda velocidad.

—¡Vamos! —gritó Lucas desde el asiento de atrás.

Molly aceptó la caja, pero no se atrevía a abrirla. El día de la boda, Keegan le había regalado una alianza con un diamante, ¿qué le habría regalado en aquella ocasión? ¿Y a qué se habría referido al decir que aquél era el momento?

Al ver que Molly no reaccionaba, fue Keegan el que abrió la cajita.

En el interior, brillaba una medalla de oro con forma de corazón.

Molly contuvo la respiración.

—¡Va-mos! —insistió Lucas.

—Shh —le silenció Keegan.

Sorprendentemente, el niño obedeció.

—¿Molly? —preguntó Keegan.

—Es... es precioso —susurró Molly.

Keegan la agarró por la barbilla para que le mirara a los ojos. Sonrió al advertir su confusión.

—¿Esto qué significa? —se oyó preguntar Molly.

Keegan abrió el corazón con un movimiento de pulgar. En el interior había una fotografía de Lucas y Devon a un lado y otra de Molly y él en el otro. La segunda fotografía la habían hecho el día de su boda y Keegan aparecía con el ojo morado y el labio hinchado.

–Esto significa que te quiero, Molly –dijo con sencillez.

A Molly se le llenaron los ojos de lágrimas. Keegan le estaba entregando su corazón; su fuerte y obstinado corazón de McKettrick, y la llevaba dentro de aquel corazón, junto a Lucas y a Devon.

–Se supone que ahora tienes que decir «yo también te quiero, Keegan» –bromeó.

–Te quiero, Keegan, claro que te quiero.

Keegan la besó.

–¿Vamos? –preguntó Lucas vacilante.

Oyeron los acordes de la música del órgano.

Keegan sacó entonces el colgante y se lo puso a Molly al cuello.

–Será mejor que vayamos –susurró en cuanto se lo abrochó.

Molly le agarró de la mano para detenerle.

–Antes tengo que decirte algo. Creo... creo que yo también tengo algo para ti.

–¿Qué? –preguntó Keegan, frunciendo ligeramente el ceño.

–Un bebé –contestó Molly,

Al rostro de Keegan asomó una sonrisa, pero antes de que hubiera podido decir nada, apareció Jesse al lado del coche.

–Eh –exclamó sonriente, mientras abría la puerta trasera del Jaguar y comenzaba a desatar a Lucas–, la boda está a punto de empezar y todavía faltan el padrino y una dama de honor.

Una vez en el interior de la iglesia, Molly dejó a Lucas con Cora Tellington, la ex suegra de Rance. El doctor Swann, veterinario del pueblo y prometido de Cora, se sentó sonriente a su lado, entrelazando los dedos con los suyos y sonriendo feliz.

Jesse y Keegan se sentaron delante, justo al lado de Rance.

Molly corrió a reunirse con Cheyenne, Rianna y Maeve, todas ellas vestidas de rosa. Tras ellas estaba Emma envuelta en una nube de encaje blanco, sonriendo emocionada tras el velo. El hombre que estaba a su lado, preparado para entregar a la novia, era su padre.

La ceremonia pasó en un abrir y cerrar de ojos y la celebración fue particularmente alegre. Los niños corrían por todas partes, hubo tarta y se hicieron fotografías. Y cada vez que Keegan miraba a Molly a los ojos, ésta se llevaba la mano al corazón de oro que colgaba de su cuello.

Keegan la amaba.

Keegan McKettrick la amaba.

—¿Molly?

La voz sonó justo tras ella y era una voz que jamás habría esperado oír en aquel lugar.

Se volvió, pensando que seguramente se trataría de un error. No podía ser...

Pero lo era. Allí estaba su padre, vestido con su mejor traje, un traje que no terminaba de quedarle bien y olía un poco a cerrado, y una sonrisa. Estaba moreno, parecía descansado y, sobre todo, sobrio.

—Papá —susurró Molly, como si temiera que pudiera desaparecer al decir su nombre.

—Espero que no te importe que haya aparecido en esta fiesta —dijo Luke Shields.

Molly se arrojó a sus brazos y le besó en las mejillas. Tenía los ojos llenos de lágrimas de felicidad y sentía el corazón tan lleno que por un momento pensó que le iba a explotar.

Luke se echó a reír.

—¿Esto significa que te alegras de verme?

—Sí —Molly le tomó la mano—. Ven, quiero presentarte a los nuevos hombres de mi vida.

Keegan, que estaba con un grupo de amigos, entre los

que se encontraban Jesse y Rance, y llevaba al niño en brazos, los observó acercarse.

—Papá —le presentó Molly—, éste es Keegan, mi marido —«mi marido», pensó admirada—. Y éste es Lucas.

Luke le tendió la mano a Keegan.

—Hola, Keegan —le saludó—. Gracias por el viaje.

¿Gracias por el viaje?, se preguntó Molly con extrañeza. Keegan asintió y estrechó la mano de su suegro.

—Encantado de conocerte —contestó, mientras le tendía a Lucas a su abuelo.

A Luke se le llenaron los ojos de lágrimas.

—Vaya —dijo con la voz ronca por la emoción—, hola, Lucas.

—Vamos —respondió Lucas solemne.

—Tiene vocación de autoestopista —comentó Keegan con ironía.

Luke se echó a reír.

Molly intentó recordar la última vez que había oído a su padre reírse de ese modo y no fue capaz. Después de intercambiar una mirada con Keegan, tiró a su padre del brazo para que saliera con ella.

Una vez fuera, se sentaron los tres en un banco.

—¿Estás contenta, Molly? —preguntó su padre al cabo de un rato.

—Sí, soy muy feliz —respondió Molly—, ¿y tú?

Luke miró con cariño a Lucas, que jugaba a sus pies en la hierba.

—Creo que esta vez voy a conseguirlo —se volvió hacia su hija y la miró a los ojos—. Siento no haber podido estar en tu boda, cariño.

—Ahora estás aquí, papá, y eso es lo que importa.

—No podré quedarme mucho tiempo —le avisó Luke—. Noventa reuniones en noventa días, ésa es la norma.

Molly le estrechó la mano y apoyó la cabeza en su hombro.

—¿Cómo has llegado hasta aquí? —preguntó suavemente.

—Keegan me ha enviado el avión de la compañía —respondió Luke sonriente—. Eso es viajar con clase.

«Gracias por el viaje»; Molly comprendió entonces el sentido de aquellas palabras.

Luke ensanchó su sonrisa, pero la miraba con inmensa ternura.

—Te has casado con un buen hombre, Molly. Ayer por la tarde me llamó para preguntarme si quería venir a haceros una visita. Le hablé de las reuniones de Alcohólicos Anónimos, le expliqué que parte de mi tratamiento consistía en asistir a ellas y me dijo que podría hacerme llegar hasta aquí en un par de horas y que estaría en Los Ángeles a la hora que necesitara. ¿No te dijo nada?

—No, no me dijo nada, pero me alegro mucho de que hayas venido.

—Yo también me alegro de haber venido. No estaba seguro de cómo reaccionarías después de todo lo que ha pasado. Le confesé a Keegan lo asustado que estaba, pero él me dijo que no me preocupara, que podría manejarte.

Molly sonrió.

—¿De verdad te dijo que podría manejarme?

Luke le devolvió la sonrisa.

—Y sabe cómo hacerlo, ¿verdad?

—Sí —admitió Molly.

—Eso está bien —respondió Luke—. ¿Y tú sabes manejarle a él?

—Creo que sí.

—Me gustaría volver, en cuanto haya terminado todas esas reuniones.

—Y a mí me encantaría que volvieras —fue la respuesta de su hija.

Luke hizo un gesto con la cabeza al ver aparecer un coche en la abarrotada calle de la iglesia. Se inclinó para darle un beso en la mejilla a Molly.

—Antes de irme, quiero hacerte otra pregunta. ¿Quieres a ese hombre? Porque yo sé que te quiere.

—Sí, claro que le quiero —confirmó Molly suavemente.

—Estupendo —Luke se volvió hacia el coche que estaba esperándole, pero antes de irse, miró de nuevo a Molly—. Te quiero mucho.

Y le abrió los brazos, como hacía cuando Molly era sólo una niña.

—Yo también te quiero —respondió ella, como hacía entonces.

Luke se levantó, admiró durante unos segundos más a su nieto y le revolvió el pelo. Se despidió de nuevo de ella con un gesto y caminó hacia el coche.

El conductor le abrió la puerta de atrás.

Molly estuvo observando en silencio hasta que el coche desapareció.

Keegan rodeó entonces el banco y se sentó a su lado.

—Gracias —le dijo Molly.

Keegan le pasó el brazo por los hombros.

—Teniendo en cuenta lo poco que sé sobre tu padre, no estaba seguro de estar haciéndote un favor al hacerle venir aquí.

—Te quiero, Keegan McKettrick —confesó Molly.

Por fin podía decirlo en voz alta y clara cada vez que lo necesitara.

Keegan le dio un beso en la sien.

—¿Desde cuándo lo sabes? Me refiero a lo que sientes por mí.

—Desde el día que me dijiste que no tenía que casarme contigo, que Psyche me dejaría criar a mi hijo de todas formas —se interrumpió—. ¿Y tú desde cuándo lo sabes, Keegan?

Keegan sonrió de oreja a oreja.

—Desde que intentaste parar la pelea detrás del establo.

—¿Podemos irnos a casa?

Keegan la besó.

—Me parece una idea excelente, señora McKettrick. Por cierto, Devon va a pasar la noche en casa de Cora, con Maeve y con Rianna.

Molly bajó la mirada hacia su hijo: el hijo que compartía con Keegan, Lucas McKettrick.

«Gracias, Psyche», pensó en silencio.

—Me asusta un poco ser tan feliz —admitió con voz queda.

—Ya te acostumbrarás —respondió Keegan.

Tomó su mano y se la llevó a los labios para rozarle cariñosamente los nudillos.

Vieron a Emma y a Rance salir del salón pegado a la iglesia resplandecientes de felicidad. Emma se colocó para lanzar el ramo de novia al grupo de invitados que los observaba desde los escalones de la entrada.

—¿Quieres intentar agarrarlo? —preguntó Keegan.

—No —respondió Molly—. Ya he conseguido a un McKettrick. No necesito probar suerte con ningún ramo.

Vieron el ramo volar y aterrizar en las manos de Meg McKettrick.

Jesse y Cheyenne salieron detrás de Emma y Rance.

Keegan siguió el curso de la mirada de su esposa.

—Jesse siempre ha sido considerado un hombre de suerte —comentó—. Y cuando le ves al lado de Cheyenne, es fácil comprender por qué.

Conmovida, Molly miró hacia Rance y su flamante novia, que salían en aquel momento bajo una lluvia de alpiste y buenos deseos.

—¿Y de Rance qué se dice? —preguntó.

—A Rance se le conoce por su orgullo. De hecho, el orgullo estuvo a punto de echar a perder su relación con Emma, pero al final, recuperó la cordura a tiempo, gracias a Dios.

Molly miró a su marido y le sostuvo con firmeza la mirada.

—¿Y tú? ¿Qué es lo que te caracteriza a ti, Keegan?

Keegan suspiró y jugueteó nervioso con el corazón que Molly llevaba colgado al cuello.

—Supuestamente, que vivo con la cabeza y tengo el corazón bajo llave, encerrado en un almacén con un candado oxidado en la puerta. Pero eso era hasta que te conocí.

Molly posó la mano en su pecho, disfrutando al sentir los latidos firmes y seguros de su corazón contra la palma.

–¿Listo para marcharte? –preguntó suavemente.

–Listo para marcharme –respondió Keegan–. La fiesta ya está terminando, señora McKettrick. Es hora de volver a casa.

–Vamos.

La salida les llevó su tiempo. Hubo felicitaciones y despedidas. Después, tuvieron que colocar a Lucas en la sillita del coche y se encontraron con un pequeño atasco al salir de la iglesia. Había asistido a la boda todo Indian Rock y había también muchos invitados de fuera.

Pero por fin pudieron llegar a la casa del rancho.

Molly le cambió los pañales a Lucas en su habitación y bajó después con él a la cocina para darle la cena. Keegan, que había dejado preparándose una cafetera, se cruzó con ella en las escaleras y regresó a los pocos minutos sin el esmoquin y vestido como un auténtico vaquero.

Cuando pasó por delante de Molly, que acababa de sentar a Lucas en la trona, le dio un beso en los labios a ella y a Lucas uno en la cabeza.

–Volveré en cuanto haya metido a Spud y a los caballos en el establo.

Molly asintió; el nudo de emoción que tenía en la garganta le impidió pronunciar palabra.

Keegan salió.

Molly terminó de dar de cenar a Lucas, le lavó la cara y las manos y le subió al dormitorio. Mientras le ponía el pijama, estaba ya medio dormido. Le metió después en la cuna con el burro de peluche que Devon le había comprado unos días antes, cuando había ido a Flagstaff a por sus cosas.

Mucho tiempo después de que Lucas estuviera completamente dormido, ella continuaba contemplando maravillada a su hijo.

Cuando oyó cerrarse la puerta de la cocina, salió de su ensimismamiento y se dirigió al dormitorio que compartía con Keegan. Comenzó a desnudarse. Pensaba ponerse los vaqueros y una camiseta para bajar a la cocina a preparar la cena, pero al alzar la mirada, descubrió a Keegan en el marco de la puerta, observándola.

Molly permanecía desnuda. Lo único que llevaba encima era el corazón que le había regalado Keegan, y era incapaz de moverse.

Keegan acariciaba con la mirada su piel desnuda, haciéndola estremecerse cada vez que se detenía en algún rincón de su cuerpo.

Los últimos rayos del sol se filtraban por la ventana y Molly era consciente de que estaba enmarcada por un haz de luz. Una extraña sensación de belleza mística envolvía su corazón y derretía los últimos muros que lo hacían prisionero.

Keegan entró lentamente en la habitación y cerró la puerta en silencio. Se acercó a ella y posó la mano sobre sus senos.

Molly contuvo la respiración mientras Keegan la acariciaba sin prisa alguna, tocándola casi de un modo reverencial. Esperó, temblando ligeramente.

Keegan inclinó entonces la cabeza y le besó el hombro. Al mismo tiempo, deslizó una mano entre sus piernas y comenzó a juguetear con ella.

Molly se mordió el labio, intentando sofocar un gemido de deseo.

Keegan se enderezó, la miró a los ojos y sonrió ligeramente. La conocía muy bien, sabía perfectamente cuándo necesitaba una tierna caricia y cuándo estaba buscando otra cosa.

La tendió en la cama, se tumbó frente a ella y le hizo apoyar las piernas en sus hombros. Se abrió paso a través de los rizos que cubrían su sexo y la tomó con la boca.

Molly se arqueó, aferrándose a la colcha y decidida a no emitir sonido alguno.

Keegan rió y volvió a tomarla, regodeándose en sus caricias.

Molly gimió; era casi imposible no emitir sonido alguno.

Keegan se apartó y volvió después a acariciarla sin piedad con la lengua.

—Keegan —suplicó Molly, incapaz de contenerse.

Keegan deslizó las manos bajo su cuerpo, la alzó y la devoró hasta hacerle alcanzar el primer orgasmo. En cuanto aquel primer orgasmo cedió, comenzó a nacer otro, y después otro.

Cuando aquello terminó, cuando Keegan consiguió arrancar hasta la última gota de tensión de su cuerpo y continuaba vibrando dentro de ella la réplica de aquella maravillosa explosión, Keegan se levantó para desnudarse.

Molly recuperó las fuerzas y se estiró lánguidamente en la cama, sintiéndose sensual y satisfecha.

Keegan se tumbó a su lado y Molly supo, por el velo que nublaba sus ojos azules, que pensaba dejarla descansar durante unos minutos para después poseerla. Molly deseaba que llegara aquel momento, pero ocurría que también tenía sus propios planes.

Le besó, sintiendo una oleada de anticipación mientras Keegan se tumbaba de espaldas. Profundizó el beso y continuó acariciándole con la mano hasta que le oyó gemir en el interior de su boca.

Alzó la cabeza sonriendo para sí, buscó su mano y le hizo colocarla entre los barrotes de la cama.

Keegan la miró con los ojos abiertos como platos.

Molly volvió a besarle y repitió la operación con la otra mano de Keegan.

Por supuesto, Keegan podía haberse resistido, al fin y al cabo, era mucho más fuerte que ella. Y también podía haber bajado las manos, pero no lo hizo; continuó sujeto al cabecero de la cama.

Molly le hociqueó el cuello y le mordisqueó el lóbulo de la oreja.

—Aguanta, vaquero —ronroneó—, se acerca una monta salvaje.

A pesar de toda su fortaleza, Keegan tembló, y gimió cuando Molly comenzó a besarle los hombros y el pecho para descender después hasta su vientre.

Susurró su nombre.

Ella le tomó con la boca.

Keegan se tensó y tomó aire, estremecido.

Durante los lentos minutos que siguieron, Molly se vengó de todas las veces que Keegan la había seducido, de todas las veces que la había llevado hasta el borde del orgasmo y después la había hecho esperar.

Y cuando llegó el primer grito lujurioso de la liberación final, salió de los pulmones de Keegan.

Molly permanecía dormida con una sonrisa en los labios.

Mientras la observaba, Keegan se maravillaba de todo lo que sentía.

La melena de Molly se extendía sobre la almohada y brillaba bajo la tenue luz de la luna de verano. Keegan posó la mano en su vientre, con mucho cuidado porque no quería despertarla.

No, todavía no.

Molly se agitó un poco y suspiró suavemente en medio del sueño. El corazón de oro reflejó un rayo de luna que el propio corazón de Keegan pareció atrapar para abrirse un poco más.

Durante aquellos días, Molly había conseguido derrumbar las barreras que con tanto celo había erigido Keegan a lo largo de los años. Le había abierto su corazón y ella había construido su hogar en su interior.

Al principio había sido una invasión dolorosa. Keegan quería echarla de allí.

Había sido herido muchas veces. Había perdido a sus

padres y había sufrido la mentira de su primer matrimonio y el dolor constante de pasar tanto tiempo separado de Devon. Había soportado también la transición de empresario a ranchero.

Y estaba también Psyche.

Durante todos aquellos años, había creído estar enamorado de Psyche. Lo había creído a ciencia cierta y había llorado su pérdida mucho antes de que Psyche muriera.

En aquel momento se daba cuenta de que no había sabido lo que era el amor hasta que Molly le había dado un puntapié detrás del establo, cuando Jesse, Rance y él habían decidido pelearse.

«Vas a salir fatal en las fotografías de la boda».

Sonrió al recordarlo.

Oyó en la otra habitación el llanto de Lucas.

Keegan se levantó de la cama, se puso los vaqueros y salió.

El niño estaba de pie en la cuna, aferrado a los barrotes y sollozando.

—Eh, Lucas —susurró Keegan, levantándole en brazos. Estaba empapado, así que buscó un pañal limpio y tumbó al niño en el cambiador—. ¿Has tenido una pesadilla?

Lucas hipó mientras Keegan le cambiaba el pañal. Después de lavarse las manos, Keegan llevó a Lucas al dormitorio, donde Molly continuaba durmiendo.

Se sentó en la mecedora con el niño en brazos y envuelto en aquel momento en su colcha favorita y pensó en el resultado de la prueba de ADN. Biológicamente, Devon era medio hermano de Lucas. Molly y él habían estado de acuerdo en mantener aquella información en secreto hasta que los niños tuvieran edad de comprenderla.

—Todo saldrá bien, vaquero —le dijo al pequeño.

Lucas se estremeció y se acurrucó en su pecho, con medio puño en la boca.

Keegan continuó meciéndole, pensando en todos los McKettrick que habían estado allí antes que él y en todos los que llegarían después. Le gustaba sentirse parte de aquel lugar habitado por hombres y mujeres orgullos y fuertes.

Molly se movió en la cama y se sentó entre las sábanas revueltas.

—¿Keegan?

—Vuelve a dormir —le dijo él con delicadeza.

Molly suspiró y volvió a apoyar la cabeza en la almohada.

Keegan sonrió. La casa estaba en completo silencio, como si también ella hubiera estado esperando y pudiera por fin respirar, sabiendo que él pretendía vivir de verdad entre sus rústicas paredes, y no sólo sobrevivir. Molly y él llenarían la casa de niños. De hecho, ya habían comenzado a hacerlo.

El balancín de aquella vieja mecedora continuaba moviéndose en silencio sobre aquel suelo que tantos pies habían pisado.

Y en el piso de abajo, en la cocina vacía, las puertas de la cocina de leña repiquetearon.

Títulos publicados en Top Novel

La novia pirata – SHANNON DRAKE
Secretos entre los dos – DIANA PALMER
Amor peligroso – BRENDA JOYCE
Nuevos amores – DEBBIE MACOMBER
Dulce tentación – CANDACE CAMP
Corazón en peligro – SUZANNE BROCKMANN
Un puerto seguro – DEBBIE MACOMBER
Nora – DIANA PALMER
Demasiados secretos – NORA ROBERTS
Cartas del pasado – ROSEMARY ROGERS
Última apuesta – LINDA LAELL MILLER
Por orden del rey – SUSAN WIGGS
Entre tú y yo – NORA ROBERTS
El abrazo de la doncella – SUSAN WIGGS
Después del fuego – DEBBIE MACOMBER
Al caer la noche – HEATHER GRAHAM
Cuando llegues a mi lado – LINDA LAELL MILLER
La balada del irlandés – SUSAN WIGGS
Sólo un juego – NORA ROBERTS
Inocencia impetuosa/Una esposa a su medida – STEPHANIE LAURENS
Pensando en ti – DEBBIE MACOMBER
Una atracción imposible – BRENDA JOYCE
Para siempre – DIANA PALMER
Un día más – SUZANNE BROCKMANN
Confío en ti – DEBBIE MACOMBER
Más fuerte que el odio – HEATHER GRAHAM

www.ingramcontent.com/pod-product-compliance
Lightning Source LLC
LaVergne TN
LVHW030341070526
838199LV00067B/6387